Preziosen

Gabriela Hofmann

Preziosen

Copyright © 2015 Gabriela Hofmann

ISBN: 978-3-033-05049-5

Umschlaggestaltung: Gabriela Hofmann

Dieses Buch ist ein Roman. Die darin agierenden Personen und beschriebenen Handlungen sind frei erfunden. Ähnlichkeiten mit tatsächlichen Begebenheiten oder lebenden oder verstorbenen Personen wären rein zufällig und nicht gewollt.

Für

Mamuschkali

1

Obwohl es kühl war im Kellerraum, fror er nicht. Im Gegenteil, seine Wangen glühten vor freudiger Erwartung und diese Wärme breitete sich in seinem ganzen Körper aus. Es war etwas umständlich, den Deckel des Behälters, der vor ihm auf dem gleissenden Stahltisch lag, zu öffnen, aber nach einiger Anstrengung gelang es ihm. Was er sah, hatte er nicht erwartet. Bis zum Bersten war die rechteckige, aus Holz gezimmerte Kiste mit Füllmaterial vollgestopft. Die Packer waren dabei nicht wählerisch bei der Auswahl des verwendeten Materials gewesen und hatten das, was ihnen zu Hand war, genommen und hineingequetscht. Mit Erstaunen packte er dicke Holzwolleknäuel aus, zählte sechs unförmige Rindenstücke, zwei luftleere, kaputte Fussbälle und eine beträchtliche Menge Zeitungsschnipsel. Nach Minuten des vorsichtigen Ausräumens konnte er zum ersten Mal seine lang ersehnte Bestellung betrachten. Vor ihm lagen zwei armdicke, schneeweisse Knochen auf einem Bett aus einer undefinierbaren Art von Behaarung. Sorgsam nahm er einen Schaft in seine Hände und wog ihn abschätzend mit einer leichten Auf- und Abbewegung seiner Arme. Er war schwer, schwerer als er vermutet hatte, zwar etwas kurz, er hätte es lieber gehabt, wäre dieser – wären beide – länger gewesen. Aber er war doch zufrieden, denn ihre Form war fast perfekt rund. Zärtlich strich er mit den Fingerkuppen sanft auf dem Gebein auf und ab und erspürte jede noch so kleine Unebenheit auf der Oberfläche. Es war erstklassige Ware. Zufrieden legte er das Gebein auf sein weiches Polster zurück.

Er freute sich ungemein darauf, die beiden Teile weiter zu bearbeiten, sie zu zersägen und zu schleifen. Schon bei dem blossen Gedanken daran kribbelte es in seinen Fingern und er hatte grosse Lust, die Kreissäge gleich jetzt anzuwerfen, die Mundmaske und die Schutzbrille aufzusetzen und sich an die Arbeit zu machen.

Doch bevor er sich seiner Lust hingeben konnte, musste er seinen sozialen Verpflichtungen nachkommen. Obwohl er diese als lästig empfand, konnte er sich zu seinem Leidwesen nicht allen entziehen. Zögernd deckte er beide Knochen vorsichtig wie schlafende Kinder mit dem Füllmaterial wieder zu und schloss den Deckel. Dann hievte er mit einiger Anstrengung die schwere Kiste vom Tisch und schloss sie in den stabilen Schrank in der Ecke des Raumes ein. Er achtete sorgsam auf das Klicken des Vorhängeschlosses, als der gebogene Metallstift in die vorgesehene Öffnung glitt. Dann legte er beide Handflächen liebevoll auf die metallene Tür und verharrte einen Moment, die heisse Stirn an das kühle Material gelehnt, wie um sich zu sammeln. Er würde sich später wieder darum kümmern. Er hatte alle Zeit der Welt.

2

Es hatte sich alles verändert und das nicht nur im positiven Sinne. Sogar Elenors Kater war nicht mehr der, der er einmal gewesen war. Als sie ihn betrachtete, wie er sich auf seinem Lieblingsplatz, der Fensterbank in der Küche, wohlig räkelte, kam sie ins Grübeln. Wie oft sass er dort und verfolgte jede ihrer Bewegungen unter halb geschlossenen Lidern?

Es kam ihr so vor, als wären erst wenige Monate vergangen, seit sie ihn mit nach Hause genommen hatte, dabei war es schon zwei Jahre her. Krank und abgemagert war er damals durch die nächtlichen Gassen Berns geschlichen, ängstlich auf jedes Geräusch achtend, zurückzuckend, wenn sich ihm jemand näherte. Auch bei ihr war er zuerst scheu zurückgewichen, als sie ihn hatte streicheln wollen und er hatte sich mit vollem Einsatz seiner winzigen Krallen gewehrt, als sie ihn vorsichtig hochgehoben hatte. Er hatte sich mit allen seinen Kräften, die noch in seinem knochigen Körper waren, gegen sie gestemmt, gekeift und gespuckt, sodass es ihr Angst und Bange geworden war. Doch sie hatte nicht klein beigeben wollen, erst recht nicht, als aus seinem kleinen federleichten Körper ein gefährliches Grollen zu hören gewesen war. Erst als sie leise auf ihn eingesprochen und ihm sanft mit den Fingerspitzen durch sein struppiges Fell gestrichen hatte, hatte er sich zuerst widerwillig gefügt, dann aber doch langsam entspannt und sein Knurren war einem leisen Schnurren gewichen.

Mit Genugtuung hatte Elenor in den darauf folgenden Wochen miterlebt, wie aus dem Häufchen Elend ein properer Kater mit dichtem seidenweichem rot-weissem Fell heranwuchs. Sie hatte zu der Zeit alleine in der Wohnung in den Altstadtgassen Berns gewohnt und der Kater hatte sich unterdessen bei ihr häuslich eingerichtet. Sie war froh, dass er es nicht zu vermissen schien, dass er nach draussen gehen konnte. Die Wohnung und sein Platz am Fenster genügten ihm.

Jonas war erst später in ihre kleine Mansarde unter dem Dach mit eingezogen. Es wurde zwar etwas eng für zwei Erwachsene in den drei eher knapp bemessenen Räumen, aber sie waren damals noch romantisch gestimmt gewesen und hatten sich nicht daran gestört. Im Gegenteil, sie hatten ihre beengte Wohnsituation kuschelig genannt.

Kater hatte Jonas von Anfang an geliebt, so wie ein kleines Raubtier aus menschlicher Sichtweise eben lieben konnte. Die beiden waren ein Herz und eine Seele gewesen. Elenor als Erretterin seines kleinen Lebens blieb nur die Rolle eines Dosenöffners und Katzenkistchen-Reinigers übrig. Sie musste zugeben, sie war zuerst ein wenig eingeschnappt gewesen, dass ihr nur der Platz der zweiten Geige im Leben ihres Haustieres zu spielen übrig blieb. Bald hatte sie sich damit abgefunden und sogar darüber gefreut, dass die beiden gut miteinander auskamen.

Diese heile Welt dauerte so lange an, bis Jonas nach einem heftigen Streit Elenor, Kater und die Wohnung verlassen hatte. Zu Beginn war Elenor froh über Jonas Abwesenheit und über die wieder gewonnene Freiheit gewesen. Und den wieder eingekehrten Frieden. Zu Elenors Leidwesen war Kater aber Jonas geistig gefolgt, war mit ihm gleich mit ausgezogen. Zurück blieb ein kleines, reizbares Tier, das nichts mehr mit dem sanften Wesen gemein hatte, das sie so gut kannte. Tage vor dem Eklat hatte er sie noch schnurrend wie ein gut geölter Traktor begrüsst, wenn sie abends nach getaner Arbeit nach

Hause gekommen war, hatte sie freudig umbuckelt und sein pelziges Köpfchen an ihren Beinen gerieben.

Sein Buckeln war zwar nicht verschwunden, doch nun wurde es begleitet von einem gesträubten Fell und einem buschigen Schwanz, was in der Katzensprache nichts Gutes bedeutete. Zu allem Übel war sein unflätiges Gehabe von einem gehässigen Fauchen begleitet, wobei er jedes Mal seine scharfen Eckzähne entblösste und die Ohren anlegte. Nichts, was Elenor tat, konnte ihn umstimmen oder besänftigen, konnte aus seiner Feindseligkeit ihr gegenüber wieder Freundschaft machen. Es half kein extrafeines Leckerli und kein neues Mausspielzeug.

Wann und wie war das nur alles geschehen? Elenors Kopf schmerzte pochend und ihre Augen brannten vor Müdigkeit. Sie war völlig ratlos. Am Küchentisch sitzend, schaute sie über die dampfende Tasse Kaffee hinweg zur Küchenecke, wo sich der Kater unterdessen leise knuspernd an seiner Portion Trockenfutter gütlich tat. Immer wieder blinzelte er zu Elenor auf, so als fürchtete er, dass sie sich in einem unaufmerksamen Moment auf ihn stürzen und am Schwanz packen könnte. Sie seufzte und stand auf. Es war Zeit. Sie liess die Tasse mit dem Kaffee unberührt stehen, ging ins Schlafzimmer und packte einen kleinen Koffer, warf einen letzten Blick in die Runde, sah die gemütliche Küche mit den alten, aber praktischen Küchenmöbeln in Nussbaumoptik, den Holztisch mit den zahlreichen Kratzern und Flecken – alles Zeugen von Gelagen, die hier veranstaltet worden waren. Da lag der alte Teppich, den sie schon lange hatte entsorgen wollen. Der Elefantenfuss, der in den letzten Jahren massiv an Umfang gewonnen und ihre anfängliche Unwissenheit und Ignoranz um den Durst der Pflanze überlebt hatte, stand in der Nähe des Fensters. Sie sah Kater an, der unterdessen wieder auf seinem Lieblingsplatz, der Fensterbank, sass und nach draussen schaute. Ein Sonnenstrahl fing sich in seinem Fell und liess es hellorange aufleuchten. Er sah sich nicht nach Elenor um, als sie die Haustüre leise hinter sich schloss, den Schlüssel und den Brief in ein Kuvert steckte und bei ihrer Nachbarin Henriette in den Briefkasten warf. Sie wusste, die gute Seele würde sich gut um das Tier kümmern, wie jedes Mal, wenn sie weg war. Sie fuhr mit dem Lift in die Tiefgarage, hievte das Gepäckstück in den Kofferraum ihres Wagens und fuhr los.

3

Sorgfältig schloss er die Kellertür hinter sich ab und drückte die Klinke nach unten, kontrollierte noch einmal, ob die Tür auch tatsächlich zu war. Diese Vorsichtsmassnahme war wichtig, denn es befand sich sein Heiligstes in diesem Raum. Niemand durfte den Keller ohne sein Wissen betreten. Auch in dem unwahrscheinlichen Fall, dass jemand um Einlass gebeten hätte, er hätte es nicht erlaubt.

Ein paar Sekunden lang blieb er unschlüssig stehen. Er konnte sich kaum dem unwiderstehlichen Drang entziehen, den Schlüssel im Schloss zurückzudrehen und die Tür wieder zu öffnen und konnte das Verlangen, die Kiste wieder aus dem Schrank zu nehmen und die Knochen aus ihrem weichen Lager zu schälen, wie einen körperlichen Schmerz fühlen. Diese Begierde brannte wie eine kleine Flamme heiss in seiner Brust.

Er wusste nicht, wie er es anstellen sollte, diesen Abend zu überstehen. Wie sollte es ihm gelingen, ruhig zu bleiben, sich normal zu verhalten und zu gedulden, bis es spät genug war, um wieder hierher zu kommen? Bis dahin waren es noch unendlich lange Stunden.

Er schüttelte den Kopf über seine Ungeduld. Jetzt was es an der Zeit, sich zusammenreissen und sich auf das Wesentliche zu konzentrieren. Er musste seine Gedanken ordnen, seine

Sehnsucht wegsperren, so wie die Kiste, die in dem Metallschrank sicher verwahrt stand. Seine täglichen Aufgaben würden seine ganze, ungeteilte Aufmerksamkeit erfordern. Wenn er sich nicht beherrschen konnte, war die Gefahr gross, dass er sich durch sein Verhalten verriet und sein Geheimnis aufflog. Das konnte und wollte er nicht riskieren. Er hatte zu viel investiert und zu lange gebraucht, um sein jetziges Leben aufzubauen. Es hatte all sein Wissen und Können, seine Geschicklichkeit und Geduld erfordert, an diesen Punkt der Perfektion zu gelangen – in seinem Leben wie auch in seinem Kunstschaffen. Sein jetziges Leben war vollkommen, so wie es war. Es war ihm gelungen, seinen Traum Wirklichkeit werden zu lassen. Wer konnte das schon von sich behaupten? Er konnte sein, wer er wollte und machen, was er wollte. Na ja, jedenfalls fast. Er konnte seinem geliebten Hobby ungestört nachgehen, was durfte man noch vom Leben verlangen?

Verstohlen, aber mit einem Blick für kleinste Details, schaute er sich ein letztes Mal um, bevor er die Treppe aus dem Keller nach oben stieg.

4

Die Fahrt aus der Stadt war wie immer mühsam um diese Uhrzeit. Auf allen Zufahrtsstrassen hatten sich nervtötende Staus gebildet, es war lärmig und die Strassen voller Menschen, die wie kopflose Hühner kreuz und quer über die Fahrbahnen liefen. Elenor war erleichtert, als sie durch die verstopften Knäuel der Autobahntangenten durch war und sich links und rechts liebliche Landschaften mit sanften Hügeln und pittoresken Dörfern ausbreiteten. Normalerweise genoss sie es, durch das Emmental zu fahren, gerade zu dieser Jahreszeit, wo sich die ertragreichen Felder mit der wogenden Frucht in grün und gelb links und rechts der Strasse ausbreiteten. Aber heute hatte sie keine Musse für diese ländliche Schönheit. Durch die unzähligen schlaflosen Nächte der letzten Monate und die doch eher überstürzte Abreise fühlte sie sich gerädert und um Jahre gealtert. Ein kurzer Blick in den Rückspiegel bestätigte ihr, dass sich das nicht nur so anfühlte. Von einer lähmenden Müdigkeit überwältigt, legte sie einen Stopp am nächsten Tankstellen-Shop ein. Sie tankte ein paar Liter und trank einen Espresso an einem der Stehtische im gut besuchten Laden. Nach dem Bezahlen liess sie das Hardtop ihres Cabrios nach unten gleiten. Es war schön genug und vielleicht half der frische Fahrtwind, sie auf andere Gedanken zu bringen.

Tatsächlich belebte der Wind ihren Geist und half ihr, die Fahrt mehr zu geniessen. Sie erfreute sich am Anblick der Bauernhäuser mit ihren typischen tief gezogenen, schweren Dächern. Die Häuser, die zum Teil schon viele Jahrhunderte hier standen, trotzten der boomenden Moderne. Hier war die Zeit stehen geblieben und das war gut so. Nur an ganz wenigen Stellen hatte der sogenannte Fortschritt den tiefen und engen Tälern etwas anhaben können. Auf dem Land tickten die Uhren eben anders als in der Grossstadt. Man gab sich hier noch Mühe, die schöne Landschaft und die wertvollen Häuser zu bewahren, neue Bauvorhaben wurden sehr restriktiv gehandhabt. Man bekam kaum Bewilligungen für den Bau neuer Häuser. Und das war gerade der Grund, warum viele Menschen hier blieben und nicht abwanderten. Auch die jungen Menschen hatten unterdessen die Vorteile des geruhsamen Landlebens für sich wiederentdeckt, obwohl sie lange Arbeitswege dafür in Kauf nehmen mussten oder anderswo bestimmt mehr Geld verdienen konnten. Grundstücke wurden in der Familie von Generation zu Generation weitergereicht, gehegt, gepflegt und geschätzt.

Wenn die Autobahnen verstopft waren, wählte Elenor oft den zwar längeren, aber geruhsameren Weg über die Hügel in die Zentralschweiz. Wobei das Wort *oft* hier sicher nicht zutreffend war, wie sie zugeben musste. Sie war lange schon nicht mehr in der Gegend gewesen, in der sie aufgewachsen war. Sie hatte es vorgezogen in Bern zu bleiben, auch an den Wochenenden und an ihren arbeitsfreien Tagen.

Der kühle Wind, der an ihren Haarsträhnen zupfte, prickelte fast schmerzhaft auf der Haut. Fast so schmerzhaft wie die Erinnerungen, die sie mit dem Ort verband, dem sie entgegenfuhr. Vielleicht war auch das ein Grund, warum sie es heute vorzog, die zeitraubende Strecke durch das Emmental und das Entlebuch zu fahren. Sie brauchte diese gewonnene Zeit, um sich mental auf das Zuhause ihrer Kindheit vorzubereiten.
Schon von weitem roch sie den herrlichen Duft von frisch gebackenen Keksen. Das offene Autoverdeck liess die verlok-

kenden Gerüche und die Erinnerungen an Geburtstage und Weihnachten gleichzeitig in ihre Nase strömen. Dankbar für die duftende Ablenkung von ihren trüben Gedanken entschloss sich Elenor, einen Abstecher in die grosse Einkaufshalle der Feinbäckerei Kambly zu machen und im Sortiment verschiedenster Geschmacksrichtungen von Gebäck zu schwelgen. Nicht ganz uneigennützig, denn der Zwischenhalt in Trubschachen trug auch dazu bei, die Zeit bis zu ihrer Ankunft auszudehnen. Verführt von der schweren Süsse der Gebäcke trug sie schwere Tüten voller Köstlichkeiten zum Auto zurück. Gesättigt vom Durchprobieren der üppigen Musterauslage merkte sie, dass ihre Anspannung langsam nachliess und sie spürte, dass sich so etwas wie Vorfreude und Wärme in ihrer Magengegend ausbreitete. Vielleicht war sie auch nur heillos überzuckert. In diesem Moment jedenfalls war sie sich sicher, die richtige Entscheidung getroffen zu haben. Je näher die Gegend um den Zugersee kam, an dessen Ufer das Haus ihrer Kindheit stand, desto geborgener und sicherer fühlte sie sich. Am meisten freute sie sich aber auf das Wiedersehen mit Quentin, ihrem Bruder.

5

Als in der Ferne die Schwyzer und Glarner Alpen und die Rigi auftauchten, war es noch viel zu früh, um direkt zum Haus zu fahren. Bestimmt war niemand da und Elenor mochte jetzt nicht vor einem leeren Haus warten. Zudem nagte der Hunger grummelnd in ihren Gedärmen, trotz der Süssigkeiten, die sie im Emmental vernascht hatte. Sie war aufgebrochen, ohne einen Happen gegessen zu haben. Elenor erinnerte sich mit einem schlechten Gewissen daran, dass die volle Kaffeetasse mit dem inzwischen kalt gewordenen Inhalt immer noch unberührt auf dem Küchentisch stand. Bei dem Gedanken an ein heisses Getränk lief ihr das Wasser im Mund zusammen. Sie wusste, wo sie etwas für ihr leibliches Wohl bekommen konnte. Doch war sie schon bereit dazu? Konnte sie den Schritt schon wagen? Wenn nicht jetzt, wann dann? Heute Morgen hatte sie, ohne sich noch einmal umzusehen, eine Tür hinter sich geschlossen. Sie war entschlossen, eine andere zu öffnen.

Als Elenor sich der Stadtmitte näherte, musste sie feststellen, dass das Städtchen, das sie aus ihrer Kindheit kannte, verschwunden war. Schon die Formulierung *Städtchen* war nicht mehr auch nur im Ansatz zutreffend. Ungläubig starrte sie an mehreren schmucklosen Hochhäusern empor, die wie bedrohliche schwarze Gerippe in den Himmel ragten. Was war in den letzten Jahren hier passiert? Wo war der verträumte Charme der lieblichen Provinzstadt Zug geblieben? Elenor konnte es nicht fassen. Sprachlos musste sie hinnehmen, dass alles, was man in der Zeitung las, auch tatsächlich zutraf. Hier regierten das Geld und die Geschmacklosigkeit des zeitgenössischen Städtebaus. Verdichtetes Bauen nannte die Politik das Zusammenpferchen der Menschen. Ein bisschen Trost fand sie in der Altstadt, als sie sah, dass sich wenigstens hier kaum etwas verändert hatte. Sie parkierte vor dem Regierungsgebäude, blieb eine Weile im Auto sitzen und beobachtete den Postplatz und den Verkehr, der sich hier durchwälzte. Die Verkehrsführung hatte sich zwar verändert und das Gebäude der Kantonalbank war von Baugerüsten und Schutzwänden eingeschalt, doch sonst war alles beim Alten geblieben. Sie stieg aus und ging Richtung Landsgemeindeplatz, einen der wenigen fussgängerfreundlichen Plätze inmitten der verkehrsreichen Kantonshauptstadt. Neben dem Regierungsgebäude standen noch immer die Volieren, vor denen sie als Kind fasziniert gestanden und die bunten Vögel beobachtet hatte. Ein Beo hüpfte freudig zu ihr an das Käfiggitter heran und trällerte ein kehliges Hallo. Kleine und grosse Papageienarten liessen ihr ohrenbetäubendes Krächzen hören. Auf der anderen Seite des mit Kopfsteinen gepflasterten Platzes unter den grünenden Rosskastanien stand eine noch grössere Anlage mit nicht minder exotischen Tieren. Langsam drehte sie ihre Runde um die grossen Käfige und spähte in jeden hinein. Sie erkannte eine Kolonie Waldrappen, dessen ausgebüxte Verwandte den ganzen Kanton vor nicht geraumer Zeit während Monaten in Schach gehalten hatte, bis man Shorty, ein Weibchen, schlussendlich nach mehreren vergeblichen Versuchen einfangen und in eine Gruppe ziehender Waldrappe eingliedern konnte. Einmal rundherum um die Volieren und Elenor stand wieder da, wo sie ihre Tour begonnen hatte. Hier war noch das ursprüngliche Zug zu sehen. Die alten, dicht aneinander geschmiegten Häuser, der Platz mit dem Kopfsteinpflaster, der See. Am Kiosk beim Steg konnte man immer noch Tretboote mieten. Hier war noch alles so, wie sie es in Erinnerung hatte. Alles war sauber gekehrt, alles strahlte im erhabenen Glanz der vergangenen Jahrhunderte.

Elenor spürte, dass der Moment gekommen war. Sie hatte nicht vor, noch mehr Zeit zu vergeuden und schaute erwartungsvoll hinüber zum Café an der Ecke. Mit klopfendem Herzen und einer Mischung aus Vorfreude und Angst ging sie darauf zu. Sie war sich nicht ganz sicher, was sie drinnen erwartete. Vor dem Café standen ein paar Korbstühle und metallene Tische mit eingelegten bunten Mosaiksteinen in der milden Vormittagssonne. Einige Gäste genossen die Aussicht über den Platz. Einen kurzen Augenblick lang verliess sie fast der Mut, doch sie gab sich einen Ruck und trat ein. Der Wechsel vom gleissenden Tageslicht in das dunklere Café liess sie einen Moment wie erblindet wanken. Doch schnell adaptierten sich ihre Augen an die neuen Lichtverhältnisse. Sie sah sich um. Das Café bestand aus einem einzigen grossen Raum. Die Wände waren hellgelb gestrichen und mit bunten kleinen und grossen Papierblumen geschmückt. Mehrere viereckige Tische waren so arrangiert, dass genug Platz blieb, um Gäste zu bedienen, ohne an alle Ecken und Kanten zu stossen. Sie fand, das Café strahlte Gemütlichkeit aus.

Elenor war kaum eingetreten, da wusste sie, dass alle vorgängigen Sorgen umsonst gewesen waren. Emma blickte sich nur kurz um, um zu sehen, welcher Gast sie beehrte, dann hörte Elenor ein freudiges Quietschen, das die anwesenden Gäste erschrocken auffahren liess. Schon rannte Elenor ihrer ehemaligen besten Freundin aus Kindertagen mit offenen Armen entgegen.

«Oh mein Gott, Leni!»

«Hallo Emma», sagte Elenor verlegen, konnte sich aber ein Grinsen nicht verkneifen.

Sekunden später wiegten sie sich in den Armen, so als wäre die Vergangenheit nie gewesen.

Elenor schob Emma eine Armlänge von sich, um sie sich genauer anzusehen. Emmas einst pummelige Figur mit den struppigen kurzen Strähnen hatte sich zu einer gertenschlanken Erscheinung mit vollem, strohblondem, hüftlangem Haar gewandelt. Ihre hellblauen Augen strahlten und ihr kleiner Porzellanpuppenmund war zu einem breiten Lachen verzogen.

«Emma, du bist ja kaum wiederzuerkennen!»

«Ich hoffe, das ist ein Kompliment.» Emmas wache Augen scannten Elenor. «Aber du warst schon immer die Hübschere von uns beiden gewesen und das hat sich nicht geändert.»

Mit einem Augenzwinkern hackte sie sich bei Elenor ein und begleitete sie an einen freien Platz am Fenster.

«Nimm hier Platz, bitte, und warte kurz. Ich muss nur schnell meine Gäste fertig bedienen, dann bin ich gleich bei dir und wir können plaudern.»

Kaum gesagt, war sie auch schon schwer beladen mit einem Tablett voller Kaffeetassen, Krügen, frischen Brötchen und Croissants nach draussen geeilt, um ihre wartenden Gäste an der frischen Luft zu bedienen. Nach wenigen Minuten kam sie zurück mit einem Korb mit frischem Gebäck und zwei Tassen Kaffee und setzte sich auf den freien Stuhl Elenor gegenüber.

«Hier, du siehst hungrig aus. Zudem stünde dir etwas mehr Masse zwischen deinen Rippen gut.»

Natürlich war das eine Anspielung auf eine längst vergangene Zeit, als Emma gegen ihre zu vielen Kilos hatte ankämpfen müssen und Elenor, ihre beste Freundin, beneidet hatte, die nur aus dürren Gliedern und knotigen Spinnengelenken zu bestehen schien. Das hatte sie beide ausgemacht. Sie waren das ungleiche Paar, das wie Pech und Schwefel zusammen gehalten hatte. Gemeinsam hatten sie schlechte Schulnoten, hänselnde Schulkameraden und den ersten Liebeskummer durchlebt. All dieser Unbill hatte sie beide nur noch stärker zusammen geschweisst.

Bis zu dem Tag, als etwas Schreckliches geschehen war, das ihre heile Welt hatte zusammenfallen und das eingeschworene Team langsam, aber stetig hatte auseinanderdriften lassen. Zuerst hatten sie nichts von den Veränderungen bemerkt, die schleichend geschahen. Oder sie wollten es nicht wahrhaben.

Als sie endlich begriffen hatten, was mit ihnen passierte, war es bereits zu spät gewesen.

Sie hatten es sich trotzdem nicht leicht gemacht. Wollten kitten, was nicht mehr zu kitten war. Aber es war vorauszusehen, es half alles nichts mehr. All die Briefe, die Unmengen von SMS, die stundenlangen Telefongespräche waren am Ende umsonst gewesen. Ihre eigenen Geschichten hatten sie eingeholt und die Konsequenz daraus war, dass sie sich auseinandergelebt hatten. Als sie sich beide der traurigen Tatsache stellten, lief die Freundschaft aus. Die freien Zeiten hatten sie immer weniger genutzt, um miteinander zu sprechen und die Freundschaft aktiv zu pflegen oder wenigstens aufrecht zu halten. Sie hatten die knappe Freizeit selbst eigennützig gebraucht, um sie mit neuen Bekanntschaften zu verbringen und neue Freundschaften zu knüpfen. Es hatten anspruchsvolle Ausbildungsexamen vor ihnen beiden gestanden, in die sie die Zeit investiert hatten oder sie widmeten sich neuen Hobbys.

Elenor schaute Emma zu, wie sie die Kaffeetasse an ihre Lippen hob und vorsichtig trank. Plötzlich sah sie sich und Emma wieder als die kleinen, kichernden Gören vor sich, wie sie Hand in Hand zur Schule gingen und alles, aber auch wirklich alles, gemeinsam taten und teilten.

Emma entging Elenors tiefer Seufzer nicht und sie sah sie fragend an.

«Es ist nichts, Ems. Ich habe nur an uns gedacht, als wir noch sorglos durchs Leben gingen.»

Sie nickte. «Weisst du, es ist seltsam, aber ich habe das Gefühl, dass wir gar nicht so lange getrennt waren. Als wären die vergangenen Jahre nicht wirklich geschehen. Gleich als du durch die Tür kamst, war es mir, als wärst du nie wirklich weg gewesen. Geht es dir nicht genauso?»

Nein, Elenor konnte nicht die gleiche Empfindung mit ihr teilen. Für sie fühlte es sich an wie Jahrzehnte. Wenn sie Emma genauer betrachtete, war die Zeit auch nicht spurlos an ihr vorüber gegangen. Sie beide waren zwar immer noch jung, aber doch nicht mehr so knusprig wie auch schon. Aber Elenor hielt den Mund. Sie wollte sich auf das Hier und Jetzt konzentrieren.

Emma merkte nicht, dass Elenor sehr still war. Sie reagierte anders. Es sprudelte alles aus ihr heraus, als hätte sie alles aufgehoben, alles memoriert, damit sie es, wenn Elenor endlich wieder da war, alles auf einmal loswerden konnte. Sie erzählte Elenor alles, was in ihrem Leben seit dem Wegzug der Freundin geschehen war. Das Gute und auch das Schlechte. Ohne Punkt und Komma.

Elenor hörte geduldig zu. Nicht ganz selbstlos, denn so musste sie nichts von sich selbst erzählen. Es war jetzt nicht die Zeit, so tief in den eigenen Erinnerungen zu graben.

6

Der Morgen quälte sich nur im Sekundentakt dahin. Er war überzeugt davon, dass sich die Zeit über ihn lustig machte. Er hatte viel zu tun und sollte eigentlich genügend abgelenkt sein, um nicht immer an den Inhalt der Kiste denken zu müssen. Es waren stapelweise Schreibarbeiten zu erledigen, die er lange vor sich hergeschoben hatte. Wenn er sich jetzt nicht darum kümmerte und die offenen Rechnungen bezahlte, würden bald die ersten Mahnungen hereinflattern. Er tätigte einige Anrufe, die sich auf seiner To-Do-Liste zuoberst befanden. Er hatte schon lange keine Aufträge mehr erhalten, was ihn ärgerte. Langsam wurde es eng mit seinen finanziellen Mitteln. Seine Arbeit hier im Büro brachte ihm zwar etwas ein, doch das Material für seine Kunstobjekte musste bezahlt werden und das war unglaublich teuer. Nicht dass ihn das betrübt hätte, denn es war ihm nur das Beste gut genug. Aber eben, die Leute, die ihm seine Wünsche erfüllten, wollten alle gutes Geld von ihm.

Er wusste genau, woran es lag, dass ihn niemand buchte. Es war seine eigene Schuld. Es lag nicht an seinem Können, sondern nur an seiner zeitweilig auftretenden Faulheit, die ihn hinderte, sich angemessen um den Verkauf seiner Objekte zu bemühen. Anstatt sich um das Marketing zu kümmern, widmete er seine knappe Freizeit viel lieber dem Erschaffen von Kunst.

Das rächte sich nun. Er nahm sich wie schon so viele Male vorher fest vor, dass er sich mehr anstrengen musste. Bis jetzt war es ihm vergönnt gewesen, dass er von einem Auftrag zum nächsten nicht lange warten musste. Sie fielen ihm sozusagen in den Schoss. Aber wie so vieles veränderte die Zeit das Gewohnte. Es blieb ihm nichts anderes übrig, als sich wieder mit Menschen zu treffen, um neue Interessenten zu gewinnen. Er musste sich wieder mehr mit Networking befassen, wie es auf Neudeutsch so schön hiess.

Er atmete einige Male tief durch und legte die Hände flach auf den Tisch. Jetzt nur nicht schlapp machen. Erledige diese leidigen Dinge, dann bist du sie eine Weile los, sagte er zu sich selbst. Je schneller er dies tat, umso schneller konnte er wieder in sein Reich unten im Keller zurückzukehren. Mürrisch musste er sich selbst eingestehen, dass er heute besonders ungeduldig war. Aber das hatte bestimmt mit der neuen Lieferung zu tun. Sein fachmännisch geschultes Auge hatte sofort erkannt, dass das Material perfekt war. Seine Finger zuckten nervös über die Tasten des Telefons, als er die nächste Nummer tippte.

Bevor sich der Gesprächsteilnehmer meldete, trank er schnell einen Schluck des inzwischen kalt gewordenen Kaffees. Der Tag würde lang werden, doch er musste sich zusammenreissen. Er konnte hier nicht alles stehen und liegen lassen. Um sich abzulenken und zur Belohnung für seine bereits getane Arbeit würde er sich am Mittag noch einen kleinen Spaziergang gönnen. Bevor er in den Keller ging, wollte er seinen Engel sehen.

7

Schnell fand Elenor heraus, dass das Schicksal es mit Emma nicht gut gemeint hatte. Sie hatte sich nach der absolvierten Schulausbildung um einen Ausbildungsplatz als Floristin beworben und diesen zu ihrer Freude auch bekommen. Doch verursacht durch die betörenden Düfte der Blumen, plagten sie nach ein paar Monaten heftigste Migräneattacken. Ihr war damals nichts anderes übrig geblieben, als schweren Herzens die Ausbildung abzubrechen. Danach hatte sie sich um ein Praktikum als Verkäuferin in einer kleinen, aber feinen Boutique für Damenbekleidung hier in der Stadt bemüht, wurde aber wegen ihrer Leibesfülle schnöde abgewiesen. Das hatte sie damals hart getroffen, sie liess aber niemanden von ihrem Schmerz wissen. Durch eine glückliche Fügung hatte sie in dieser Zeit Niko kennen und lieben gelernt. Und was vorher undenkbar schien, hatte er durch seine uneingeschränkte Liebe zu ihr erreicht. Er war ein sportlicher Mann gewesen und seine Leidenschaft war bald auf Emma übergesprungen. Sie hatte angefangen, sich vermehrt um sich selbst zu kümmern und begann Sport zu treiben. Was ihr während der Schulzeit Magenkrämpfe verursacht hatte, machte ihr nun Freude. Sie joggte regelmässig und nahm einmal pro Woche an einem Poweryoga-Kurs teil. Das junge Paar fand eine kleine Wohnung am Rande der Stadt und zog zusammen. Zur selben Zeit hatten sie gesehen, dass das kleine Café, in dem Emma und Elenor nun sassen, zur Pacht angeboten wurde. Sie bewarben sich und bekamen den Zuschlag für die Betreibung des Geschäftes. Emma hatte ihre Bestimmung gefunden und führte das Café äusserst erfolgreich. Sie war eine hochgeschätzte und viel besuchte Gastgeberin. Niko war als Versicherungsexperte für Elementarschäden in einer grossen nationalen Firma angestellt gewesen und geschäftlich viel unterwegs. Auf einer seiner Fahrten passierte dann das Unglaubliche. Sein Auto wurde auf seiner Heimreise von einem Geisterfahrer auf der Autobahn frontal gerammt. Er war sofort tot gewesen.

Elenor war fassungslos über das Gehörte und hilflos gegenüber den Emotionen, die Emma überwältigten, als sie ihre traurige Geschichte erzählte. Tränen glitzerten in ihren Augen, als sie von ihren Erinnerungen und der erneut aufwallenden Trauer überwältigt wurde. Elenor konnte nur still daneben sitzen und ihre Hand halten. Zutiefst bekümmert musste sie akzeptieren, dass ihre Freundin ohne sie durch eine schöne, aber auch durch eine leidvolle Zeit gegangen war. Was hätte sie jetzt gegeben, wenn sie die Zeit hätte zurückdrehen und Emma beistehen können.

Nach einer kurzen Pause, in der Emma sich die feuchten Augen abwischte und zahlende Besucher verabschiedete, neue Gäste bewirtete und für sie beide starken Kaffee brachte, blickte sie Elenor erwartungsvoll an. Es war nun an ihr zu erzählen.

Elenor wusste nicht, wo sie beginnen sollte und tat es auch nicht. Der Anblick von Emmas enttäuschter Miene über ihr Schweigen stach ihr zwar mitten ins Herz, doch sie konnte nicht erzählen, wie gut es ihr in der Zwischenzeit ergangen war, während ihre Freundin Schmerzliches erlebt hatte. Mit dem Versprechen eines weiteren Treffens verabschiedete sich Elenor rasch von Emma und machte sich auf, dem ursprünglichen Ziel entgegen.

8

Ungeduldig trat er von einem Bein aufs andere. Sein Engel war nirgends zu sehen. Verborgen im Schatten einer Rosskastanie spähte er zum Café hinüber. Dann endlich wurde er für sein Ausharren belohnt. Ihr Anblick amüsierte ihn, er hatte sie noch nie so wild gestikulieren sehen. Sie sass mit einer Brünetten an einem Tisch und war wohl in ein angeregtes Gespräch vertieft. Er lächelte zufrieden in sich hinein, bis er sah, dass seine Liebste plötzlich unglücklich wirkte. Sie wischte sich mit einem Taschentuch die Augen. Weinte sie etwa? Was ging da vor sich? Plötzlich wurde er wütend. Wie konnte diese ihm unbekannte Frau es wagen, seinen sonst so glücklichen Engel zu betrüben? Was ihn noch mehr verärgerte war seine Ohnmacht, nichts dagegen unternehmen zu können. Er musste tatenlos zusehen, konnte nichts für sie tun, um sie aufzuheitern. Das war nicht fair. Sie sollte fröhlich sein und lachen. Aber er musste sich eingestehen, dass heute ganz sicher nicht der richtige Tag war, um sich ihr zu offenbaren. Sie war nicht alleine und er war noch nicht bereit dazu. Enttäuscht und nun ebenso unglücklich wie seine Angebetete, ging er unverrichteter Dinge in sein Büro zurück. Dort wollte er in Ruhe sein karges Mittagessen einnehmen. Zuerst hatte er im Sinn gehabt, bei ihr im Café etwas zu essen. Das war jetzt aber unmöglich geworden. Wirklich schade, aber morgen war auch noch ein Tag und er würde wiederkommen. Die Belohnung würde er sich dann holen. Er löste sich vom Stamm des Baumes und wischte sich vorsichtig die Ameisen vom Ärmel, die sich darauf verirrt hatten. Nur noch ein paar Stunden, dann würde er wieder in seinem Keller sein. Knochen waren geduldig und konnten warten. Dieser Gedanke heiterte ihn etwas auf. Er trat aus dem Schatten und mit ausgreifenden Schritten ging er mit einem erwartungsvollen Lächeln an den vielen Touristen vorbei, die die Schönheit der Altstadt bewunderten. Er überquerte den Platz und in wenigen Augenblicken würde er wieder im Büro sein, das sich in der Seitengasse der Oberen Altstadt befand.

9

Die beiden steinernen Löwen, die stolz und grimmig in die Ferne starrend auf den beiden Torsäulen standen, die die Einfahrt zum Anwesen säumten, lösten in Elenor etwas aus, das sie nicht erwartet hatte. Es war vielleicht das unbeteiligte und abweisende Dasein der beiden Statuen, die die unerwünschten Gefühle in ihr hochwallen liessen. Emotionen, von denen sie gedacht und gehofft hatte, dass sie für immer verborgen bleiben würden. Vielleicht war es aber auch das Gespräch mit Emma, das die sorgfältig errichtete Wand in Elenors Seele zum Bröckeln gebracht hatte. Die unerwünschten Gedanken stürzten mit einer solchen Wucht auf sie ein, dass es ihr den Atem nahm. Sie rutschte mit dem Fuss von der Kupplung und liess den Motor mit einem heftigen Ruck nach vorne absterben. Wäre sie nicht angeschnallt gewesen, ihr Kopf hätte wohl Schaden genommen. Sie spürte ihr Herz heftig gegen ihre Rippen klopfen und schloss die Augen. Das letzte Mal, als sie durch dieses Tor gefahren war, war es eine überstürzte Abreise gewesen. Ein Versuch des Entrinnens vor ihrer eigenen Trauer und den Gefühlen der anderen.

Wie betäubt stieg Elenor aus und wischte sich die Tränen, die über ihr Gesicht liefen, von den Wangen. Langsam ging sie auf das geschlossene Tor zu. Durch die schmiedeeisernen Stäbe hindurch war das Haus hell durch die Schatten der Bäume zu sehen. Das Gitter fühlten sich angenehm kühl auf der Stirn an, als sie den Kopf daran lehnte. Das kalte Gefühl der Trauer wurde nach einer Weile von einer warmen Vorfreude verdrängt.

Die Düfte des Parks versetzten Elenor unvermittelt in ihre Jugendzeit zurück. Abends nach dem Ausgang hatte sie hier oft für eine Weile gestanden. Nur so, um ein bisschen zur Ruhe zu kommen, bevor sie wieder in die lebhaften und liebevoll-chaotischen Zustände im Haus eintauchte. Regelmässig waren schon von hier aus Gelächter und Musik zu hören gewesen. Ihre Eltern hatten häufig Empfänge veranstaltet, Nachbarn und Freunde zum Feiern eingeladen. Sie waren soziale Menschen gewesen, die die Gesellschaft von anderen gesucht und geschätzt hatten. Im Herbst und Winter, wenn sich die Bäume ohne Blätter kahl gegen den Himmel reckten, konnte man die hell erleuchteten Fenster im Salon schon von hier aus sehen und auch die Schatten der Gäste, wie sie sich hin und her bewegten. Elenor wollte sich das glückliche und sorgenlose Gefühl von damals bewahren. Es wurde Zeit, endlich die Vergangenheit dort ruhen zu lassen, wo sie hingehörte.

Gerade stieg sie wieder ein, als sie plötzlich etwas weiches, pelziges an ihren Beinen entlang streichen fühlte. Überrascht sah sie nach unten und blickte in grüne, mit unverhohlenem Interesse eindringlich starrende Augen einer Katze. Das Tier war eher klein und sein Fell glänzte in tiefstem Kupfer, glänzendem Schwarz und reinstem Weiss. Ein Weibchen, wie alle Dreifarbigen. Mit einem federnden Sprung katapultierte sie sich unter Elenors bewundernden Blick auf die Mauer und setzte sich neben einen der Marmorlöwen. Gedankenverloren rieb sie ihren hübschen Kopf an dem Stein, als schmuste sie mit ihrem unbeweglichen und kalten Bruder. Elenor wusste, dass das Tier sie währenddessen die ganze Zeit durch ihre zu Schlitzen verengten, scharfen Augen kritisch von oben herab musterte. Unwillkürlich musste sie lächeln und trat zu ihr hin, um ihr Kinn zu kraulen, was sie mit einem überlauten Schnurren quittierte. Nach ein paar Minuten schien sie genug von den Streicheleinheiten zu haben und sich zu langweilen. Mit hoch erhobenem Schwanz schlenderte sie die Mauer entlang, bis sie mit einem Satz in den Park auf der anderen Seite verschwand.

Elenor, nun wieder alleine, mochte nicht mehr länger hier vor dem Tor stehen und öffnete die Flügel. Diese glitten leicht in den Angeln und schwangen einladend auf. Langsam lenkte sie den Wagen die schattige Auffahrt zum Haus hinauf. Gesäumt von uralten Bäumen führte der Weg zu einem grossen Vorplatz bis vor die Stufen der Villa, die majestätisch in der Sonne leuchtete.

Das Gebäude sah immer noch so herrschaftlich aus wie damals und hatte während der letzten Jahre nichts von seiner ehrwürdigen Erscheinung eingebüsst. Schnell rannte Elenor die breite Treppe zum Eingang hinauf. Zu ihrer grossen Enttäuschung war die Tür verschlossen. Doch was hatte sie erwartet? Sie kam unangemeldet, es war noch mitten am Tag und Quentin bestimmt noch bei der Arbeit. Insgeheim hatte sie jedoch gehofft, seine Freundin anzutreffen und einen Schwatz mit ihr halten zu können, bevor er nach Hause kam. In den seltenen Telefongesprächen mit ihrem Bruder hatte er stolz und voller Liebe von Arlette erzählt. Wie er sie bei einer Vernissage kennen und lieben gelernt hatte, wie er sie zum ersten Date ausgeführt hatte und dann wie sie bei ihm eingezogen war. Sie hatte den fragenden Unterton und seine Bedenken, was seine Schwester wohl von ihr hielt, wahrgenommen. Doch was sollte sie dazu sagen? Elenor kannte seine Liebe nicht. Für sie war es die Hauptsache, dass er glücklich mit ihr war.

Trotz aller Vorfreude auf ein Wiedersehen mit ihrem Bruder konnte Elenor sich eines beklemmenden Gefühls nicht ganz erwehren. Wie würde er und vor allem Arlette auf ihr plötzliches Erscheinen reagieren? Unentschlossen, was sie nun als nächstes tun sollte, setzte sie sich auf die Treppe und sah sich versonnen um. Hier standen Bäume, die schon viele Generationen von Menschen ins Haus hatten ein- und wieder ausziehen sehen.

Es freute Elenor sehr, als sie die dreifarbige Katze als kleinen Punkt zwischen den Bäumen auf sich zu schlendern sah. Das Tier liess sich Zeit, bis es dann in voller kleiner Grösse hoch erhobenen Hauptes und mit hochgerecktem Schwanz ankam. Anders als noch vor ein paar Minuten würdigte sie Elenor dieses Mal keines Blickes, sondern trottete in gebührendem Abstand an ihr vorbei und verschwand hinter dem Haus. Elenor wusste, dass sich das Gelände dahinter noch weit ausdehnte. Hinter dichten Baumbestand verbarg sich der Zugersee. Vielleicht war dort irgendwo ihr Revier. Elenor hatte ihr neugierig nachgeschaut, wie sie lasziv um die Ecke gebogen und verschwunden war. Sie hatte plötzlich keine Lust mehr, nur untätig dazusitzen und zu warten, bis jemand nach Hause kam. Weggehen wollte sie auch nicht, aus Angst, Quentin oder Arlette zu verpassen. Kurzerhand stand sie auf und folgte dem Stubentiger.

Elenor hatte ganz vergessen, wie ruhig und friedlich es hier war. Auf diesem Grundstück hatten sie und ihr älterer Bruder als Kinder immer gespielt. Die alten knorrigen Bäume standen immer noch so nah beieinander, dass man vom Haus aus keinen Blick auf das Wasser hatte. Die Sonne zauberte ein bewegtes Muster aus Licht und Schatten auf die Erde. Ein Stück weiter den gekiesten Weg entlang lag der See, verwunschen ruhig im Sonnenlicht. Sie suchte den kleinen Steg, der hier irgendwo sein musste. Auf den hölzernen Bohlen, die aufs Wasser führten, hatte sie als Teenager viele Stunden alleine verbracht. Tief versunken in ihre Tagträume, hatte sie auf das glitzernde Wasser hinaus geschaut und war ihren Gedanken nachgehangen.

Die alten Holzbretter klangen etwas morsch, als sie diese vorsichtig betrat. Aber in der Hoffnung, dass sie dennoch ihr Gewicht zu tragen vermochten, setzte sich Elenor ans Ende des Steges, zog die Schuhe aus und liess die Füsse im klaren Wasser baumeln. Das Seewasser war eiskalt. Nach ein paar Sekunden wurde das beissende Gefühl auf der Haut angenehmer und kühlte die Zirkulation des Blutes. Sie schaute sich um. Die Katze war verschwunden. Wahrscheinlich ging sie ihren felinen Geschäften nach. Das Rascheln des am Ufer üppig wuchernden Schilfes, das sich in einer lauen Brise wog, und das leise Plätschern des Wassers, wenn es in kleinen Wellen aufs Land traf, liessen Elenor fast in einen meditativen Zustand versinken und die Gedanken zu längst vergangenen Zeiten schweifen. Damals noch Kinder, hatten sie glücklich und unbeschwert an diesem Ufer ihren Unfug getrieben. Sie konnte das helle Lachen der Mutter, die sich über die Kapriolen der Kinder amüsierte, und die sonore Stimme des Vaters, der sie zum wiederholten Male zur Vorsicht am Wasser mahnte, hören.

Ein silberner Körper eines Fisches, der sich direkt vor Elenor aus dem Wasser katapultierte und mit einem leisen Platschen wieder zurück in sein angestammtes Element fiel, riss sie in die Gegenwart zurück. Seufzend folgte sie mit den Augen der Linie des Ufers, bis sie an einem Holzhaus hängen blieben. Das Badehaus hatte sie ganz vergessen. Als Kind hatte sie das Häuschen sehr gemocht, sie hatte sich darin wie eine lebende Puppe in einem überdimensionalen Puppenhaus gefühlt. Wenn das Wetter gut gewesen war, hatten sie und Quentin die ganze Sommerzeit mit einer Horde Schulkameraden und den Nachbarskindern dort verbracht. Manchmal hatten sie sogar in dem ebenerdigen Raum und in der Kammer unter dem Dach übernachtet. Nur zum Essen waren sie jeweils pünktlich und hungrig im Haupthaus aufgetaucht, um sich für die nächsten Abenteurer zu stärken. Der einzige Grund, von dort fernzubleiben, war nur Regen gewesen. Dann war es im Badehaus für so viele Kinder zu eng und langweilig. An nassen Tagen hatten sie ihren Aufenthalt in Quentins und in ihr eigenes Zimmer verlegt, hatten in den Kisten mit den Spielsachen gekramt und sich die verrücktesten Spiele ausgedacht.

Sie wollte gerade aufstehen, als sie aus dem Augenwinkel heraus eine Bewegung wahrnahm. Sie beschattete die Augen mit der Hand und schaute genauer hin. Dort beim Badehaus war jemand. Es war eindeutig ein Mann, der halb verborgen hinter einem Busch stand und sie beobachtete.

«He, Sie», rief Elenor laut, «was machen Sie da?»

Der Mann wich einen Schritt zur Seite und verschwand ganz hinter dem Gestrüpp.

Na warte, dachte Elenor, dich werde ich mir genauer ansehen. Das wäre ja noch schöner, sich in den Büschen zu verstecken und heimlich Frauen zu beobachten.

Mit nassen Füssen tappte sie vorsichtig den Weg am schilfbewachsenen Ufer entlang zum Badehaus. Sie erwischte den Voyeur in flagranti.

Er hatte sie nicht kommen gehört. Unbeweglich stand er da, den Rücken zu ihr gewandt. Einige Augenblicke war sie unschlüssig, wie sie sich verhalten sollte. Sollte sie hinter ihm stehen bleiben, schweigen und abwarten, wie lange er brauchte, bis er sie bemerkte? Oder wäre es nicht lustiger, ihn zu erschrecken? Elenor entschloss sich für die zweite Option.

«Stalken Sie mich?»

Der heimliche Beobachter zuckte zusammen und wirbelte herum. Er trug eine verschmutzte blaue Latzhose, die sich über einen dicken Bauch spannte. Die kurzen Beine steckten in lehmverkrusteten, hohen, schwarzen Gummistiefeln. Unter seiner unregelmässig geschnittenen Frisur, oben länger und auf der Seite kurz, trug er eine dicke Hornbrille auf einer ulkig geformten Knollennase. Die Gläser der Brille waren so dick, dass seine Augen winzig klein und schlangenhaft starr erschienen. Der Mann schwitzte stark. Neben den Bahnen von frischen Tropfen waren alte Schweissbahnen zu glitzernden Kristallen auf Stirn und Oberlippe eingetrocknet.

Er griff sich mit einer Hand an seine Brust. «Verdammt, haben Sie mich erschreckt!»

«Das war auch meine Absicht.»

«Wer sind Sie und was machen Sie hier?» Seine Stimme klang ziemlich laut und gehässig.

Elenor war verdattert. «Ich? Wieso? Ich bin hier zu Hause. Und Sie?»

Seine winzigen Augen wurden eine Nuance grösser. «Leben Sie in dem Haus dort drüben?» Seine Kopfbewegung zeigte in die Richtung der Villa.

«Ja, natürlich, bei meinem Bruder. Und wer sind Sie?»

In dieser ländlichen Gegend hatte man es anscheinend nicht so mit Höflichkeiten. Am liebsten hätte sie diesem ungehobelten Typen gegen das Schienbein getreten.

«Ich bin Jakob Schepper. Der Gärtner.»

«So, so. Darf ich mich Ihnen hiermit auch offiziell vorstellen? Ich bin Elenor Epp, die Schwester von Quentin Epp, dem Hausherrn und Ihrem Boss.»

Ihr Name verhallte nicht ohne Wirkung. Er lief rot an und murmelte etwas Unverständliches.

«Wie bitte?»

«Tut mir leid. Ich habe Sie nicht erkannt. Hier schleichen manchmal Fremde herum, da bin ich ein wenig vorsichtig geworden.»

Elenors Ärger verflog sofort. «Mir tut es auch leid. Ich wollte nicht so von oben herab mit Ihnen sprechen. Am besten beginnen wir noch mal von vorne.» Sie streckte ihm ihre Hand entgegen. «Hallo, freut mich, Sie kennenzulernen. Ich bin Elenor Epp.»

Mit ernster Miene packte er Elenors Hand und schüttelte sie vorsichtig in seiner grossen Pranke.

«Die Freude ist ganz auf meiner Seite. Mein Name ist Jakob Schepper.» Und nach einer kurzen Pause: «Ich kümmere mich um den Park.»

«Da haben Sie sicher viel zu tun. Das Gelände ist sehr weitläufig.»

«Ich tue, was ich kann. Aber Sie haben Recht, für eine Person ist es schon ziemlich viel.»

Elenor schaute sich um. Das Gelände war von Unkraut und ungepflegten Büschen überwuchert, der Weg nur ein schmaler Trampelpfad.

Schepper folgte ihren Blicken. «Das Häuschen hat auch schon bessere Tage gesehen.»

Elenor nickte nur. Es wirkte alles vernachlässigt. Aus der Nähe betrachtet sah das Gebäude noch schlimmer aus. Es war schon fast zur Ruine verkommen. Zwar standen die Wände noch, doch die Eingangstür hing schief in den Angeln, ein paar

Fensterscheiben waren zerborsten und das einst weiss gestrichene Holz der Fassade war fleckig und abgeblättert. Wie konnte Quentin dieses wunderbare Haus nur so verlottern lassen? Sie musste unbedingt ein ernsthaftes Wörtchen mit ihm reden. «Wirklich ein Jammer. Ich werde mir das Häuschen von innen anschauen.»

«Tun Sie das, aber seien Sie vorsichtig, es ist ziemlich verlottert.» Schepper räusperte sich. «Ich verabschiede mich, ich muss noch einiges erledigen.»

«Natürlich. Es hat mich gefreut, Sie kennengelernt zu haben.» Elenor lächelte ihm zu und wartete, bis er zwischen dem Gestrüpp verschwunden war.

Vorsichtig drückte sie sich an der kaputten Tür vorbei ins Innere. Der Anblick der aufgehäuften toten Blätter und der Staub auf den Möbeln machte sie traurig. An der Decke hingen verlassene Schwalbennester, der Kot der Vögel verschmutzte den Boden und der beissende Geruch stieg ihr scharf in die Nase. Wenigstens die haben das Ambiente zu schätzen gewusst. Im hinteren Ende des Raumes wand sich eine Wendeltreppe in den oberen Bereich. Elenor wagte nicht hochzugehen, die Stufen sahen ziemlich morsch aus. Sie wollte keinen Unfall riskieren. Zudem würde sich ihr dort oben kein besseres Bild bieten, da war sie sich sicher.

Überrascht hörte sie hinter sich ein Rascheln. Ihr erster Gedanke galt Ratten oder sonstigem Getier, das sich hier eingenistet hatte. Umso verblüffter war sie, als sie die farbige Katze auf steifen Beinen und mit buschigem Schwanz auf sich zu staksen sah. Während sie sich an ihren Beinen rieb, miaute sie herzerweichend. Elenor streichelte das Tier über den Rücken, aber es verstummte nicht und sah sie aus grünen Augen bittend an.

«Was willst du denn?»

Sie miaute.

«Hast du Hunger? Ich habe leider nichts da, was ich dir geben kann.»

Die Stimme des Tieres war laut und durchdringend. Elenor wusste nicht, wie sie es beruhigen konnte.

«Wenn du etwas zu essen willst, dann komm mit ins Haus. Da finde ich bestimmt etwas für dich.»

Elenor hatte genug gesehen und hoffte, dass unterdessen jemand nach Hause gekommen war. Als sie denselben überwachsenen Weg zum Haus zurückging, blieb die Katze zurück. Dann eben nicht. Am Steg zog sie sich die Schuhe wieder an und umrundete das Haus.

Kaum war Elenor um die Hausecke gebogen, sah sie mit Freude, dass ein Auto in der Auffahrt neben ihrem stand. Voller Erwartung rannte sie die Treppe hoch, als die wuchtige Eingangstüre auch schon aufflog und sie zum zweiten Mal an diesem denkwürdigen Tag umarmt und gedrückt wurde.

«Mein Gott, welche Freude, dass du da bist, Leni.» Quentin strahlte über das ganze Gesicht. «Ich habe das Auto nicht erkannt und mich gewundert, wer hier herumlungert. Ist es neu?»

Keuchend musste Elenor sich mit Gewalt aus seiner Umarmung befreien und nach Luft ringend, stellte sie die beiden einander vor.

«Das ist mein neues Auto. Neues Auto, das ist mein Bruder Quentin.»

«Ich wusste gar nicht, dass du kommst.» Seine haselnussbraunen Augen leuchteten vor Begeisterung.

«Ich auch nicht, es war eine spontane Entscheidung», sagte Elenor mehr oder weniger wahrheitsgetreu. «Warum bist du schon so früh zu Hause? Ich dachte, ich müsste noch Stunden ausharren, bis einer von euch von der Arbeit kommt.» Plötzlich besorgt, musterte sie seine spitzbübische Miene. «Fehlt dir etwas, bist du krank?»

Er machte eine abwehrende Geste. «Nein, nein, keine Sorge. Ich bin doch extra früher nach Hause gekommen, weil du ja zu Besuch kommst.» Er grinste flegelhaft, was Elenor mit einem spielerischen Klaps auf seine Schultern beantwortete. «Ich werde heute Abend noch in einem Meeting erwartet und wollte mich schnell umziehen. Aber ich habe gar keine Lust mehr, dorthin zu gehen, jetzt, wo du da bist.» Er schob schmollend seine Unterlippe vor.

«Das kommt nicht in Frage, dass du das Meeting meinetwegen schwänzt.» Elenor wackelte übertrieben lehrerhaft mit dem Zeigefinger vor seiner Nase herum. «Ich werde noch da sein, wenn du wiederkommst. Also hopp, hopp.»

«Du willst wirklich ein paar Tage bleiben?» Seine Miene hellte sich wieder auf.

«Wenn du nicht aufpasst, bleibe ich für immer.» Ach, wenn er nur wüsste ...

«Du kannst bleiben so lange du willst, das weisst du.»

Genau das wollte sie hören. Arm in Arm gingen sie die restlichen Stufen hinauf ins Haus und setzten sich an den riesigen Holztisch in der noch riesigeren Küche.

«Hast du Hunger? Wir haben bestimmt noch etwas im Kühlschrank, das ich dir anbieten kann.»

Schon war Quentin aufgestanden und kramte im übervollen Kühlgerät herum.

«Nein, vielen Dank. Ich hatte bei Emma schon ein reichhaltiges Frühstück.»

«Ach, Emma.» Quentin kratzte sich nachdenklich an seinem Dreitagebart.

Überhaupt kam er Elenor ungewöhnlich wortkarg vor. Sie hatten sich schon Jahre nicht mehr gesehen, aber die erwarteten neugierigen Fragen über den Grund ihres unangemeldeten Auftauchens blieben aus. Sie fühlte sich überraschenderweise gekränkt.

«Ist es wirklich okay, wenn ich ein paar Tage bleibe?» Ihre Stimme warf ein Echo in dem riesigen Raum.

«Was? Ja natürlich.» Er sah sie verständnislos an. «Ich habe doch gesagt, dass du bleiben kannst, so lange du willst.» Er runzelte die Stirne. «Warum fragst du?»

«Ich war mir nicht so sicher. Du weisst ...» Es war unnötig, dass sie weiter sprach.

«Unsinn. Du kannst sogar in deinem Zimmer schlafen.» Er blinzelte belustigt.

«Ich dachte, ihr habt umgebaut.»

«Haben wir auch. Arlette und ich haben deinen Raum als erstes in Angriff genommen. Diese alten Tapeten, die grässlichen Farben mussten einfach verschwinden. Wir haben es als Gästezimmer genutzt.» Er schaute sie schuldbewusst an.

Elenor nickte nur.

«Aber du wirst schon sehen, wenn du oben bist. Schau dich ruhig um. Ich hoffe, es gefällt dir, was wir gemacht haben.»

«Apropos umschauen, ich bin beim Badehaus gewesen und habe da einen Spanner erwischt.»

Quentin sah sie erschrocken an. «Was sagst du da? Einen Spanner? Hier im Park?»

«Keine Angst, es war nur der Gärtner. Ein komischer Kauz.»

Quentin blies hörbar seinen Atem aus den Lungen. «Du hast mich jetzt aber schon auf dem falschen Fuss erwischt.» Er rieb sich das Kinn. «Schepper ist tatsächlich etwas seltsam, aber er macht seine Arbeit gut. Ich bin zufrieden mit ihm.»

«Was ist dann das Problem?»

«Nun, er hat schon erzählt, dass er verschiedentlich beobachtet hatte, wie Fremde im Park herumschleichen.»

«Ah, ja? Wie unangenehm. Habt ihr herausgefunden wer das sein könnte?» Elenor war alarmiert.

«Nein. Er konnte noch niemanden auf frischer Tat erwischen.»

«Und du? Hast du schon jemanden gesehen? Oder Arlette?»

«Nein. Ich bin mir auch nicht sicher, ob er sich das vielleicht alles nur einbildet.»

«Warum denkst du, sollte er das tun?» Quentins Bemerkung konnte Elenor nicht nachvollziehen.

Er zögerte ein paar Sekunden, entschied sich aber nicht auf Elenors Frage zu antworten. Stattdessen sagte er: «Du, ich sollte mich jetzt unbedingt umziehen und zum Meeting fahren. Sei mir bitte nicht böse, wir können morgen weiter darüber sprechen.»

Elenor lachte. «Um Himmels Willen, so geh endlich.»

«Es wird leider spät werden, wir werden dann einfach morgen alles nachholen. Einverstanden?»

Sie konnte seinen grossen braunen Augen nicht böse sein.

«Arlette wird bestimmt auch bald kommen. Ihr könnt dann zusammen plaudern.»

Sie sagte ihm, dass sie sich auf seine Freundin freute. Sein Nicken war wohl schon nicht mehr für sie gedacht, als sie ihn nach oben gehen hörte. Zehn Minuten später fiel die Haustür mit dem lauten Klick ins Schloss.

Der Abend wurde auch ohne Quentin lustig. Arlette war aufgekratzt und das nicht nur dank des süffigen Roten, den sie zu den Tagliatelle mit frischer Pilzsauce tranken. Sie war eine echte Frohnatur und Elenor konnte sehen, was Quentin an ihr so mochte. Ihre kurzen dichten schwarzen Haare umrahmten ein zartes, braun gebranntes Gesicht und ihre kohleschwarzen Augen glitzerten voller Schalk, als sie Anekdoten zu ihrem *Leben mit Quentin* zum Besten gab. Sie tat es mit einem solchen Witz, dass sich die skurrilen Szenen einer Beinahe-Ehe wie in einem Slapstick vor Elenors innerem Auge aneinander reihten. Beide hielten sich die vor Lachen schmerzenden Bäuche und brauchten lange, bis sie sich soweit wieder beruhigt hatten, um an Schlaf zu denken. Die arme Arlette musste am nächsten Morgen wieder früh raus zur Arbeit in die Galerie. Sie erzählte Elenor, dass sie schon immer sehr an Kunst interessiert gewesen war und es darum auch als Studienfach ausgewählt hatte. Sie meinte, dass sie grosses Glück gehabt hatte, einen der seltenen gut bezahlten Jobs gefunden zu haben, wo sie Hobby und Leidenschaft miteinander kombinieren konnte. Den Hauptpreis habe sie allerdings in Form von Elenors Bruder ergattert.

Was Elenor bisher nicht gewusst hatte, war, dass Quentin ein Mann mit Kunstverständnis war und sich ernsthaft für die Arbeit seiner Freundin interessierte. Am kommenden Tag durfte Arlette wieder Kunstmaler empfangen, die ihr und ihrem Vorgesetzten ihre Bilder zur Verfügung stellen wollten, um eine Ausstellung von lokalen Künstlern zu veranstalten. Ihr oblag die schwierige Aufgabe der Auswahl der Werke. Elenor konnte sehen, dass sie glücklich war.

Mit dem Versprechen, sie in der Galerie zu besuchen, ging Elenor müde nach oben in ihr Zimmer. Die wenigen Utensilien, die sie in aller Eile heute Morgen zusammen gekramt hatte, waren schnell ausgepackt. Quentin und Arlette hatten gute Arbeit geleistet. Der Raum sah wunderschön aus.

10

Es war schon spät, doch das hielt ihn nicht davon ab, sich gewissenhaft seiner Arbeit zu widmen. Er wusste, dass man ihn hier unten nicht hören konnte. Dafür hatte er gesorgt. Mit einem zufriedenen Lächeln drückte er den roten Start-Knopf an der Fräsmaschine, damit das metallene, gezahnte Blatt in Bewegung kam. Mit einem prüfenden Blick kontrollierte er, dass die Wasserzufuhr zur Kühlung der entstehenden Reibungshitze der kreischenden Metallscheibe eingeschaltet war. Er konnte es nicht riskieren, dass das kostbare Material während des Zersägens und Schleifens beschädigt wurde. Zur Probe setzte er einen von seiner früheren Arbeiten übrig gebliebenen Knochenrest ein. Er war höchst zufrieden mit dem Resultat. Alles war perfekt eingestellt.

Sofort hatte er heute Morgen mit Kennerblick gesehen, dass die Qualität der heutigen Lieferung so gut war, dass er darauf verzichten konnte, den Knochen weiter zu behandeln. Bei früheren Chargen war es schon mal vorgekommen, dass das Skelett zuerst vor der Weiterverarbeitung gesäubert und porentief gereinigt werden musste. Um die Geräte, Tanks und Chemikalien für das aufwendige und zeitraubende Prozedere zu kaufen, hatte er keine Mühen und Kosten gescheut. Für seine Arbeiten kam nur das Beste in Frage.

Jahrelang hatte er nach den geeignetsten Materialien für seine Kunstobjekte gesucht. Die ganze Welt hatte er nach Experten abgeklopft und es war nicht leicht gewesen, die Spreu vom Weizen zu trennen. Nicht jeder, der vorgab, über das spezielle Wissen zu verfügen, war auch wirklich ein professioneller Kenner. Noch heute, wenn er daran dachte, wie er oftmals nicht wusste, was er in den Händen hielt und woher es kam, jagten ihm kalte Schauer über den Rücken. Da er nichts riskieren wollte, benötigte er unbedingt die schriftlichen Nachweise über den Ursprung der Knochen von den Lieferanten. Was er zugeschickt bekommen hatte, war oftmals das Papier nicht wert gewesen, auf dem es geschrieben war. Worüber er sich aber am meisten gesorgt hatte, war, dass er den Fragmenten nicht ansah, welchen Körper sie zu Lebzeiten getragen hatten. Zum Glück war das jetzt vorbei.

Nur per Zufall hatte er den jetzigen Lieferanten auf einer seiner Reisen ins Ausland getroffen. Wie das erste Treffen mit ihm zustande gekommen war, darüber rätselte er noch heute. Aber er war sich sicher, dass alles an einer Theke in einer dubiosen Bar in Afrika begonnen hatte. Er konnte sich noch genau erinnern, dass er auf einem wackligen Barhocker gesessen hatte, als sich jemand neben ihn setzte. Zuerst hatte er den neuen Gast nicht weiter beachtet, als der ihn unvermittelt ansprach.

«Ich habe gehört, dass Sie der Knochenmann sind.»

Erstaunt und alarmiert zugleich schaute er auf. Vor ihm sass ein grosser, breitschultriger Mann mit schlohweissem Haar und rosafarbenem Gesicht.

«Wer will das denn wissen?»

«Oh, tut mir leid, ich sollte mich vorstellen. Ich bin Werner Schmitt.» Der Unbekannte hielt ihm seine schwielige Hand entgegen.

«Und was wollen Sie von mir, Herr Schmitt?»

Herr Schmitt zog die Hand ungeschüttelt wieder zurück. «Ich will Ihnen mein Wissen anbieten.»

«Welches Wissen denn?» Ihm ging das monotone Hin und

Her langsam auf die Nerven. Soll dieser Schmitt, was sicher nicht sein richtiger Name war, doch direkt sagen, was er von ihm wollte.

«Ich bin Sammler und sammle für meine Kunden die Dinge, die sie brauchen.»

Aha, jetzt wurde es interessant. «Egal was die Kunden brauchen?»

«Ja, egal was, ich kann es besorgen.»

Erst jetzt sah er, dass der Mann neben ihm ausser seinem Kopfhaar keine andere Behaarung am Körper zu haben schien. Im Gesicht hatte Herr Schmitt keine Wimpern und keine Augenbrauen. So wie es aussah, musste er sich auch nicht rasieren.

«Wieso haben Sie mich vorhin mit Knochenmann angesprochen?»

«Weil Sie, wie ich gehört habe, ganz bestimmte Knochen suchen.»

«Woher glauben Sie das gehört zu haben?»

Der Weisshaarige musterte in aus ungewöhnlich dunklen Augen, die in seltsamen Kontrast zu seinem Äusseren standen. «Ach, ich bitte Sie. Sie haben sich nicht gerade angestrengt, Ihren Wunsch zu verbergen.»

Das war allerdings nur zu wahr. Er hatte sich wirklich keine Mühe damit gemacht so zu tun, als wäre er in geheimer Mission unterwegs. Er war nicht der Meinung gewesen, dass er etwas zu verbergen hatte und hatte jeden nach Knochen gefragt, den er zwischen die Finger bekam. Aber er war auch zu verzweifelt. Wenn er kein Material mehr bekam, wie sollte er dann weiter arbeiten? «Also gut. Sie wissen, ich bin der sogenannte Knochenmann. Dann wissen Sie sicher auch, dass nur die beste Qualität in Frage kommt. Ich bin peinlich darüber besorgt, woher die Ware kommt und dass alles seine Ordnung hat. Keine krummen Sachen.»

Herr Schmitt wirkte ein bisschen eingeschnappt. «Meine Kundschaft bekommt nur 1A-Qualität.»

«Es ist nicht nur die Qualität entscheidend, sondern auch, woher es kommt. Es kommt nicht in Frage, dass mir Ware zugestellt wird, die gegen irgendein Gesetz verstösst.» Er sah sein Gegenüber herausfordernd an. Daran waren schon einige Lieferanten vor Werner Schmitt gescheitert.

«Ich bin bekannt für meine ehrlichen Geschäfte. Ich kann es mir gar nicht leisten, etwas Illegales zu tun, sonst bin ich mir nichts, dir nichts aus dem Geschäft.»

«Das klingt vielversprechend. Wäre es Ihnen möglich, mir eine Probe zuzustellen, damit ich Ihre Aussagen überprüfen kann?»

«Hm, leicht wird das nicht. Dazu benötige ich etwas Zeit. Wie Sie wissen, muss ich auf Exemplare zurückgreifen, die eines natürlichen Todes gestorben sind. Wie Sie vielleicht erahnen können, sterben die nicht gerade wie die Fliegen.»

«Ja, ja, ist mir schon klar.» Er wurde langsam ungeduldig. Er wollte sich nicht mit den Unannehmlichkeiten beschäftigen, die ihm die Knochen brachten. Das würde Herrn Schmitts Job sein. «Sagen Sie mir einfach, wenn Sie zu einem Exemplar gekommen sind, dann sehen wir weiter.» Er schob seine Geschäftskarte zu Herrn Schmitt über den Tresen. Er bekam keine zurück.

«Also gut, Knochenmann. Ich melde mich.» Mit diesen Worten trank Herr Schmitt seinen Whiskey auf ex aus und ging, ohne sich noch einmal umzusehen, aus der Bar. Die Rechnung liess Herr Schmitt ihn bezahlen.

Diese Begegnung war für ihn sehr mysteriös und verworren gewesen. Skeptisch hatte er auf die erste Lieferung gewartet und sich nicht wirklich viel erhofft. Beim ersten Anblick der Knochen jedoch, die weiss, ja fast glänzend, vor ihm gelegen hatten, wusste er sofort, dass sein lange angestrebtes Ziel endlich erreicht war. Diese Nacht würde es wirklich spät werden.

44

11

Die erste Nacht in ihrem alten Zimmer schlief Elenor unruhig. Albträume plagten sie. In einem der Träume jagte sie einer schwarz gekleideten Gestalt hinterher, die durch den Park flüchtete. Jedes Mal, wenn sie dachte, sie hätte einen der flatternden Kleiderzipfel des langen Gewandes erwischt, glitt ihr der Stoff wieder durch die Finger. Als sie erwachte, pochten starke Kopfschmerzen hinter ihrer Stirn. Der Blick in den Spiegel im Badezimmer offenbarte Augenringe, so gross, sie hätten locker zum Seilspringen gereicht. Schnell schlüpfte sie in den Morgenmantel und schlich nach unten in die Küche. Durstig trank sie ein Glas Wasser und suchte nach einer Schmerztablette. Das Medikament wirkte glücklicherweise bald und sie schlief wieder ein. Traumlos dieses Mal.

Nach gefühlten Sekunden des Tiefschlafes schlug sie die Augen wieder auf. Es war stockdunkel im Raum. Vorsichtig tastete sie nach der Nachttischlampe. Der helle Schein schnitt wie ein scharfes Messer in ihre Augäpfel. Sie zog sich leise fluchend die Decke über den Kopf, was leider auch nicht zu einer Besserung führte. Die Wirkung der Tabletten hatte nicht sehr lange überdauert. In ihrem Schädel dröhnte es noch immer.

Nun ganz um den Schlaf gebracht, stand Elenor auf und setzte sich auf das breite Fensterbrett. Hier hatte sie als Kind stundenlang gesessen und nach draussen in den Park geschaut. Durch die geöffneten Fensterflügel wehte die würzige Luft der Sommernacht leicht ins Zimmer. Unruhig starrte sie in die Nacht hinaus. Ein seltsames beständiges Rascheln drang von draussen herein. Irgendwie passte es nicht zu den sonstigen gedämpften Klängen der Nacht und machte sie stutzig. Die Geräusche hörten sich an, als trotteten Pferde über dürres Laub. Gebannt starrte sie hinunter auf Gras und Gebüsch. Das Licht der Nachttischlampe zeichnete ein spärlich erhelltes Rechteck auf den Boden unter dem Fenster. So intensiv, wie sie hinaus sah, so wenig konnte sie erkennen. In der Zwischenzeit waren die Geräusche verstummt. Wahrscheinlich war es nur der Wind gewesen, der durch die am Boden aufgehäuften trockenen Blätter blies. Nach ein paar Minuten der Stille legte sie sich müde geworden wieder ins Bett. Der Kopfschmerz hatte etwas nachgelassen. Es war schon weit nach Mitternacht. Sie knipste das Licht aus. Das leise Säuseln des Windes durch die Blätter der hohen Bäume vor dem Fenster lullte sie schlussendlich ein.

Gerade, als Elenor die Schwere des eigenen Körpers eben noch spüren konnte und fast in den süssen Schlaf hinüber geglitten war, hörte sie die trottenden Geräusche erneut. Jetzt wollte sie endlich Gewissheit haben über das, was da draussen vor sich ging. Diesmal schlich sie ohne Licht zu machen ans offene Fenster und lehnte sich weit hinaus. Ein Stockwerk tiefer konnte sie einen schwachen Lichtschein sehen und Schatten, die sich bewegten. Die Szene hatte etwas Gespenstiges an sich, war aber gleichsam fesselnd. Sie hing eine ganze Weile über den Fensterrahmen und den Sims hinaus und beobachtete fasziniert das Schauspiel. Es ärgerte sie, dass sie nichts Genaues erkennen konnte. Das Licht war einfach zu schwach. Überhaupt, das Licht? Was war die Quelle? Sie beugte sich noch etwas weiter hinaus, sodass sie sich gerade noch halten konnte. In diesem Augenblick erlosch das Licht. Um sie herum war es plötzlich zappenduster und totenstill. Wer um Himmels Willen schlich um diese Nachtzeit im Park herum? War etwa Quentin da unten, oder Arlette? Aber was taten sie denn um diese Uhrzeit im Park? Nur mit Mühe konnte Elenor die Augen von dem Flecken lösen, an dem sie die Schatten zuletzt gesehen hatte. Da – sie kniff unwillkürlich die Augen zusammen – da bewegte sich doch etwas! Aber es war einfach zu dunkel, um genaueres zu erkennen. Es konnte auch ein Tier sein, das neugierig ums Haus schlich. Jedenfalls bewegte es sich schnell und ohne zu zögern, die raschelnden Geräusche verrieten die Geschwindigkeit und die Richtung, in der das Geschöpf verschwand. Elenor sass noch eine Weile unbeweglich da, bis sie sich eingestehen musste, dass in dieser Nacht wohl nichts mehr weiter geschehen würde. Sie musste morgen früh unbedingt Quentin darauf ansprechen. Der Gärtner hatte sich vielleicht doch nicht geirrt.

12

In dieser Nacht hatte er kaum ein Auge zugetan. Bis in die frühen Morgenstunden hatte er gearbeitet. Er war gut voran gekommen und sehr zufrieden mit seinem Werk. Jetzt verspürte er Hunger und da er wusste, dass oben im Schrank nur eine trockene Scheibe Brot auf ihn wartete, wollte er sich heute ausnahmsweise den Luxus gönnen, das Frühstück im Café einzunehmen. Normalerweise ass er dort nur zu Mittag und auch nur, wenn das Wetter schön war und er draussen sitzen konnte. Doch heute war es regnerisch. Trotzdem überwand er sich und ging hin. Es war nicht nur der Hunger, der ihn ins Café führte, es war auch sein Engel. Die Enttäuschung darüber, dass er sie gestern nur aus der Ferne gesehen hatte, sass immer noch tief und er konnte heute nicht bis zum Mittag warten, bis er sie wiedersah.

In einer dunklen Ecke setzte er sich an einen Tisch mit nur einem Stuhl. Er wollte keine Konversation mit anderen Gästen eingehen und schon gar nicht den Tisch mit jemand anderem teilen. Während er ass, beobachtete er die Besitzerin unter gesenkten Lidern. Ihre Traurigkeit von gestern schien überwunden zu sein und sie bediente die Gäste wie immer zuvorkommend und mit einem Lächeln.

Schon seit ewigen Zeiten wollte er sich endlich einen Ruck geben und sie ansprechen. Doch bis heute hatte ihm immer im entscheidenden Augenblick der Mut gefehlt. Wenn sie ihn mit ihren himmelblauen Augen ansah, öffnete er zwar den Mund, mehr als eine Bestellung kam aber nicht über seine Lippen.

Er ertappte sich selbst dabei, wie er gedankenverloren auf seinem Brötchen herumkaute und minutenlang in seiner Kaffeetasse herumrührte, während er ihren Anblick genoss.

«Ist etwas nicht in Ordnung?»

Erschrocken schaute er auf und blickte in das von langem blondem Haar umrahmte Gesicht.

«Was? Oh, doch natürlich. Alles in Ordnung», stotterte er unbeholfen.

Sie nickte ihm mit einem bezaubernden Lächeln zu und kümmerte sich um andere Gäste.

Was musste sie nur von ihm denken? Er hatte sich wieder wie ein Trottel benommen! Mit zitternden Händen hielt er die Tasse an seine Lippen und trank einen Schluck des nun kalten Kaffees. Als er es endlich wagte wieder aufzusehen, war die Dame seines Herzens verschwunden. Wieder erwischte er sich dabei, wie er auf halben Weg zum Mund einen Bissen Brot in der Luft jonglierte. Seine abschweifenden Gedanken liessen seinen Arm mitten in der Bewegung erstarren. Verstohlen sah er sich um und bemerkte zu seinem Entsetzen, dass ihn die anderen Gäste bereits anstarrten und miteinander tuschelten. Beschämt liess er das Brot sinken, legte einen grosszügigen Geldbetrag für das kaum angerührte Essen auf den Tisch und verliess das Café. Der Appetit war ihm vergangen.

Nach seiner Flucht sass er im Büro vor dem Computer und schlug die Hände vor das Gesicht. Wie konnte man sich als Erwachsener nur so kindisch benehmen? Er schämte sich zutiefst für sich selbst. Was musste die Wirtin nur von ihm denken? Sicher, dass er ein seltsamer Kauz war. Was, wenn es noch schlimmere Gedanken waren, die sie hegte? Hatte er sich mit seinem Verhalten alle Chancen auf ein Rendezvous mit ihr verspielt? Ihm wurde übel bei dem Gedanken. Nein, so wollte und konnte er die Situation nicht stehen lassen. Er musste nochmals zurück und sich für sein unmögliches Benehmen entschuldigen. Fast rannte er aus dem Haus. Hoffentlich war sie noch da.

Wie so oft schaffte er es nicht, ins Café hineinzugehen, sondern blieb wie angewurzelt davor stehen.

Mein Gott, so gib dir doch einen Ruck, dachte er. Steh nicht herum wie ein Voyeur und geh hinein, es ist doch nichts dabei.

Die Worte, die er sagen wollte, wenn sie vor ihm stand, hatten sich zwar schon in einem klitzekleinen Areal in seinem Gehirn gebildet, konnten aber vom Rest des Denkapparates nicht decodiert werden. Jedenfalls verklangen sie ungehört in seiner Hirnschale und sein Körper blieb dort stehen, wo er ihn schon vor Minuten geparkt hatte, auf der anderen Seite des Platzes. Wenn er so weitermachte, würde er noch als Stalker verhaftet werden. Das Wort *Memme* hörte er gerade noch in seinen Gedanken als Echo verhallen. Mit einem resignierten Schulterzucken drehte er sich um und ging unverrichteter Dinge den Weg zurück, den er gekommen war, zurück in das kleine Büro, in dem der Computer stand.

13

Der nächste Morgen kam schneller als Elenor lieb war. Obwohl es schon weit nach zehn Uhr war, fühlte sie sich überhaupt nicht ausgeschlafen. Etwas diffus im Kopf zog sie sich an und ging nach unten in die Küche. Niemand war da, aber die Rettung war der noch warme Kaffee im Krug. Sie fand einen Zettel auf dem Küchentisch. Arlette und Quentin waren schon zur Arbeit gefahren.

Nach ein paar Schlucken des koffeinhaltigen Gebräus fühlte sie sich besser. Sie spürte, wie ihre Lebensgeister zurückkehrten. Die leichte Übelkeit, die sie seit dem Aufstehen verspürt hatte, verebbte langsam. Erst jetzt sah sie, dass es draussen regnete. Kaum zu fassen, dass nach einem so strahlenden Tag wie gestern plötzlich schlechtes Wetter sein konnte und das ohne Vorwarnung. Spazierengehen fiel also aus. Ins nahe Dorf wollte sie bei dem schlechten Wetter auch nicht gehen. Nur zu Hause rumzusitzen war allerdings auch keine prickelnde Option. Sollte sie bei Arlettes Galerie vorbeisehen, wie sie es ihr versprochen hatte? Beim Hinausgehen schnappte sie sich einen Schirm aus dem vergoldeten Schirmständer mit den Löwenfüssen.

Die Galerie lag mitten in der Zuger Altstadt und sah von aussen unspektakulär aus, fast unscheinbar. Nur das goldene Schild mit der Aufschrift *Galerie Egger*, das an der Mauer rechts vom Eingang befestigt war, beschrieb vage, was die Besucher in den Räumlichkeiten erwarten konnten. Unsicher trat Elenor ein. Niemand war zu sehen, keiner kam ihr entgegen, um sie zu begrüssen. Seltsam. Ein Geschäft voll mit kostbaren Kunstwerken und niemand war da, um die potenzielle Käuferschaft willkommen zu heissen. Elenor liess sich davon nicht abhalten und schaute sich neugierig um. Überwältigt von der Fülle an Bildern wusste sie gar nicht, wo sie anfangen sollte zu stöbern. In einer Ecke waren kleine Bilder in Reihen an die Wand gelehnt, die ihre Aufmerksamkeit auf sich zogen. Schon die ersten Gemälde, die Elenor prüfend hochhob, faszinierten sie. Die Farben auf den aufgezogenen Leinwänden strahlten eine solch frohe Leichtigkeit aus, dass sie kaum die Augen davon abwenden konnte. Gespannt suchte sie nach einer Signatur. Sie konnte keine finden, was sie ungewöhnlich fand, denn jeder Künstler war stolz darauf, seine Werke als sein Eigentum zu kennzeichnen.

Plötzlich spürte Elenor, dass sie nicht mehr alleine im Raum war. Anstatt dem Impuls nachzugeben und sich umzudrehen, tat sie so, als wäre sie in die Betrachtung der Farben und Formen auf den Malereien vor sich vertieft. Argwöhnisch auf jedes Geräusch achtend, traf sie fast der Schlag, als sich urplötzlich dicht neben ihrem rechten Ohr jemand lautstark räusperte. Verärgert drehte sie sich um und sah in ein blasses, schmales, männliches Gesicht und in die wässrig-blausten Augen, die sie je gesehen hatte. In der Tat waren diese Augen so hell und durchscheinend, dass sie kaum Farbe zu besitzen schienen.

«Na, haben Sie gefunden, wonach Sie gesucht haben?» Der Mann vor Elenor verzog keine Miene, als er sie kalt musterte.

«Ich habe nichts gesucht, ich habe mich nur umgeschaut.» Sie hörte selbst, dass sie beleidigt klang.

Er trat einen Schritt zurück. «Sie sind bestimmt Quentins Schwester. Arlette Schebert hat mir von Ihnen erzählt und gesagt, dass Sie uns besuchen kommen. Mir war nur nicht bewusst, dass es heute sein soll.»

«Aha, interessant. Die bin ich tatsächlich und wer sind Sie?»

Elenor konnte sich nicht erinnern, dass Arlette ihr den Namen ihres Chefs genannt hatte.

«Entschuldigen Sie meine Unhöflichkeit. Mein Name ist Benedikt Egger und ich bin der Besitzer dieser Räumlichkeiten. Ich habe angenommen, dass Frau Schebert Ihnen von mir erzählt hat, als sie Sie in meine Galerie einlud.»

Er schien irgendwie enttäuscht zu sein, dass ihre vielleicht-Schwägerin sie im Dunkeln über seine Wichtigkeit gelassen hatte. Es entstand eine unangenehme Pause zwischen ihnen.

Elenor spürte, wie sich ihr Herzschlag nach dem Schrecken wieder in ein normales Tempo einpendelte. Sie wollte die Stille überbrücken und versuchte nett zu sein.

«Sind Sie der Erschaffer dieser schönen Kunstwerke?»

Er schien sie nicht gehört zu haben, wirkte irgendwie abwesend, während er sie weiterhin unentwegt beobachtete.

Elenor wiederholte die Frage. Einige Sekunden verstrichen, ohne dass etwas geschah und sie erwartete schon keine Antwort mehr, als er sie wieder zu bemerken schien.

«Hm? Oh, entschuldigen Sie bitte, was haben Sie gesagt?»

Seine hellen Augen durchdrangen sie wie Eisspeere. Sie stellte die Frage ein drittes Mal.

Er lächelte und gab schneeweisse ebenmässige Zähne preis. «Gefallen Sie Ihnen?»

«Sie beantworten meine Frage nicht.»

«Sie haben Recht. Ja, ich habe alle Bilder, die hier stehen, gemalt. Gefallen Sie Ihnen trotzdem noch?»

Elenor musste lachen. «Ja. Vor allem die Kleineren da drüben haben es mir angetan. Sagen Sie, verkaufen Sie sie auch?»

«Natürlich, es ist sogar ein einträgliches Geschäft. Welches hat Ihnen besonders gefallen?»

Elenor löste sich aus seiner Nähe, ging zu dem Stapel am Boden zurück und wählte ihre drei Favoriten aus. Auf den quadratischen Leinwänden waren kleinste Striche und Punkte in allen erdenklichen Farben angeordnet. Trotzdem bildeten sie eine Einheit, wenn man sie nebeneinander hielt, denn die zarten Punkte flossen wie ein prickelnder Fluss von einem Bild zum anderen. Sie lehnte ihre Wahl an die Wand und trat einen Schritt zurück, um die Komposition zu betrachten. Als sie wieder aufsah, sah sie erstaunt hochgezogene Augenbrauen unter wuscheligem, aschblondem Haar verschwinden.

«Habe ich was Falsches gemacht?» Sie war durch seine Reaktion verunsichert.

Dann sagte er etwas Erstaunliches. «Im Gegenteil. Sie sind die erste Person, die die Gemälde als Trilogie erkannt und sogar richtig angeordnet hat. Mein Kompliment. Sie haben einen gutes Auge für Kunst.»

«Ach, was, aber vielen Dank.» Elenor fühlte sich geschmeichelt. «Was kostet denn die Trilogie?»

«Für Sie nichts. Ich denke nicht im Traum daran, von Quentins Schwester Geld zu nehmen. Ich möchte sie Ihnen schenken, wenn Sie erlauben. Sie haben mich in Erstaunen versetzt und das passiert nicht oft.»

Elenor fühlte wie ihre Wangen zu glühen begannen. Es war nicht nur die Freude über das überaus grosszügige Geschenk, dass das Blut in ihre Wangen schiessen liess.

«Ich werde die Bilder natürlich noch signieren, dann können Sie sie gleich mitnehmen, wenn Sie wollen.»

Sie nickte und folgte ihm in einen kleinen Raum hinter einem dicken schwarzen Vorhang, den sie vorher gar nicht wahrgenommen hatte. Im dem kleinen Alkoven dahinter herrschte ein wildes Durcheinander von Farbtöpfen, Staffeleien, Pinseln in Gläsern mit Flüssigkeiten und einem kleinen Tisch, überladen mit Spachteln, Schaber, Messerchen und Dosen mit abgebildeten Totenköpfen darauf.

Er legte das erste Bild auf eine Staffelei, tunkte einen der Pinsel aus einem der Einmachgläser in schwarze Farbe in einem winzigen Gefäss und signierte es schwungvoll. Das Gleiche tat er mit den anderen beiden Gemälden. Dann trat einen Schritt zurück und betrachtete sein Werk. Sein zufriedenes Lächeln und seine Hände, in einer feierlich Geste auf seinen Bauch gefaltet, sprachen Bände.

«Et voilà!»

Überwältigt von seiner Grosszügigkeit, konnte Elenor nur ein gestammeltes Dankeschön von sich geben. Verlegen stand sie da und sah sich verstohlen im kunterbunten Durcheinander des kleinen Raumes um, als ihr Blick an einem Kunstwerk haften blieb, das halb verdeckt unter einem fleckigen Tuch auf einem Sockel stand. Magisch angezogen trat sie näher heran. Das wollte sie sich genauer ansehen. Es war nicht die Farbe, oder doch, es war genau deswegen, weshalb sie nur wie elektrisiert starren konnte. In unwirklichem Glanz schimmerte das Objekt bunt wie ein Regenbogen. Erst beim Näherkommen sah Elenor, dass es in Wirklichkeit keine Farben wie auf einem Gemälde waren, sondern kleine rechteckige Plättchen in Reihen neben- und untereinander angeordnet, die um die Wette schillerten. Fasziniert wollte sie mit dem Finger ganz vorsichtig über die Oberfläche des wunderschönen Kunstwerkes streichen, als Eggers Hand sie mitten in der Bewegung stoppte.

Er zischte vor Wut wie eine Schlange. «Lassen Sie das!» Spucke flog in giftigen Bögen von seinen Lippen. «Fassen Sie das ja nicht an!»

Erschrocken wand Elenor ihre Hand aus seiner Umklammerung und sah zu, wie er das Tuch fast liebevoll wieder über das Objekt breitete. Dann drehte er sich wieder zu ihr um. Obwohl seine stahlblauen Augen immer noch ärgerlich dreinblickten, lächelte er entschuldigend.

«Tut mir leid, Frau Epp. Ich habe etwas überreagiert. Das sind sehr wertvolle Werke eines hiesigen Künstlers, die mir zur Beurteilung für eine eventuelle Ausstellung überlassen wurden. Sie sind unglaublich zerbrechlich und kostbar.»

Ohne weitere Worte drückte er Elenor die Trilogie in die Hände und mit Erstaunen spürte sie seine vorwärts treibende Hand an ihrem verlängerten Rücken. Langsam, aber unaufhaltsam schob er sie sanft in Richtung Ausgang. Als sie zusammen aus dem engen Alkoven traten, hielt er galant den Vorhang auf, danach durchschritten sie zügig die Galerie und schon fand Elenor sich in der Gasse zwischen der mittelalterlichen Häuserzeile wieder. Als sie sich verwirrt umschaute, stand Egger immer noch im Rahmen der Eingangstür. Er winkte ihr kurz zu und lächelte mit zusammengekniffenen Lippen.

Elenor konnte es sich nicht erklären, aber sie hatte das Gefühl, dass er froh war, sie losgeworden zu sein. Warum wohl? Bereute er etwa schon seine spendable Geste? Oder hatte sie an etwas gerührt, dass sie nicht hätte erfahren sollen, als sie das schillernde Kunstwerk unter dem Tuch fand? Erst jetzt fiel ihr auf, dass sie Arlette gar nicht gesehen hatte. Obwohl Egger sie dreist aus der Galerie komplimentiert hatte, wollte sie nicht unverrichteter Dinge gehen und kehrte um.

Egger, der immer noch da stand, wo sie ihn verlassen hatte, lächelte nicht mehr, als er sie zurückkommen sah.

«Haben Sie es sich anders überlegt und wollen die Bilder doch nicht?» Er war sichtlich irritiert.

«Oh, die gebe ich bestimmt nicht wieder her. Die bekommen einen ganz besonderen Platz, davon können Sie ausgehen, Herr Egger. Aber ich hatte eigentlich vor, Arlette zu besuchen. Ist sie da?»

«Im Moment nicht. Sie ist kurz in die Stadt gefahren, um etwas zu erledigen.»

Elenor war enttäuscht. «Wann erwarten Sie sie denn zurück?»

«Sie hat mir leider nicht gesagt, wie lange sie wegbleibt. Ich hoffe aber, dass sie bald wieder hier auftauchen wird, denn jede Minute kann hier eine weitere Lieferung der Kunstwerke für die Ausstellung ankommen.» Er seufzte und sah Elenor an, als wäre dies alles ihre Schuld.

Zu allem Übel fing es wieder an zu regnen und da sie den Schirm im Auto gelassen hatte, aber Eggers Kunstwerke immer noch in der Hand hielt, verabschiedete sie sich hastig und rannte zum Auto zurück. Sie wollte die Trilogie nicht ruiniert sehen.

Auf der Rückfahrt fühlte sich Elenor wie ausgelaugt und hatte nur noch den Wunsch, sich für eine Stunde hinzulegen und zu entspannen. Die unruhige Nacht und die unwirkliche Begegnung mit Egger forderten ihren Tribut.

In der Villa war sonst niemand. Sie ging in den grossen Salon, wo sie den Kamin anfeuerte. Als sie die gierig züngelnden Flammen beobachtete, fühlte sie eine wohlige Wärme durch ihren Körper strömen und hatte das Gefühl angekommen zu sein. Müde legte sie sich auf die einladende, wunderbar mit flauschigen Kissen bestückte Chaiselongue und entspannte sich. Sie wollte nur kurz die brennenden Augen schliessen. Nur ein paar Minuten, bis die anderen nach Hause kamen.

Etwas berührte sie an ihrem Arm. Sie schüttelte es ab, aber es rieb ihre Haut beharrlich weiter. Sie schrak aus der Tiefe des Schlafes hoch und brauchte einen Moment, um sich zurecht zu finden. Quentin stand über ihr und lächelte auf sie herunter.

«Na, Schwesterherz, bist du müde?»

«Ich wollte mich nur kurz ausruhen und bin wohl eingeschlafen.»

Ihre Zunge fühlte sich seltsam schwer an und in den Hirnwindungen waberte noch der Rest eines Traumes geisterhaft wie Nebel hin und her. Mühsam rappelte sie sich auf.

«Du solltest dich etwas zurechtmachen, bevor die Gäste kommen.» Mit dem Lächeln einer männlichen Mona Lisa musterte Quentin sie.

«Du hast Gäste?» Elenor lallte immer noch etwas schlaftrunken.

Er schaute sie gnädig an. «Nicht ich, wir, und damit meine ich eigentlich – du.»

«Ich habe aber niemanden eingeladen. Übrigens weiss keiner, dass ich hier bin.» Ihr kam ein schrecklicher Gedanke.

Quentin grinste schelmisch und tätschelte ihr dabei jovial die Schulter.

«Was hast du getan?» Elenors Laune verdüsterte sich.

«Arlette und ich haben eine Willkommensparty für dich organisiert.»

Das bewies, Albträume konnten wahr werden. «Wer kommt denn?», fragte sie, mittlerweile mufflig geworden.

Aber Quentin kümmerte das nicht. «Lass dich überraschen. Es ist alles arrangiert. Wir wollen doch deine Rückkehr gebührend feiern. In zwei Stunden trudeln die ersten Gäste ein. Also, Elenor, schlepp dich nach oben unter die Dusche und zieh dir was Hübsches an. Hier, du hast etwas vergessen.»

Eggers Bilder standen noch neben dem Sofa.

«Bilder? Von wem sind die denn?»

«Die hat mir Benedikt Egger, Arlettes Chef, geschenkt.»

«Er hat sie dir geschenkt? Wie grosszügig.» Nachdenklich schaute er auf die farbenprächtigen Leinwände.

«Wieso? Was ist damit? Sollte ich etwa keine Geschenke von ihm annehmen?»

«Doch, natürlich.»

Das kalte Duschwasser wirkte Wunder. Versonnen stand Elenor im Morgenmantel am Fenster und rubbelte sich die Haare trocken. Draussen dunkelte es schon. Die Bäume vor ihrem Fenster wirkten in ihrer Unbeweglichkeit wie übergrosse Schattensoldaten. Durch das offene Fenster waberte eine feuchte Schwüle ins Zimmer. Kein Lufthauch bewegte die saftig grünen Blätter an den Ästen. Die Luft war voll kräftiger Düfte, von Regen, feuchter Erde und moderndem Laub. Die grauen Farben des dunkler werdenden, noch immer wolkenverhangenen Himmels unterstrichen die seltsam melancholische Stimmung. Die Schatten wurden von Minute zu Minute schwärzer und undurchdringlicher.

Gedankenverloren bewunderte Elenor die Aussicht in den Park, als ihre Augen an etwas hängen blieben. Zuerst wusste sie nicht recht, was es war. Doch dort gehörte es irgendwie nicht hin. Etwas stand unter einem der Bäume. Sie konnte deutlich eine Silhouette ausmachen, eindeutig die Umrisse eines Menschen. Sie erschrak und machte einen Schritt zurück ins schützende Dunkel des Zimmers. Sie hatte sich nicht geirrt, jemand war unter dem Baum, der dem Haus am nächsten stand und starrte zu ihrem Fenster hinauf. Ihr Herz schlug schnell und laut gegen ihre Rippen. Sie setzte sich aufs Bett und atmete tief ein und aus. Als sie sich etwas beruhigt hatte, fasste sie sich ein Herz und ging langsam zum Fenster zurück. Sie schaute nach unten. Es war niemand mehr da. Der Platz unter dem Baum war leer. Elenor versuchte sich von dem beunruhigenden Gedanken abzulenken, dass sie vielleicht schon länger beobachtet worden war, als sie wie aus weiter Ferne die Türglocke läuten hörte.

War es tatsächlich schon so spät? Bestimmt trudelten die ersten Partygäste ein. Schnell schlüpfte sie in ein gemustertes grünes Kleid, das perfekt zu ihren haselnussbraunen Haaren passte und ihre Augen zum Leuchten brachte. Sie warf einen Kontrollblick in den Spiegel. Mit ein paar Bürstenstrichen glättete sie ihr noch feuchtes Haar und band sie mit einer passenden grünen Schleife zu einem Pferdeschwanz zusammen.

14

Betont langsam schritt Elenor die breite Treppe hinunter. Wenn sie ehrlich war, so hatte sie immer noch keine Lust auf eine unwillkommene Willkommensparty. Aber da nun die Gäste schon mal da waren, wollte sie gute Miene zum bösen Spiel machen. Sie folgte dem Stimmengewirr und dem Lachen in den Salon. Aus der sicheren Position auf der Türschwelle sah sie die bereits angekommenen zahlreichen Gäste. Alle amüsierten sich prächtig. Der grosse Raum wurde hell durch einen grossen Lüster an der Decke erleuchtet, im Kamin brannte immer noch ein Feuer, Champagnergläser klirrten, die klare Flüssigkeit glitzerte im hellen Schein des Kronleuchters.

«Ah, da bist du ja.» Quentins laute Stimme hallte herüber.

Abrupt endete das fröhliche Geschnatter von gut gelaunten Frauen und Männern im Raum. Alle drehten sich neugierig um und reckten die Hälse, um zu sehen, wen der Gastgeber angesprochen hatte.

Elenor spürte, wie das Blut in ihre Wangen schoss. Sie hatte das dringende Bedürfnis, auf dem Absatz kehrt zu machen und sich im Park zwischen den dichten Bäumen zu verstecken. Doch dazu war es jetzt zu spät. Quentin und Arlette hatten sie in ihre Mitte genommen. Es gab kein Entrinnen mehr.

Quentin klopfte mit einem Löffel an sein Glas. «Liebe Gäste», begann er.

Oh nein, jetzt gab es noch eine Ansprache. Elenor studierte intensiv ihre grünen High Heels.

«Liebe Gäste», wiederholte ihr Bruder, unbeeindruckt von den unausgesprochenen, trüben Gedanken seiner Schwester, «darf ich vorstellen? Meine Schwester Elenor.»

Ein Raunen ging durch die Menschenmenge. Hatte Quentin den Gästen den Anlass der Party etwa verschwiegen? Wenn dem so war, dann erholten sich alle bewundernswert schnell von der Überraschung und hoben die Gläser, um sie zu begrüssen. Erst jetzt fiel Elenor auf, dass sie als Einzige noch nichts zu trinken hatte, also hob sie in einer gleichen Geste, ohne Champagnerglas eben, den Arm, bis ihr jemand unbekanntes voller Mitleid ein volles Glas in die Hand drückte. Nach diesem peinlichen Auftritt versuchte sich Elenor still und heimlich unter die Gäste zu mischen. In der Hoffnung, jemanden zu kennen, der sie durch die menschliche Unbekannte führte und ihr ab und zu die Namen der vor ihr auftauchenden Händeschüttler ins Ohr flüsterte, schlängelte sie sich durch die Menschenansammlung. Sie mühte sich für jeden Anwesenden ein liebreizendes Lächeln parat zu haben und trank in ihrer Hilflosigkeit Unmengen Champagner. Die meisten der Leute waren Elenor schlichtweg unbekannt. Zu ihrer Freude sah sie nach einer Weile Emma fuchtelnd auf sich zusteuern. Schützend stellte sich ihre Freundin neben Elenor und nahm sie an der Hand. Das war eine etwas seltsame Geste, sie war ja kein kleines Kind mehr, aber die Kühle der Berührung beruhigte Elenor irgendwie. Emma lenkte sie abseits der vielen Leute in eine Ecke und drückte sie auf ein Sofa.

Es stellte sich heraus, dass es ein unmögliches Unterfangen war, ein halbwegs normales Gespräch mit Emma alleine zu führen. Wie ein Magnet Eisen anzieht, waren sie beide bald von Männern umringt, die alle wie zufällig vorbei kamen und sich gleich bei der günstigen Gelegenheit mit ihnen unterhalten wollten. Zuerst war es ein bedrängendes Gefühl, von so viel

Testosteron umgeben zu sein, dann aber lernte Elenor die Vorzüge dieser männlichen Belagerung kennen. Emma und sie mussten nur den Mund öffnen und wie beiläufig ihr Verlangen nach Getränken und Häppchen äussern und schon erschienen diese wie von Zauberhand in ihren Händen. Elenor fing diese nur für sie abgehaltene Party an zu gefallen. Sie war von fröhlichen und witzigen Menschen umgeben und plauderte über Gott und die Welt.

Dann plötzlich, sie wusste nicht recht wie ihr geschah, stand er vor ihr. Elenor war völlig unvorbereitet, als er auf sie hinabblickte. Benedikt Egger war auch gekommen. Sein lockiges Haar straff nach hinten gekämmt, lächelte er sie und Emma dünnlippig an. Freundlich reichte er ihr seine Hand, die sie verdutzt drückte. Er sagte kein Wort und die Situation kam Elenor irgendwie bizarr vor. Sie spürte mehr als dass sie es sah, wie sich Emmas Körperhaltung veränderte. Sie wirkte plötzlich steif und ihr lustiges Plappern erstarb. Elenor schaute auf. Konnte es sein, dass es generell mit einmal stiller um sie herum geworden war und sich die Männer aus dem Staub gemacht hatten, seit Egger vor ihnen stand? Vielleicht bildete sie sich das alles auch nur ein. Sie war wohl vom Alkohol schon zu benebelt, um klar denken zu können. Mit leichter Gewaltanwendung musste sie ihre Hand aus Eggers Klammergriff winden. Sie sah Emma an. Was Elenor in ihrem Gesicht las, schockierte sie zutiefst. Wie versteinert starrte ihre Freundin Benedikt Egger an. Ihre Augen waren kalt und starr auf ihn gerichtet, ihr Mund wirkte verzerrt, so als hätte sie Schmerzen. Elenor stupste sie leicht mit dem Ellbogen an. Emma erschauerte und löste ihren Blick von ihm, um sie anzuschauen.

«Emma, was ist los? Du wirkst so verändert. Geht es dir nicht gut?» Elenor war alarmiert.

«Ich muss gehen», sagte Emma nur und stand hastig auf. Sie schwankte ein bisschen.

Elenor klappte der Mund vor Überraschung auf. «Warum denn?» Sie konnte diesen plötzlichen Wandel der vor wenigen Minuten noch ausgelassenen Stimmung nicht begreifen. Auf einen Schlag war sie wieder nüchtern und schaute Egger an. Er schien nichts Ungewöhnliches bemerkt zu haben, im Gegenteil, er lächelte weiter auf sie herab.

«Rufst du für mich bitte ein Taxi und begleitest mich zur Tür?» Emma zerrte grob an Elenors Ärmel und zwang sie, ebenfalls aufzustehen.

Elenor entschuldigte sich bei Egger und folgte Emma verdattert hinaus. Ihr blondes langes Haar schwang auf ihrem Rücken hin und her, so als winkte jede einzelne Strähne zum Abschied. In der grossen Eingangshalle griff Elenor zum Telefon und bestellte ein Taxi. Während des Anrufs beobachtete sie, wie Emma wie ein gefangenes Tier auf den Teppichen im Foyer auf und ab ging.

«Ems, was ist denn los? Was ist nur plötzlich in dich gefahren? Habe ich etwas gesagt oder getan, was dich beleidigt hat?»

Elenor fühlte sich hilflos gegenüber so viel Unruhe, vor allem weil sie nicht wusste, was der Anlass war. Emma sagte kein Wort, sondern drehte weiter ihre Runden und rang die Hände. Gäste, die in die Halle kamen, schauten sie neugierig an und entfernten sich schnell wieder. Sie spürten wohl auch, dass etwas nicht stimmte.

«Emma, verdammt, so sag doch was!»

Das Fluchen riss die Freundin endlich aus ihren Gedanken. Mit zusammengekniffenen Augen und einem schiefen Lächeln sah Emma sie an.

«Du fluchst?»

«Wenn es nötig ist und hilft.»

«Tut mir leid, ich hatte nicht vor, dir den Abend zu verderben. Wenn ich gewusst hätte, dass er auch hier ist, wäre ich nicht gekommen. Es war falsch von Quentin, mir nicht zu sagen, dass er auch am Empfang teilnimmt.»

«Wer denn, von wem sprichst du?»

«Benedikt. Benedikt Egger.»

«Egger? Ich wusste nicht, dass ihr euch kennt.»

«Ich kenne ihn nur zu gut, leider. Elenor, du musst mir eines versprechen – halte dich von ihm fern.»

Emma wirkte verzweifelt, hatte Elenor fest an den Händen

gepackt und drückte diese unangenehm fest. Elenor wusste nicht, was sie anderes hätte tun können und nickte mechanisch, nur um dem durchdringenden Blick ihrer Freundin zu entgehen.

«Was ist mit Egger? Hat er dir etwas angetan?» Elenor wurde bei dem blossen Gedanken übel.

In dem Moment, als Emma den Mund öffnete, durchdrang der Klang der Türglocke den kostbaren Moment. Emma löste sich von ihr. Sie nahm wortlos ihren Mantel vom Haken der Garderobe und sah sich nur noch einmal um, kurz bevor sie aus der Tür verschwand, und sagte, «Du hast es mir versprochen, pass auf», und weg war sie.

Wie verloren stand Elenor noch ein paar Minuten da, bis Quentin aus der Küche kam und sie wieder ins Gewühl der Party riss.

15

Die Party war unterhaltsam und er war froh, dass er der Einladung Quentin Epps gefolgt war. Zuerst hatte er nicht die Absicht gehabt, seine kostbare Zeit mit Geschwätz von Leuten zu verplempern, die er nicht kannte. Aber er hatte sich schon seit Tagen nicht mehr sozial engagiert und wollte zur Abwechslung etwas anderes ansehen als seine Knochen. Der Anlass der Party war ihm nicht bekannt, aber die Tatsache, dass sie im Haus im grossen Park stattfand, machte ihn neugierig. Er hatte noch nie das Vergnügen gehabt, die Villa von innen zu sehen und er musste zugeben, dass einer der Gründe herzukommen war, zu sehen, wie die jungen Epps so hausten. Natürlich erhoffte er sich auch nette Unterhaltungen. Nein, er war nicht ganz ehrlich. Er kam her, weil er sich wünschte, dass sein Engel auch eingeladen worden war und er sie hier treffen konnte. Er war überaus erfreut, als er seine Hoffnungen und Wünsche erfüllt sah. Die Dame seines Herzens sass nur wenige Zentimeter von ihm entfernt auf dem Sofa und unterhielt sich mit der Schwester des Hausherrn. Von seinem Standort aus, angelehnt an eine marmorne Säule neben der Sitzgelegenheit, konnte er sie bestens beobachten. Es war ein Platz nicht zu nah und auch nicht zu weit entfernt von ihr. Ihr Lachen hob seine etwas düster gestimmte Laune, ihre Augen blitzten im schönsten Blau und betörten ihn wie jedes Mal, wenn er sie ansah. Wenn er gewollt und seinen Arm ausgestreckt hätte, hätte er mit seinen Fingerspitzen ihr goldschimmerndes, seidenes Haar berühren können. Er sah mit Missfallen, dass auch andere Männer im Raum mit ihren Augen an ihrem Antlitz hängen blieben, was in ihm ein Gefühl der Eifersucht hervorrief. Am liebsten hätte er alle von ihr weggescheut, damit sie ihm ihre ungeteilte Aufmerksamkeit schenken konnte.

Aber er verhielt sich dumm. Wie sollte sie ihn sehen, wenn er sich hinter Säulen und anderen Möbeln versteckte? Er nahm all seinen Mut zusammen und trat einen Schritt zum Sofa, zu ihr hin, als er merkte, dass etwas nicht mehr stimmte. Die ausgelassene Stimmung der beiden Frauen kippte von einer Sekunde auf die andere komplett. Mit Entsetzen musste er beobachten, wie sich das lachende Antlitz seiner Angebeteten in einen ängstlichen Ausdruck verwandelte. Er konnte nicht erkennen, warum sich die Emotionen plötzlich so negativ veränderten. Als sein Engel aufstand und den Raum verliess, wollte er ihr nacheilen und sie davon abhalten, sich schon zu verabschieden. Es war zu früh, er hatte heute Abend noch nicht die Gelegenheit gehabt, sie gebührend begrüssen zu können. Von Furcht gepackt, ging er den beiden Damen langsam ins Foyer nach und konnte dem Gespräch, das dort folgte, lauschen. Seine kühnsten Hoffnungen, mit ihr von Angesicht zu Angesicht sprechen zu können, wurden jäh zerstört. Der Abend hatte so hoffnungsvoll begonnen und endete so tragisch. Genauso schlimm für ihn war die Erkenntnis, dass ein ihm nahestehender Mensch Ursache des abrupten Abschieds war. Er hatte das Gefühl, von zwei Menschen gleichzeitig verlassen worden zu sein.

Nachdem das Taxi seinen Engel weggeholt hatte, fühlte er sich verloren unter all den lachenden und schwatzenden Menschen. Der Zauber war verflogen. Er hatte keinen Grund mehr, hier zu sein. Schnellen Schrittes verliess er das Haus und fuhr nach Hause.

16

Elenor war die Lust auf eine Party ohne Emma vergangen. Nachdem ihre Freundin mit dem Taxi davongebraust war, konnte sie sich nicht mehr richtig auf die Menschen und Gespräche um sich herum konzentrieren. Unentwegt musste sie an Emmas gehetzten Blick denken, als sie durch die Tür entschwand und zum Taxi, das draussen wartete, rannte. Mit einer brodelnden Wut im Bauch sah sie sich nach Egger um, konnte ihn aber nicht entdecken. Er konnte von Glück reden, wenn auch er die Party verlassen hatte, sonst hätte er ihren Ärger zu spüren bekommen. Was zum Teufel war nur zwischen den beiden vorgefallen?

Schlecht gelaunt setzte sie sich alleine wieder aufs Sofa. Alle, die vorher noch um sie beide herum scharwenzelt waren, standen nun irgendwo anders, hatten andere Gesprächspartner gefunden. Gelangweilt schaute Elenor sich im Raum um, als sie plötzlich eine Erscheinung hatte. Da stand er, mitten in der Menschenmenge und sah ebenso gelangweilt aus wie sie. Sein auffälliges und markantes Äusseres fesselte Elenor auf Anhieb. Noch nie hatte sie einen Menschen mit so dichtem Haar gesehen. Es umrahmte seinen Kopf wie ein schützender Helm. Sogar die Farbe war aussergewöhnlich. Im Meer der vielen Menschen in blond, brünette und braun leuchtete sein rotes

Haar heraus wie eine Boje. Die glänzenden Kupfertöne wirkten wie ein Warnsignal. Wovor sollte sie sich in Acht nehmen? Gespannt näherte sie sich ihm. Sie hatte Glück, er war alleine und sie entschied, ihn mit ihrem verführerischsten Lächeln zu betören.

«Schöne Party hier …» Etwas Intelligenteres fiel Elenor beim besten Willen in diesem Moment nicht ein. Sein apartes Äusseres vernebelte wahrscheinlich ihr Gehirn. Oder war es der Konsum des vielen Champagners? Er drehte sich zu ihr um.

«Es ist ja auch deine Party. Da hoffe ich doch, dass sie dir gefällt.»

Elenor war baff. Wer war dieser Mann? «Kennen wir uns?»

«Dass du mich nicht mehr erkennst, macht mich doch ein bisschen traurig.»

Es war seine tiefe Stimme, die sie in den Bann zog. Seine Miene hatte sich zwar verdüstert, gleichzeitig zwinkerte er Elenor aber zu. Sie musste zugeben, sie war verwirrt und klappte den Mund hilflos und stumm auf und zu. Wie ein Fisch auf dem Trockenen. Na Prost, das konnte ja heiter werden. Zum Glück schien er nichts von ihrem Dilemma bemerkt zu haben, sondern sprach weiter.

«Ich kenne dich auf jeden Fall schon seit langem, Elenor.»

Trotz aller Anstrengung, konnte Elenor sich beim besten Willen nicht erinnern, wer dieser Mann war, der nonchalant vor ihr stand und sie so vertrauensvoll duzte. Sie schaute genauer hin. Seine ungewöhnlich dicken Haare fielen ihm in sanften Wellen bis auf seine Schultern und betonten sein schmales, aber männlich kantiges Gesicht. Seine Haut war über und über mit Sommersprossen bedeckt. Die Augen hinter der rechteckigen, randlosen Brille waren von einem so dunklen Blau, dass sie wie schwarze Knöpfe wirkten. Elenor ertappte sich dabei, wie sie ihn unverblümt anstarrte.

«Tut mir leid. Ich bin ratlos. Woher sollte ich dich kennen?»

«Mein Gott, Elenor, ich bin es, Philipp. Philipp Löhrer. Erinnerst du dich wirklich überhaupt nicht mehr an mich?»

«Nein, tut mir leid», musste sie kleinlaut zugeben.

«Ich habe mit deinem Bruder zusammen studiert.»

«Tatsächlich?» Elenor war immer noch verloren.

«Jaha, und nicht nur das, der Tausendsassa hat gleich noch die Tiermedizin angehängt.»

Quentin war wie aus dem Nichts neben ihnen aufgetaucht und schwang zwei Flaschen Champagner in seinen Händen hin und her. «Noch ein Schlückchen?»

Um Zeit zu gewinnen hielt Elenor ihrem Bruder ihr halb leeres Glas hin, das er pflichtbewusst füllte. Erst nach einigen Schlucken und einigen unangenehm stillen Momenten machte es Klick in ihrem Gehirn. «Nein, das ist nicht möglich! Philipp? Der Philipp?»

Sie sagte das wohl etwas zu laut, denn ringsherum warfen Gäste verständnislose Blicke zu ihnen herüber.

Etwas leiser setzte sie nach, «nie und nimmer hätte ich dich wiedererkannt. Du hast dich total verändert.»

Quentin lachte und verschwand wieder im Tumult der Gäste.

Und wie Philipp sich verändert hatte. Sie konnte sich nur daran erinnern, dass ihr Bruder während seines Studiums oft einen Freund mit nach Hause gebracht hatte. Und dass dieser Freund rote Haare hatte. Damals hatte sie diesen Burschen als total unattraktiv und absolut unsexy empfunden. Er war so linkisch und ungehobelt gewesen und hatte das Gesicht voller Pickel gehabt. Die roten Haare waren ihm geblieben, aber der Rest hatte sich tatsächlich unter dem Einfluss von männlichen Hormonen zu seinem Vorteil geformt.

«Ich fasse deine Worte als Kompliment auf.» Philipp grinste breit.

Jetzt war sie ihm ganz und gar verfallen. «Was machst du so?»

«Ach nichts Besonderes. Ich gönne mir eine kleine Auszeit. Und was macht eine so schöne Frau wie du?»

Elenor wusste einen Moment nichts dazu zu sagen. «Äh, vielen Dank. Ich arbeite bei der Polizei.»

Obwohl, streng genommen stimmte das nicht mehr. Sie war auf Arbeitssuche. Somit hatten sie und Philipp etwas gemeinsam. Aber sie war die Einzige in diesem Haus, die das wusste.

«Ach was, du nimmst mich auf den Arm. Quentins kleine Schwester ist Polizistin?» Er stellte das nicht fest, sondern betonte es wie eine Frage.

Elenor nickte und nippte am Champagner. «Bist du alleine hier?»

«Hm, ja, ich denke schon.» Er sah sich suchend im Raum um. «Ja, doch.»

Die Party begann Elenor wieder zu gefallen.

Als die letzten Gäste weit nach Mitternacht gegangen waren und Arlette, Quentin und sie die gröbste Unordnung beseitigt hatten, war sie zu müde, um das Thema Emma und Egger anzusprechen. Morgen war auch noch ein Tag.

17

Der Druck auf Elenors Magengegend war äusserst unangenehm und sie versuchte das Gewicht, das darauf lag, mit der Hand wegzuwischen. Ihre Finger trafen etwas Flauschiges.

Erschrocken riss sie die Augen auf und sah in grasgrüne Augen. Das zugehörige pelzige Köpfchen mit den Schnurrhaaren war ihrem Gesicht so nahe, dass sie jedes einzelne Haar erkennen konnte. Die grünen Augen blinzelten freundlich.

«Hallo.»

Ein sanftes Schnurren stellte sich ein und Elenor hätte schwören können, dass die Katze lächelte.

«Bitte geh von mir runter. Du wiegst bestimmt hundert Kilo.»

Die Katze stand nur zögernd auf, aber schlussendlich legte sie sich neben Elenor hin.

«Wie bist du denn überhaupt hier herein gekommen?» Elenor sah, dass die Schlafzimmertür einen Spalt breit geöffnet war.

«Wer hat dich herein gelassen?»

Sie war sich sicher, dass ihr die Dreifarbige telepathisch mitteilte, wer das gewesen war, nur sie war einfach zu blöd, um das Tier zu verstehen. Das plüschige Raubtier reckte sich wohlig und gähnte herzhaft. Die spitzen Zähne im Maul waren in tadellosem Zustand. Die Krallen ebenso. Diese gemütliche Art, den Tag zu beginnen, fand Elenor nachahmenswert und sie tat es ihr gleich.

«Warte hier kurz, ich gehe mich nur schnell duschen, dann kriegst du etwas zu fressen.»

Als Elenor ins Zimmer zurückkam, war die Katze schon gegangen.

«Wie heisst denn eure Katze?»

Arlette stand in der Küche beim Toaster und steckte zwei viereckige Brotstücke hinein.

«Welche Katze?»

«Diese Rot-weiss-schwarze, die heute bei mir übernachtet hat.»

«Wir haben keine Haustiere.»

«Wem gehört sie dann?» Elenor füllte sich eine Tasse mit heissem Kaffee.

«Keine Ahnung, von welcher Katze du sprichst. Ich glaube, ich habe noch nie ein solches Tier hier gesehen.»

Arlette bestrich die warmen getoasteten Brotscheiben mit Butter.

«Jedenfalls hat diese Nacht eine Katze bei mir im Zimmer übernachtet. Ich habe wohl vergessen, die Tür zu schliessen, da ist sie herein geschlichen.»

«Hm», sagte Arlette nachdenklich. «Wer hat sie denn überhaupt ins Haus gelassen?»

«Die ist sicher zwischen den Beinen der Gäste herein gekommen. Vielleicht dachte jemand, sie gehöre zum Haus.»

«Möglich.»

«Wenn du sie nicht heute Morgen rausgelassen hast, dann müsste sie eigentlich noch hier irgendwo sein.»

Elenor schaute sich in der Küche um. Es konnte ja sein, dass sie sich versteckte.

«Die ist bestimmt mit Philipp oder Alex aus dem Haus gegangen.»

Elenor war überrascht. «Wieso Philipp? Ist er die Nacht über geblieben?»

«Ja, er hat hier übernachtet. Wusstest du das nicht?»

«Nein.» Wieso hatte ihr das niemand gesagt?

«Was war denn gestern los mit deiner Freundin? Warum ist sie so überstürzt gegangen?» Arlette sah Elenor über den Tassenrand an.

«Wenn ich das wüsste. Es muss irgendetwas mit Egger zu tun haben.»

«Wie kommst du darauf?»

«Weil sie, als Egger uns gestern beehrte, wie von der Tarantel gestochen aufgesprungen ist und kurz darauf fluchtartig die Party verlassen hat. Wer hat Egger überhaupt zu meiner Party eingeladen?»

«Äh, das war wohl ich», sagte Arlette. «Ich dachte, wenn er dir schon so ein grosszügiges Geschenk macht, dann kann er auch kommen. Zudem kanntest du ihn ja schon.»

«Ja sicher.» Überzeugt war Elenor davon aber selbst nicht. «Du weisst auch nicht was da passiert sein könnte? Irgendetwas muss zwischen deinem Chef und Emma vorgefallen sein. Sonst hätte sie nicht so komisch reagiert.»

«Nein, tut mir leid, ich habe keine Ahnung. Das Einzige, was ich weiss, ist, dass sie lange vor meiner Zeit mal für ihn gearbeitet hat.»

Das war das erste Mal, dass Elenor davon hörte. «Das wusste ich gar nicht. Sie hat mir nichts davon erzählt.» Rätsel über Rätsel.

«Sag mal», Arlette schaute schelmisch herüber, «du hast dich gestern Abend doch amüsiert, oder?»

Elenor spielte die Ahnungslose. «Was meinst du? Die Party war ganz toll, danke für die Organisation.»

«Ach, tu nicht so scheinheilig. Ich meine natürlich Philipp.»

«Er ist ganz nett», sagte Elenor betont langsam, um Zeit zu gewinnen.

«Ganz nett? Du konntest deine Augen gar nicht mehr von ihm lassen.» Arlette lachte spitzbübisch.

«War das so offensichtlich?» Elenor schämte sich jetzt ein

bisschen. Das Letzte, was sie gewollt hatte, war wie ein schmachtender Teenager auszusehen.

«Für mich schon. Aber ich glaube, ich war die Einzige, die es gesehen hat.» Arlette zwinkerte ihr mit einem Auge zu. «Hast du wirklich nicht gewusst, dass Philipp hier geblieben ist?»

Elenor fühlte, wie sie rot wurde. Das war ihr jetzt zu peinlich. Aber sie hatte keine Lust mehr, weiter über Philipp zu sprechen und blieb die Antwort schuldig.

«Was hast du für Pläne für diesen Tag?» Arlette hatte es aufgegeben, auf ein Lippenbekenntnis zu warten.

Elenor zuckte mit den Schultern. «Keine Ahnung. Darüber habe ich mir noch keine Gedanken gemacht. Vielleicht eine kleine Ausfahrt. Musst du heute arbeiten?»

«Nur am Nachmittag. Los, fahren wir zusammen nach Zürich. Ich muss sowieso dort Material für die Ausstellungseröffnung am Wochenende abholen.»

«Gerne.»

Der Morgen verging wie im Flug. Nachdem Arlette ihre Bestellung abgeholt hatte, schlenderten sie durch die Bahnhofstrasse und ergötzten sich an den teuren Auslagen der Edelboutiquen und Bijouterien. Das Mittagessen nahmen sie in einem kleinen Restaurant am Paradeplatz ein. Arlette fuhr, nachdem sie Elenor bei der Villa abgesetzt hatte, in die Galerie nach Zug.

Elenor hatte keine Lust, den Rest des Tages im Haus zu verbringen, wollte aber auch nicht wieder ins Auto steigen. Stattdessen folgte sie dem schmalen gekiesten Weg, der direkt zum hauseigenen Badestrand führte. Gestern war sie bis zum Badehäuschen gekommen. Heute hatte sie sich zum Ziel gesetzt, den hinteren Teil des Parks zu erkunden, der sich hügelig bis zu einer in den See fliessenden Landzunge erstreckte. Sie bog rechts ab, ging am Kräutergarten und dem Küchenfenster vorbei und ehe sie sich versah, stand sie exakt unter ihrem Schlafzimmerfenster. Ihr kamen die seltsamen Lichter der vorletzten Nacht in den Sinn. Hier musste der heimliche Beobachter gestanden haben. Sie sah den Boden unter ihren Füssen genauer an. Tatsächlich wirkte hier das Gras wie niedergetrampelt. Ja, sie war sich sicher, das hier war die richtige Stelle. Elenor schaute sich um und suchte nach Zeichen, die ihr einen Aufschluss gegeben hätten, warum ausgerechnet unter ihrem Fenster jemand gestanden hatte.

Plötzlich fiel ihr eine Tür auf, die sie gestern übersehen hatte. Eine dichte Hecke, die direkt an der Hausmauer hoch wuchs, verdeckte den Eingang fast völlig. Man musste genau hinsehen, um ihn zu entdecken. Einige Zweige des Busches waren abgeknickt und hingen schlaff nach unten. Hier war erst kürzlich jemand gewesen.

Elenor bog die Zweige etwas beiseite und besah sich das verwitterte Holz. Hm, ja, jetzt erinnerte sie sich wieder. Hinter dieser Tür befand sich der Keller des Hauses. Dieser wurde damals, als ihre Eltern noch lebten, kaum genutzt, weil es keinen direkten Zugang vom Haus aus gab. Jedes Mal, wenn man etwas geholt oder einlagert hatte, hatte man aus dem Haus hinausgehen müssen. Das war äusserst unpraktisch und die Räume waren deshalb nur noch als Gerätelager genutzt worden. Als sie und Quentin Kinder waren, hatten sie manchmal hier drin gespielt, wenn es geregnet hatte. Aber sie hatten sich nicht gerne in diesen Räumen aufgehalten, weil es hier immer kalt gewesen war und so komisch muffelig gerochen hatte.

Kurz entschlossen drückte Elenor die Klinke hinunter und wurde gleich enttäuscht. Die Tür war verschlossen. In der absurden Hoffnung, dass hier irgendwo ein Schlüssel unter einem Stein verborgen lag, begann sie zu suchen. Jeden Stein drehte sie um und tastete in jedes Loch in der Mauer, das sie erreichen konnte. Ohne Erfolg. Schade, das hätte spannend werden können, so ein Trip in die Vergangenheit. Vielleicht konnte sie im Haus den passenden Schlüssel finden.

Der kleine Spaziergang im Park blieb ein Wunschtraum. Schon wenige Meter hinter dem Badehaus, dort, wo das Gelände leicht anstieg, wurde das Unterholz so dicht, dass es kaum ein Durchkommen gab. Die dünnen Äste der struppigen Büsche verhedderten sich in Elenors langem Haar. Das schmerzhafte Herauslösen des Geästs, kaum war sie ein paar Meter gegangen, trieb sie schier in den Wahnsinn. Umgestürzte Bäume lagen kreuz und quer über dem beinahe unsichtbaren Weg, Brombeersträucher trieben ihre Dornen in ihre Hose. Nach kurzer Zeit war sie über und über mit Kletten bedeckt. Genervt gab sie auf. Dabei hatte sie sich so auf den grandiosen Ausblick über den See gefreut. Ganz oben auf dem Hügel stand früher ein Holzturm, den ihr Vater noch eigenhändig für sie und Quentin gebaut hatte. Wie oft waren sie da oben gewesen und spielten Piraten auf ihrem Schiffsausguck. In Elenor wuchs der Verdacht, dass die hölzerne Plattform ebenso verlottert und zusammengefallen war wie das Badehaus.

Ihres angestrebten Zieles beraubt, hatte sie das Gefühl, mitten in einem mitteleuropäischen Urwald zu stehen. Kaum ein Lichtstrahl erreichte den Erdboden, auf dem sie ihre Kämpfe mit dem üppigen Grün ausfocht. Es war unglaublich, welch ein Dickicht in den letzten Jahren herangewachsen war. Es war zu schade, dass man den schönen Park nicht mehr ganz nutzen konnte. Sie erinnerte sich, dass es hier zwischen den nun dunklen, aber zugegebenermassen majestätischen Bäumen viele verwunschene Plätze gegeben hatte, auf denen man hatte spielen können. Die Lichtungen hatten im Frühling voller wilder Blumen gestanden und im Sommer hatte es intensiv nach frisch gemähtem Gras geduftet.

Um der plötzlich depressiv gewordenen Stimmung zu entgehen, setzte sie sich auf eine schmale Kieselbank ans Seeufer und warf flache Steine ins Wasser. Mit den davoneilenden Ringen und den kleinen Wellen, die vorsichtig an Elenors Schuhen leckten, kam die Erinnerung an gestern Abend zurück. Emmas urplötzliches Aufbrechen war ihr immer noch unerklärlich und je mehr sie darüber nachdachte, desto dringlicher musste sie den Grund wissen. Ihr Handy hatte sie im Haus zurück gelassen. Schnell lief sie zurück und rief ihre Freundin von der Küche aus an.

Emma wirkte kurz angebunden und wich den Fragen geschickt aus. Elenor hatte nicht das Gefühl, dass sie sich über den Anruf freute. Das irritierte Elenor ein wenig. Sie war doch nicht schuld an der ganzen Misere.

«Ich habe eine Idee.» Emmas Stimme klang gereizt. «Ich komme morgen zu dir raus. Ich habe Lust, ein Picknick am See zu machen und mit dir etwas zu besprechen.»

«Tolle Idee.» Elenor war froh darüber, dass sie die Gelegenheit hatten, einiges klären zu können. «Aber wer kümmert sich währenddessen um dein Café? Machst du zu?»

«Ich werde meine Aushilfe Fiona bitten, für mich einzuspringen. Wenn ich in die Ferien fahre oder sonst Zeit für mich brauche, kommt sie auch immer. Ich weiss, sie macht es gerne. So kann sie sich etwas dazu verdienen und ich kann das Café das ganze Jahr offen halten.»

«Prima, ich liebe Picknicks. Wann kommst du?»

«Wäre zwölf Uhr recht? Ich gehe später noch ein paar Zutaten einkaufen. Damit ich für deine Fressattacken gewappnet bin.»

«Meine Liebe, du bist frech. Ich habe keine Fressattacken.» Elenor musste trotzdem lachen. «Soll ich was beisteuern? Lachs vielleicht oder Champagner?»

Emmas Stimme klang eine Spur netter. «Nein, das ist nicht nötig. Ich bringe alles mit.»

Elenor freute sich auf den morgigen Tag. Nichts war gegen einen guten Weibertratsch einzuwenden.

Sie war schon wieder auf dem Weg nach draussen, als das Telefon erneut klingelte. Philipp war am Apparat. Sie konnte es kaum glauben.

«Philipp, was für eine Überraschung. Woher hast du denn meine Nummer?»

Sie hörte ihn am anderen Ende leise lachen. «Du hast sie mir gestern Abend auf eine Serviette gekritzelt. Auf eine teure aus Stoff, notabene. Schon vergessen?»

Hatte sie wohl. «Natürlich nicht. Wie geht es?»

«Ich kann nicht klagen. Und bei dir?»

«Och, ich sitze hier mit den Füssen im Wasser und geniesse die schönen Abendstunden.»

«Ich beneide dich. Was hältst du von einem Dinner in der Stadt?»

«Heute?»

«Morgen um acht im Casino?»

«Ja, sehr gerne.»

«Wir sehen uns dort.» Er hängte auf.

Elenor blieb der Mund vor Überraschung offen stehen. Sie war es gewohnt, dass man bei einem Rendezvous mit ihr zusammen zum Restaurant ging, nicht getrennt. Konnte es sein, dass sie bisher von ihren Verehrern verwöhnt worden war oder dass man auf dem Land das alles ein bisschen lockerer sah? Der Ort des Geschehens war allerdings gut gewählt. Das Casino in Zug war keine Spielhölle, was man als Ortsunkundiger vielleicht denken konnte, nein, es war ein Restaurant mit einer tollen Terrasse mit Blick über den See. Die Sonnenuntergänge am Zugersee waren legendär und sie entschied, dass sie sich die Verabredung und die Aussicht auf ein gutes Essen nicht durch Philipps ungalantes Benehmen verderben lassen wollte. Bis ihr einfiel, dass sie überhaupt nichts Passendes zum Anziehen dabei hatte. Als sie ihren Koffer gepackt hatte, hatte sie nicht damit gerechnet, von einem Mann ausgeführt zu werden. Alle ihre schönen Kleider hingen immer noch im Schrank in Bern. Vielleicht konnte Arlette ihr mit einem schönen Kleid aushelfen. Es war es wert, sie zu fragen, obwohl das ein wissendes Lächeln auf ihre Lippen zaubern würde.

18

Elenor hörte Emma von der Ecke des Hauses rufen. Sie hatte bereits erwartungsvoll auf den Holzbohlen des Landungssteges gesessen und rannte nun den Weg vom See zurück, um sie abzuholen. Da stand ihre Freundin mit einem überdimensionalen und übervollen Picknickkorb am Arm. Er schien schwer zu sein und Elenor griff beherzt nach dem Henkel. Gemeinsam schlenderten sie zum Steg, wo sie sich setzten und die Beine baumeln liessen.

Emma stellte den Korb zwischen sich und Elenor und lüftete das Tuch, das den Inhalt verbarg. Hungrig wühlten sie gleich in den Köstlichkeiten, die Emma mitgebracht hatte. Elenor griff sich die Champagnerflasche und hebelte etwas unfachmännisch am Korken herum, bis der mit einem lauten *Blop* in hohem Bogen in den See hinaus katapultiert wurde. Sie tranken einen prickelnden Schluck des kühlen Alkohols aus stilgerechten Kristallgläsern, die Emma aus den Tiefen des Korbes hervor zauberte. Nach ein paar schweigsamen Momenten sprach Elenor als erste.

«Ich glaube, in der Nacht schleicht hier jemand herum.»

Emma schaute überrascht auf. «Wie meinst du das?»

Elenor erzählte ihr von den Beobachtungen der letzten Nacht. Von den Lichtern, den Schritten im Park, von der Person unter dem Baum, dem niedergetrampelten Gras und ihren Befürchtungen, dass sie jemand beobachtet hatte.

«Hast du mit Quentin darüber gesprochen?»

«Das hatte ich vor, aber ich bin noch nicht dazu gekommen. Ich komme mir ein bisschen dumm vor. Vielleicht habe ich nur ein Reh beobachtet.»

«Und, hast du?»

Elenor schnaubte durch die Nase. «Natürlich nicht. Rehe tragen normalerweise keine Lampen mit sich herum oder starren unbeweglich Menschen in Gebäuden an. Geträumt habe ich auch nicht. Ich war so wach wie jetzt. Aua! Warum kneifst du mich?» Elenor rieb sich den schmerzenden Oberarm.

«Ja, es scheint wirklich kein Traum zu sein.» Emmas schiefes Grinsen wirkte diabolisch. Dann wurde sie wieder ernst. «Ich kann mir gut vorstellen, dass hier Leute heimlich herumschleichen.»

«Wieso?»

«Na, schau dich doch um. Hier ist es wie mitten im Amazonas. Ein Eldorado für jeden, der etwas zu verbergen hat.»

Elenor sah die ernste Miene Emmas und schaute sich um. Das Gelände war tatsächlich bestens geeignet, um schnell zu verschwinden. Nachdenklich kratzte sie mit dem Fingernagel in den Holzbohlen herum. «Weisst du, Schepper hat auch erwähnt, dass er glaubt, hier schleichen Fremde herum.»

«Wer ist Schepper?»

«Der Gärtner.»

«Na, dann muss es wohl stimmen.» Emma bemerkte das betretene Gesicht ihrer Freundin. «Ach, es ist sicher alles halb so schlimm. Mach dir doch keine Sorgen, ich mache nur Spass.» Sie warf Elenor ein mit Lachs dick belegtes Brot in den Schoss. «Da, iss.»

Genüsslich assen sie die Sandwiches und frische Erdbeeren als Dessert dazu und erfreuten sich am Anblick der Natur. Die dunkle Oberfläche des tiefen Sees kräuselte sich in einer leichten Brise. Sie hörten zu, wie Frösche quakend ihren Schabernack im Schilf am Ufer trieben und sahen ab und zu einen aufspringenden Fisch silbern aufleuchten. Die haschten sicher nach den Insekten, die knapp über dem Wasser in der warmen Sonne gaukelten.

Wohlig gesättigt und leicht beschwipst, legte sich Elenor auf den Rücken, die Arme hinter den Kopf verschränkt. Emma tat es ihr gleich. Die Blätter weit oben über ihren Köpfen schaukelten leicht im lauen Lüftchen.

«Schade, dass wir uns so lange aus den Augen verloren hatten. Ich wäre dir gerne zur Seite gestanden, als es dir schlecht ging. Ich fühle mich schuldig, als hätte ich dich verlassen und absichtlich deinem Schicksal überlassen.»

Emma hatte sich auf die Seite gedreht, den Kopf in die Hand gestützt. «Weisst du, Leni, es war hart ohne dich. Ich habe dich lange Zeit unglaublich vermisst. Aber ich hätte dich genauso gut anrufen oder dir schreiben können. Ich habe es auch nicht getan. Die Schuld, wenn es denn als eine solche bezeichnet werden kann, liegt also bei uns beiden. Wir sind unterdessen erwachsen geworden und wie Erwachsene sollten wir uns auch benehmen.» Sie sah Elenor mit ernster Miene an. «Lass uns einen Pakt schliessen und uns versprechen, dass wir uns nicht noch einmal aus den Augen verlieren werden, was immer auch geschehen mag.»

Elenor war von ihren Worten ergriffen und nickte erfreut. Es waren diese weisen Worte, die sie gebraucht hatten. Alles Vergangene war somit das, was es war – vergangen. Sie prosteten sich zu. Die unsichtbare Barriere zwischen ihnen war verschwunden und das befreiende Gefühl lockerte ihre Zungen.

«Wie lange bleibst du hier? Musst du bald wieder zurück nach Bern?» Emma schaute sie treuherzig an. «Ich könnte dich dort einmal besuchen kommen.»

Elenor hatte nicht im Sinn, länger zu schweigen.

«Ich möchte meinen Job bei der Berner Polizei an den Nagel hängen.»

Emma verschluckte sich am Champagner und Elenor musste ihr auf den Rücken klopfen, damit sie wieder zu Atem kam.

«Was? Du hast bei der Polizei gearbeitet? Das wusste ich ja gar nicht.»

«Tja, ja.» Elenor wusste nicht recht, was sie sagen sollte.

«Kommst du hierher zurück? Hast du schon eine andere Stelle?»

«Ich möchte gerne wieder hierher ziehen, aber momentan ist weder bei der Kapo Zug noch bei den umliegenden Kantonen eine Stelle frei.» Das bereitete Elenor einiges Unbehagen. Gekündigt hatte sie noch nicht, aber sie wollte es demnächst tun. Sie wollte wieder in der Nähe ihres Bruders sein, jedenfalls weit weg von Bern.

Emma nahm diese Tatsache nicht so schwer.

«Ach, mach dir keine Sorgen. Wenn nichts frei wird, dann mach dich doch selbstständig. Als Detektivin. Das wäre doch toll.»

Ja, warum nicht. Dieser Vorschlag war sicher einen oder zwei Gedanken wert. Aber Elenor wollte so weitgreifende Entscheide nicht jetzt fällen.

Sie lachten viel an diesem herrlichen Nachmittag unter den Bäumen am See. Zwischendurch planschten sie im grünen, klaren Wasser und liessen sich anschliessend auf dem Steg wieder von der Sonne trocknen.

Ein Blick auf die Uhr erinnerte Elenor an ihre Verabredung mit Philipp. Sie musste sich beeilen, sonst kam sie noch zu spät. Kaum war Emma gegangen, kam ihr in den Sinn, dass sie gar nicht nach dem Grund ihres gestrigen abrupten Aufbruchs gefragt hatte. Warum hatte sie es nicht getan? Sie kam zu dem Schluss, dass sie zu feige war, um ihre beste Freundin nach ihren Ängsten zu fragen.

Der Abend im Casino verlief angenehm, wenigstens zu Anfang. Philipp benahm sich wie ein Gentleman und die Speisen waren köstlich. Sie beobachteten den wunderschönen blutroten Sonnenuntergang drüben am Lindenberg. Es hätte perfekt sein können.

Ihr Gespräch drehte sich zu Anfang um Philipp. Er erzählte von seinen Jobs, die hochinteressant gewesen waren und ihn fast die ganze Welt hatten bereisen lassen. Er sprach von den

Menschen und Tieren, die er dabei kennen gelernt hatte und von amüsanten Situationen, die sich daraus ergeben hatten.

Elenor spürte, welcher Enthusiasmus ihn dazu getrieben hatte, überall auf dem Globus die spannendsten Aufgaben zu suchen, verstand aber auch, dass er sich wieder auf seine Wurzeln besann und einen Schritt zurücktreten wollte.

«Du hast gesagt, du seist Humanmediziner und gleichzeitig Tierarzt, wenn ich mich noch richtig an unsere Unterhaltung während der Party erinnere. Warum arbeitest du nicht wie Quentin im Spital oder machst eine eigene Praxis auf? Für Mensch oder Tier.»

«Das ist eine gute Frage, die ich mir fast täglich selbst stelle.»

«Hast du schon eine Antwort darauf gefunden?»

Er lächelte gequält. «Nein. Ich kann mich einfach nicht entscheiden, was ich tun soll.» Er beugte sich verschwörerisch über den Tisch.

Elenor tat es ihm gleich, bis sich ihre Köpfe fast berührten.

«Darf ich dir etwas anvertrauen?», flüsterte Philipp in Elenors Ohr.

«Aber sicher», flüsterte sie zurück.

«Ich habe überhaupt gar keine Lust zu arbeiten. Ich möchte das Leben so geniessen, wie es momentan ist.»

Elenor setzte sich wieder gerade hin. «Wenn man es sich leisten kann ...» Ein bisschen neidisch war sie jetzt schon, sagte aber: «Ich gönne es dir.»

Das Gespräch schlief nach Philipps Offenbahrung für Augenblicke ein. Sie schauten schweigend hinaus über den See.

«Wann gehen deine Ferien zu Ende?»

Elenor hatte schon den ganzen Abend diese Frage gefürchtet. Aber wenn er schon ehrlich zu ihr war, dann konnte sie es auch ihm gegenüber sein.

«Ich bin nicht hierher in die Ferien gefahren. Ich bleibe, wenn es denn möglich ist, hier. Für immer.»

«Ich verstehe nicht. Ich dachte, du arbeitest bei der Polizei in Bern.»

«Das tue ich auch, aber ich möchte die Stelle aufgeben und hierher ziehen.»

«Dann war deine Willkommensparty wirklich eine Willkommensparty und nicht so eine ‹hier möchte ich allen, die sie noch nicht kennen, meine Schwester vorstellen›-Party. Weiss Quentin von deinen Plänen?»

«Nein, du und Emma, ihr seid die Einzigen, die es wissen und ich würde es auch begrüssen, wenn du Quentin nichts sagst. Das ist meine Aufgabe.»

Philipp hob die Hände. «Na, klar, kein Problem. Hast du schon eine neue Stelle in Aussicht?»

«Nein, aber das wird schon werden.»

«Das wird aber nicht so leicht werden, wie du dir vielleicht vorstellst. Deine ganze Aktion scheint mir ein wenig übereilt zu sein. Hat das einen besonderen Grund?»

Elenor druckste herum. Konnte sie ihm wirklich trauen? «Ich will so schnell wie möglich weg von Bern, weil der Mann, mit dem ich zusammenlebe …» Sie biss sich auf die Unterlippe und traute sich kaum Philipp anzuschauen.

«Hat dieses Arschloch dir etwas angetan?» Er griff nach ihrer Hand.

Elenor war von seiner Anteilnahme so gerührt, dass ihr fast die Tränen kamen. «Nein, so ist es nicht, nicht direkt.» Sie konnte ihm nicht erklären, dass Jonas ihr nicht körperlich wehgetan hatte, sondern sie physisch quälte, sie mit abfälligen und respektlosen Bemerkungen plagte, oder besser gesagt geplagt hatte. Sie hatte genug. Sie wollte weg. Sie hätte auch eine andere Wohnung in Bern suchen oder in die Agglo ziehen können. Aber sie wäre das Risiko eingegangen, ihm immer wieder zu begegnen. Das wollte sie nicht. Es musste ein Schlussstrich gezogen werden.

«Warum willst du bei deinem Bruder und seiner Freundin einziehen? Komm doch zu mir, ich habe Platz genug, auch in meinem Bett.»

Was wollte er damit sagen? Warum sagte er das jetzt überhaupt? Sie zog ihre Hand reflexartig aus seiner zurück. Sie wusste sofort, dass sie einen Fehler gemacht hatte.

Philipp runzelte verdutzt die Stirn und öffnete den Mund, um etwas zu sagen, tat es aber doch nicht.

Elenor mochte diese Wende des Abends nicht. Sie mochte es auch nicht, wenn Menschen, die sie kaum kannten, so negativ reagierten. Die Vertrautheit, die sie an dem Abend in der Villa zwischen ihnen verspürt hatte, war verflogen. Sie fühlte sich plötzlich unwohl in seiner Nähe.

Philipp spürte ihr Unbehagen. «Was ist los, Elenor? Stimmt etwas nicht?»

«Doch, es ist alles in Ordnung», log sie.

«Ich sehe doch, dass es nicht so ist. Du rutscht auf deinem Stuhl herum, als sässest du auf einem Nagelkissen. Liegt es an mir?»

«Nein, es liegt an mir.» Sie konnte ihn nicht ansehen. Was sollte sie auch sagen?

«Was ist es dann?»

Jetzt musste sie improvisieren. «Es tut mir leid, Philipp, aber ich bin noch nicht bereit für eine neue Beziehung. Es ist alles noch zu frisch.»

Sie hoffte, dass es überzeugend klang.

Seine dunklen Augen blickten enttäuscht, obwohl er keine Miene verzog. «Aha», war alles, was er dazu sagte.

«Ich weiss, ich hätte es dir schon eher sagen sollen, aber ich wollte den Abend mit dir geniessen.»

Er schlug auch prompt zurück. «Weisst du Elenor, ich bin schon etwas enttäuscht von dir. Es wäre schön gewesen, wenn du mir vorher etwas von dem Mann gesagt hättest. Denn ich für meinen Teil kann sagen, dass ich mich in dem Augenblick in dich verliebt habe, als ich dich auf der Party auf mich zukommen sah.»

Hoppla. Jetzt tat er ihr ein bisschen leid.

«Ich werde dich nicht danach fragen, was in Bern genau passiert ist. Aber du musst wissen, dass ich ein geduldiger Mensch bin. Nimm dir die Zeit, die du brauchst, und regle deine Sachen. Am liebsten wäre es mir allerdings, wenn du den anderen in die Hölle schickst und ihn so schnell wie möglich vergisst.»

Das konnte jetzt nicht blöder laufen. Vielleicht wäre jede andere Frau begeistert gewesen, wenn sie von einem Mann das Eingeständnis seiner Liebe erfuhr, aber für Elenor war es nicht gerade das, was sie hören wollte. Sie mochte ihn, ja, wenigstens ein bisschen, aber von Liebe konnte keine Rede sein.

«Weisst du, Philipp, dieser Abend war wunderbar.» Sie machte eine ausladende Geste. «Du bist ein toller Kerl, aber das geht mir jetzt einfach zu schnell. Wie kannst du jetzt schon sagen, dass du auf mich warten willst? Wir kennen uns doch überhaupt nicht.»

Sie war von sich selbst überrascht über diese Reaktion. Wie konnte sie jetzt zu ihm gemein und abweisend sein, wie er doch so unbedarft vor ihr sass, die dichten roten Haare ordentlich gekämmt, das Gesicht glatt rasiert. Er trug sogar einen Anzug mit Krawatte. Was, wenn er das wirklich ernst gemeint hatte? Sie stocherte intensiv mit dem Löffel im Dessert herum.

Er lachte leise und legte seine grosse Hand wieder auf ihre. Dieses Mal unterdrückte sie geistesgegenwärtig den Drang, ihre Hand nochmals wegzuziehen.

«Ich weiss so etwas einfach.»

Elenor zog an den Mundwinkeln und brachte ein noch ganz passables Lächeln zustande. Mehr ging nicht, sonst wäre sie an dem Kloss in ihrem Hals erstickt, der sich hartnäckig nach oben in die Gegend ihres Halszäpfchens arbeitete. Es war nicht ein Gefühl von Traurigkeit, das sich in ihr breitmachte, sondern eher ein unangenehmes Gefühl von Vorahnung.

Sie tranken noch einen Kaffee, dann brachte er sie nach Hause. Was wirklich zuvorkommend war, denn sie war mit dem Taxi zum Dinner nach Zug gekommen. Man stelle sich vor, er stieg sogar aus dem Auto aus und begleitete sie bis vor die Haustür.

Als ihm Elenor eine gute Nacht wünschte, küsste er sie leicht zum Abschied auf die Wange. Sie stand da und schaute den Rücklichtern hinterher, bis sie beim Tor um die Ecke verschwanden.

19

Er hatte heute nicht vorgehabt, ins Café zu gehen, obwohl das Fernbleiben ihm fast körperlichen Schmerz bereitete. Der plötzliche Aufbruch seines Engels gestern Abend beim Empfang in der Villa steckte ihm noch in den Knochen. Die Reaktion seiner Angebeteten war für ihn überraschend heftig gewesen. An diesem Abend hatte er eine Seite von ihr gesehen, die er vorher nicht gekannt, ja nicht einmal für möglich gehalten hatte. Sie hatte auf ihn plötzlich schroff, kalt und abweisend gewirkt. War sie doch nicht der Engel, für den er sie hielt? Hatte er sich in ihr so getäuscht? Am liebsten hätte er sie darauf angesprochen. Er wusste schon, warum sie nicht mit Freude reagiert hatte, aber genügte das als Grund, so unwirsch zu sein? Er brauchte mehr Zeit, um darüber nachzudenken.

Er war froh, dass ihn seine Arbeit etwas ablenkte. Er verbrachte jetzt so viel Zeit wie noch nie in seinem heiligen Raum. Seine Objekte entwickelten sich, langsam zwar, aber so wie er es erhofft hatte, was ihn mit tiefer Freude erfüllte. Vielleicht war es ganz gut, dass er sie für eine Weile nicht mehr sah. Wenn sich alles aufgeklärt hatte, dann würde die Wiedersehensfreude umso grösser sein und er konnte ihr dann vielleicht endlich seine Liebe gestehen. Er wollte nicht aufgeben. Die Hoffnung starb bekanntlich zuletzt.

20

Arlette starrte Elenor mit offenem Mund an. «Meine Güte, du siehst schlimm aus. War der gestrige Abend denn so grässlich? Ich muss mir Philipp mal vorknöpfen.»

Auch Quentin sah von seiner Morgenlektüre auf. «Das stimmt wirklich, Elenor. Übel, übel. Das Gespräch mit Philipp übernehme ich.»

Elenor lachte. «Übertreibt nur nicht so. Es ist alles in Ordnung. Macht euch keine Sorgen. Ich habe nur nicht sehr gut geschlafen.» Sie sah die überraschten Gesichter der beiden und hob beschwichtigend die Hände. «Philipp war nicht der Grund für meine Schlafstörungen. Er war gestern Abend ein Musterknabe, brachte mich nach Hause und ging gleich wieder.»

Die letzte Bemerkung galt ihrem Bruder. Es fehlte gerade noch, dass er sich in ihre Männerbekanntschaften einmischte, auch wenn Philipp sein bester Freund war.

Elenors durchwachte Nacht hatte aber schon etwas mit Männern zu tun. Zuerst hatte sie über den Letzten in ihrem Leben nachgedacht und was aus der Beziehung geworden war. Dann hatte sie über Philipps Worte gegrübelt. Im Geiste liess sie den Abend nochmals Revue passieren, der wirklich schön gewesen war, bis sich das komische Gefühl einstellte. Sie konnte sich nicht erklären, woher das kam. Als Philipp ihr seine tiefe Zuneigung offenbarte, die sie nicht erwidern konnte, war es noch schlimmer geworden.

Was hatte sie nur für ein Problem? Er sah toll aus, hatte untadelige Manieren – jedenfalls meistens – und war ein guter Freund ihres Bruders. Doch reichte das? Und wofür sollte es reichen? Sie fand keine Antworten auf diese Fragen und die Nacht war zu kurz, um es herauszufinden.

Ruhelos hatte sie sich auf die Fensterbank gesetzt und gehofft, dass die undurchdringliche mondlose Nacht ihre Nervosität linderte. Das Fenster war geschlossen und der Wind schepperte an den alten Fensterrahmen.

In trüben Grübeleien versunken, hatte sie zuerst geglaubt, dass sie es sich einbildete. Ein Licht tanzte wie ein Feenlicht zwischen den Bäumen. Es blinkte auf, erlosch wieder und blinkte wie ein Glühwürmchen zwischen den im Wind wirbelnden Blättern wieder auf. Sie versuchte es auf seinem Weg durch den Park zu verfolgen. Was konnte das sein? Es gab nur eine logische Erklärung dafür: Jemand schlich mit einer Taschenlampe durch den Park. Sie sah auf den alten Wecker mit dem Leuchtzifferblatt. Es war zwei Uhr morgens. Die wenigen Sekunden, die sie gebraucht hatte, um die Zeit abzulesen, hatten gereicht, um das Irrlicht aus den Augen zu verlieren. Sie sah es in dieser Nacht nicht wieder.

Elenor sah die beiden Menschen vor sich am Frühstückstisch an. Der eine las in der Zeitung und fischte ab und zu nach der Kaffeetasse, die andere knabberte gedankenverloren an einer Toastscheibe.

«Ihr solltet euch Sorgen machen über die Leute, die mitten in der Nacht ums Haus schleichen.» Elenor wartete gespannt auf Quentins und Arlettes Reaktionen, die auch prompt kamen.

«Welche Leute? Wie kommst du darauf, dass jemand herumschleicht?» Arlette sah sie so entgeistert an, als hätte sie erzählt, sie sei nackt durch den Park gehüpft.

«Ich habe gestern Nacht Lichter draussen gesehen. Ich

glaube, sie kamen aus dem Badehaus. Jedenfalls stimmt die Richtung.»

Elenor schaute Quentin an, der sich fast am Kaffee verschluckte.

«Wer sollte denn mitten in der Nacht dorthin gehen? Da ist nichts drin, was man stehlen könnte. Es liegt nur alter Kram herum. Das ganze Häuschen ist baufällig.»

«Keine Ahnung. Ich hatte gehofft, dass ihr vielleicht etwas wisst. Es ist nicht das erste Mal, dass ich jemanden dort gesehen habe. Es hat mich sogar jemand vom Park aus in meinem Zimmer beobachtet.»

«Wirklich?», fragte Arlette mit grossen Augen.

«Um Himmels Willen», sagte Quentin, als er wieder sprechen konnte. «Bist du dir da ganz sicher? Wenn das wirklich stimmt, dann ist es höchste Zeit, dass wir etwas unternehmen. Schepper hat auch schon so etwas erwähnt.»

«Schepper, dieser …», rief Arlette, doch sie beendete den Satz nicht, als sie das entgeisterte Gesicht Quentins sah. «Der will sich doch nur wichtig machen», versuchte sie sich zu retten. Und zu Elenor gewandt: «Du hast sicher schlecht geträumt.»

«Ganz sicher nicht.» Elenor schüttelte energisch den Kopf. Arlettes Reaktion ärgerte sie.

«Danke, dass du uns das gesagt hast. Wir werden die Augen offen halten. Wenn da jemand ist, werden wir schon herausfinden, wer.» Für Quentin war das Thema damit erledigt.

Für Elenor nicht. Das ging ihr jetzt doch etwas zu schnell. Wie konnten die beiden herausfinden, wer sich unbefugt auf dem Gelände herumtrieb? Das Haus und der Park waren nicht abgeschlossen. Wenn jemand hereinkommen wollte, dann konnte er es ohne Schwierigkeiten tun. Aber gut, Themenwechsel.

«Gestern wollte ich auf den Aussichtsturm steigen, konnte mich aber nach ein paar Metern fast nicht mehr aus den Klauen der Schlingpflanzen befreien. Schepper hat mir gesagt, dass er der einzige Gärtner sei und dem Grünzeug alleine nicht Herr würde. Warum stellst du nicht mehr Gärtner an?»

Quentin seufzte. «Ich habe nur einen, weil wir uns nicht mehr leisten können. Schepper hat aber sicher recht, wenn er sagt, dass für eine Person das Gelände viel zu gross ist. Auf diese Weise kann man es sicher nicht im gepflegten Zustand halten. So müssen wir uns halt auf das Nötigste beschränken.»

«Gestern habe ich den Gärtner im hinteren Teil auf dem Hügel herumsägen gehört. Da sind wahrscheinlich Bäume dem letzten Sturm zum Opfer gefallen.»

Elenor sah zu, wie Arlette bestätigend zu ihren eigenen Worten heftig nickte. Diese Aussage erstaunte Elenor, denn sie hatte nichts dergleichen gehört und sie war fast die ganze Zeit mit Emma draussen gewesen. Zudem, was hatte diese Information mit dem zu tun, was sie gerade diskutierten? Wer wollte sich jetzt wichtig machen?

«Über das Badehäuschen müssen wir uns noch unterhalten.» Elenor ergriff die günstige Gelegenheit, dass Quentin vor ihr sass. «Ich habe es mir angeschaut und finde es schade, dass es so heruntergekommen ist.»

Quentin zuckte mit den Schultern. «Leider übersteigt auch das meine finanziellen Möglichkeiten. Eine Instandhaltung des alten Holzhauses liegt in weiter Ferne. Dieses grosse Haus», er machte eine ausladende Handbewegung, «dieses Haus verschlingt schon eine Stange Geld, damit es so aussieht wie jetzt.»

Ups, da hatte Elenor unbeabsichtigt einen wunden Punkt getroffen. «Quentin, es sollte kein Vorwurf sein. Im Übrigen wusste ich nichts von deinen Geldsorgen.»

«Ich habe keine Geldsorgen, aber für alles reicht es nun einfach nicht und so habe ich mich auf das Wichtige beschränken müssen. So wie auf nur einen Gärtner.»

Elenor hätte ihm jetzt sagen können, dass er es so gewollt hatte, damals. Sie hätten das Haus und den Park nach dem Tod der Eltern auch verkaufen können. An Interessenten hatte es nicht gefehlt. Aber er hatte das Haus nicht hergeben wollen. Sie selbst war damit einverstanden gewesen, dass er es behielt. Zu der Zeit fand sie es ja auch praktisch, dass sie ewiges Gastrecht hatte, was sie in der Vergangenheit allerdings nicht sehr oft in Anspruch genommen hatte. Eigentlich nie, bis jetzt.

«Ich möchte es gerne als Wohnung für mich umbauen lassen.» Dieser Gedanke kam Elenor in dieser Sekunde spontan. Aber warum eigentlich nicht?

«Was denn? Das Badehaus? Diesen Schuppen?» Arlette schaute Elenor entgeistert an.

Was ging das Arlette an? Quentins Freundin ging Elenor heute Morgen mit ihren Einwürfen auf die Nerven.

«Wenn ich es mir überlege, ist es eine fantastische Idee. Es braucht aber etwas Geld, das Häuschen für das ganze Jahr bewohnbar zu machen», pflichtete Quentin seiner Schwester bei.

Elenor war froh, dass wenigstens ihr Bruder sich mit der Idee anfreunden konnte.

«Ich habe etwas gespart, das ich gerne dafür verwenden würde.» Sie war schnell mit den Kalkulationen.

«Na gut. Lass dir erst mal Offerten machen, dann sehen wir weiter.»

Elenor hatte mit mehr Enthusiasmus gerechnet.

Philipp sass neben Elenor auf dem Steg. Sie sahen auf die spiegelglatte Wasseroberfläche hinaus. Gerade eben hatte sie die Idee mit dem Umbau Philipp anvertraut.

«Du sprichst von der Hütte da drüben? Die ist schon etwas heruntergekommen, das weisst du. Andere würden dazu Ruine sagen.» Er kratzte sich am Kinn und rutschte nervös hin und her, so als sässe ein Holzspan im seinem Hintern.

«Ist es dir unangenehm, hier zu sein?» Elenor war irritiert. Schliesslich hatte er angerufen und gefragt, ob er kommen dürfte.

«Nein, ganz sicher nicht.» Er schaute sie nicht an. «Eigentlich hast du Recht. Es wäre zu schade, das Häuschen abzureissen. Ich werde dir beim Umbau helfen und ich kann sicher noch einige meiner Kollegen dazu überreden, ihr Bau-Knowhow und ihre Zeit mit einzubringen. Dann sind deine Kosten nicht so hoch und es geht schneller voran.»

Über so viel spontane Unterstützung war Elenor verblüfft und dankbar und aus einem wahnwitzigen Impuls heraus küsste sie Philipp auf die Wange. Er sah sie mit einem seltsamen Blick an.

Sie bereute die unbedachte Handlung sofort. Wie konnte sie nur, nachdem sie ihm gestern noch von ihrer alten Beziehung vorgeheult hatte.

Er rieb sich gedankenverloren die Stelle, an der ihre Lippen ihn berührt hatten. Gerade so, als wüchse jetzt dort ein grässlich schmerzender Pickel.

«Hattet ihr früher nicht auch noch Boote?»

«Ja, aber ich habe keine Ahnung, wo die abgeblieben sind. Da musst du schon Quentin fragen.» Früher hatten sie sogar ein Bootshaus, das war aber eines Tages abgebrannt. Brandstiftung, hatte die Polizei gesagt, aber nie herausgefunden, wer es angezündet hatte.

«Warum bist du hier, Philipp?»

Wie aus einer Trance erwachend schaute er auf. «Am Wochenende ist diese Ausstellung in der Galerie, in der Arlette arbeitet. Ich wollte dich fragen, ob du mich begleiten möchtest.»

Ach ja, die Ausstellung. Das würde wohl ein richtig grosser Anlass werden. «Bist du sicher, dass du mich als deine Begleitung dabei haben willst?»

Er nickte.

Es bestand Hoffnung, dass er ihr verziehen hatte. «Ja, klar, ich komme gerne mit.»

«Schön. Wir telefonieren noch wegen der Zeit und so.»

Schon war er aufgestanden und hinter den Büschen verschwunden.

Verblüfft über seinen plötzlichen Abgang, beschlich sie das seltsame Gefühl, gerade verlassen worden zu sein.

Um eine angenehme Gesellschaft gebracht, schlenderte sie zum Badehaus hinüber. Als sie sich in den verlotterten Räumen umsah, war sie sich sicherer denn je, die richtige Entscheidung getroffen zu haben. Das Häuschen hatte Potenzial, auch wenn nur sie es sehen konnte. Sie zog das kleine Notizbuch, den Schreibstift und das aufgerollte Meterband aus der Hosentasche. Beim letzten Besuch hatte die dreifarbige Katze sie mit ihrem unerwarteten Auftauchen überrascht. Heute war sie alleine da. Sie vermisste das Tier ein bisschen. Schon seit Tagen hatte Elenor es nicht mehr gesehen.

Die Vermessung des unteren Raumes mit all seinen Ecken erforderte ihre ganze Konzentration. Alleine war das kein leichtes Unterfangen. Immer wieder war das Messband zu kurz oder sie stiess sich an den alten Möbelstücken, die noch niemand entsorgt hatte. Aber sie gab nicht auf und versuchte die Längen und Breiten massstabgetreu auf einem Papier zu notieren und nachzuzeichnen. Später sollte diese Vorlage den Architekten als erste Skizze für weitere Ideen für den Wiederaufbau und den Umbau dienen. Als sie damit fertig war, fehlte noch der Raum unter dem Dach. Sie begutachtete die wackelige Wendeltreppe, die so fragil aussah, dass Elenor sich hundertprozentig sicher war, dass sie unter ihrem Gewicht nachgeben und einstürzen würde. Sie wollte aber keine weitere Verzögerung des Umbaus hinnehmen. Bald kam der Herbst und dann der eiskalte Winter.

Sie hatte sich in den Kopf gesetzt, dass sie zu der kalten Jahreszeit hier im Häuschen den eigenen Kamin anfeuern und Maronen auf dem Feuer braten würde. Wenn sie noch lange hier herumstand und trödelte, würde daraus nie etwas werden. Überaus vorsichtig kletterte sie hinauf. Oben angelangt, sah sie mit Genugtuung, dass die Fenster nicht zerbrochen waren, dafür lag eine handdicke Schicht Staub auf allem, was herumstand. Ehemals weisse Tücher, jetzt dunkelgrau vor Dreck, bedeckten Möbel, die vor Jahren hier verstaut und vergessen worden waren. Sie hütete sich, einen der Stoffe anzufassen, um darunter zu schauen. Das soll bitte jemand anderes tun. So wie es hier aussah, musste sowieso alles entsorgt werden.

Elenor war so in die Aufzeichnungen der Daten vertieft, dass sie das leise Poltern einen Stock tiefer fast überhört hätte. In der Hoffnung, dass die Katze wieder aufgetaucht war, schlich sie leise nach unten, um sie ja nicht mit Lärm zu verschrecken. Sie konnte nichts entdecken, schon gar kein Tier. Hatte sie sich die Geräusche etwa nur eingebildet? Sie blieb stehen und horchte. Nein, sie hatte sich nicht getäuscht. Seltsam war aber, dass der Lärm aus der Wand hinter der Wendeltreppe zu kommen schien. Wie konnte das sein? Elenor beugte sich in die Richtung, aus der das Klappern zu kommen schien. Dort war nichts zu sehen. Vorsichtig schlich sie sich näher an die Quelle der Geräusche. Erst als sie fast mit der Nase darauf stiess, sah Elenor sie. Da war eine kleine Tür hinter der altmodisch gestreiften Tapete verborgen. Sie presste das Ohr an die Wand und lauschte angespannt. Es war totenstill dahinter. Elenor war sich sicher, dass sich Tiere dahinter eingenistet hatten, Ratten vielleicht oder Marder, die Radau machten.

Schon wollte sie sich wieder nach oben begeben, als sie ein leises Quietschen hörte und in der Sekunde darauf einen heftigen Stoss an der Stirn verspürte. Der Schmerz war so stark, dass es ihr die Tränen in die Augen trieb. Mit blinzeln versuchte sie wieder eine klare Sicht zu bekommen, konnte aber nur verschwommen eine dunkle Gestalt an ihr vorbei und durch die Tür nach draussen rennen sehen. Die geheime kleine Tür in der Tapete fiel mit einem leisen Klicken wieder zu. Das war das letzte Geräusch, das Elenor vernahm.

Vorsichtig öffnete sie ein Auge. Sie lag auf dem Rücken auf dem dreckigen Boden und starrte an die Decke, die mit staubigen Spinnweben verhangen war. Jemand tätschelte ihren Arm. Angestrengt versuchte sie ihren Blick von den bizarren Traumfängern abzuwenden und sich auf die Stimme zu fokussieren, die sich seltsam verzerrt anhörte. Sie sah einen grossen Körper über sich kauern. Es war ein Mann in einer dreckigen blauen Latzhose.

«Oh, gut, Sie sind wach.» Scheppers Stimme klang erleichtert.

«Wie lange liege ich hier schon?»

«Keine Ahnung. Ich habe Sie erst jetzt hier drin gesehen. Was tun Sie hier auf dem dreckigen Boden?»

Elenor ging nicht auf seine Frage ein. Es war warm geworden im Raum. Die Sonne musste schon hoch stehen und auf das Dach niederbrennen. Also lag sie hier schon eine Weile.

«Haben Sie jemanden gesehen, der herausgerannt ist?»

«Nein, tut mir leid. Ich habe nur Sie hier gefunden. Können Sie aufstehen?» Seine Stimme klang erstaunlich hoch für einen so massigen Mann.

«Ich glaube schon.»

Er half ihr, indem er an ihrem Arm zog, bis sie auf den Beinen stand. Mühsam versuchte sie aufrecht zu stehen, was ein Karussell in ihrem Schädel in Bewegung setzte. Das Badehäuschen fing an, sich unangenehm im Uhrzeigersinn zu drehen. Sie griff nach dem Treppengeländer, das fröhlich mit dem wirbelnden Häuschen mitschwang. Tapfer hielt sie sich aufrecht und nach einer Weile wurde das Drehen langsamer, bis es schliesslich ganz stoppte. Es wackelte nur noch ein bisschen. Sie griff sich an die Stirn, an die Stelle an der es heftig auf ihrer Haut brannte. Unter ihren Fingerspitzen ertastete sie eine grosse, dicke Beule. Eine Welle der Übelkeit brachte sie fast wieder aus dem Gleichgewicht.

Schnell ergriff Schepper ihren Arm. «Ist Ihnen nicht gut? Wollen Sie sich setzen?»

«Danke, es ist schon wieder vorüber. Ich habe mir den Kopf gestossen und jetzt ist mir ein bisschen schwindlig. Ich glaube, es ist besser, wenn ich mich ein bisschen hinlege.» Und mit einem Blick in die Runde, «in mein Bett.»

Er lächelte verständnisvoll.

«Soll ich Sie ein Stück begleiten? Nicht dass Sie noch hinfallen.»

«Das ist lieb von Ihnen, aber ich denke, ich schaffe es alleine. Zudem halte ich Sie nur von ihren Arbeiten ab.»

«Wie Sie meinen. Ich wünsche Ihnen gute Besserung.»

«Vielen Dank.» Das war alles was Elenor gerade noch sagen konnte, dann war er auch schon, trotz seiner Leibesfülle, flink aus der Tür des Häuschens gehuscht. Der an den Fenstern vorbeigleitende Schatten verriet ihr, dass er tatsächlich gegangen war. Mit leicht wankenden Schritten ging sie den See entlang zum Haus zurück.

Schnell schluckte sie zwei Aspirin und legte sich ins Bett. Halb eingedöst, spürte Elenor auf einmal, wie jemand im Türrahmen ihres Zimmers stand. Sie schaute auf, in der Hoffnung, es wäre Arlette oder Quentin, die früher nach Hause gekommen waren, aber da stand an den Türpfosten gelehnt – Benedikt Egger. Seine hart wirkenden, hellen Augen glitten über das Bett und sein Blick liess sie unwillkürlich tiefer unter die Bettdecke kriechen. Sie starrte ihn voller Entsetzen an, er starrte stumm zurück. Sie musste wie eine Verrückte aussehen mit dem offen stehenden Mund und den aufgerissenen Augen.

«Sind Sie denn von Sinnen? Was tun Sie hier in meinem Zimmer? Wie sind Sie überhaupt ins Haus gekommen?» Elenor hörte selbst, wie sich ihre Stimme hysterisch überschlug. «Machen Sie sofort, dass Sie hier verschwinden.»

Sie zeigte mit dem ausgestreckten Arm auf die Tür. Zu ihren Füssen hatte die dreifarbene Katze die Ohren angelegt und starrte Egger mit geweiteten dunklen Augen an. Aus der Kehle des Pelztieres kam ein tiefes Grollen. Es kam Elenor in diesem Moment nicht komisch vor, dass sie nicht gehört hatte, wie das Tier hereingekommen war.

Egger verzog keine Miene, blieb einfach stehen und streckte nur seinen Arm aus. Dann reckte er seinen Daumen an der rechten Hand nach oben. So stand er eine Weile unbeweglich da, bis ein Schauer durch seinen Körper ging, so als friere er. Dann drehte er sich um und schloss, nachdem er Elenor nochmals intensiv gemustert hatte, die Tür hinter sich.

«He, Egger. Was wollen Sie mir damit sagen?»

Aber er kam nicht zurück, um ihr zu antworten.

Dieser absonderliche Auftritt Eggers hatte ihr die letzte verbliebene Kraft geraubt. Sie wusste nicht mehr, ob sie wach war oder nur träumte. Sie wusste nur, dass ihre Augenlider bleischwer waren. Ihr grösster Wunsch war, sich ein bisschen auszuruhen. Sie war sich sicher, wenn sie ein wenig schlief, ging es ihr bald besser und alles würde sich aufklären.

Als Elenor die Augen zum zweiten Mal öffnete, sass Philipp neben ihr auf der Bettkante. Die Katze war verschwunden. Egger war nirgends zu sehen.

Philipps dunkle Augen schauten sie besorgt an. Ihre Hand lag schlaff in der seinen. Er lächelte erleichtert. «Schön, dich wieder bei uns zu haben.»

«Was ist denn los? Ich war gar nicht weg.» Sie konnte sich keinen Reim darauf machen was er sagte. «Wo ist Egger?»

«Egger? Warum Egger? War der hier?» Philipp schaute sich um und drückte ihre Hand härter.

«Ja, er hat da in der Tür gestanden. Du musst ihn gesehen haben, als er rausging.»

Sie war verwirrt und ihr Kopf tat immer noch weh.

«Ich habe niemanden gesehen. Die Haustür war verschlossen, als ich herkam.»

«Ich verstehe nicht ...»

«Arlette hat mehrmals versucht, dich anzurufen, aber du hast dich nicht gemeldet. Da hat sich mich gebeten, nach dir zu sehen. Sie hatte wohl Angst, dass dir das Badehaus über dem Kopf zusammengebrochen ist.»

Es fühlte sich jedenfalls in ihrem Kopf so an. Danke, Arlette.

«Als ich dich im Badehaus nicht gefunden habe, bin ich heraufgekommen und fand dich hier schlafend wie eine Tote.» Er machte eine komische Handbewegung über ihren Körper hinweg.

«Du hattest die Kleider noch an, auch die Schuhe, und wolltest partout die Augen nicht öffnen.» Seine Stimme klang vorwurfsvoll.

Elenor sah an sich herunter. Die Kleider hatte sie noch an, aber die Schuhe waren nicht mehr an ihren Füssen.

«Da wusste ich, dass etwas passiert sein musste.» Er schaute sie fragend an.

«Ich habe mir im Badehaus den Kopf so unglücklich gestossen, dass mir ganz schwindlig geworden war und ich mich ein paar Minuten davon erholen musste. Schepper hat mich gefunden. Dann weiss ich nur noch, dass ich zwei Aspirin genommen und mich ins Bett gelegt habe.»

«Hast du das Bewusstsein verloren, als du den Schlag abgekriegt hast?»

Elenor war beeindruckt. Er war jetzt ganz der Arzt. Er sah dabei so ernst und doch so anziehend aus, was sie zum Lachen brachte. Die Erschütterung ihres Zwerchfelles liess schmerzhafte Stiche im Kopf aufflackern. Aber tapfer wie sie nun mal war, liess sie sich nichts anmerken und setzte sich auf. «Nein. Ja. Vielleicht ganz kurz.»

Skeptisch blickte Philipp sie an. «Du hast mir, uns, einen schönen Schrecken eingejagt. Du hättest jemanden anrufen sollen. Wahrscheinlich hast du eine Gehirnerschütterung.»

«Wo ist Quentin? Sollte er nicht auch bei seiner totkranken Schwester sein und wenigstens meine Temperatur messen oder meinen Puls fühlen, oder so was?»

«Warum? Bin ich nicht Arzt genug, um das gleiche zu tun?»

Sie sah, er war verletzt.

«Philipp, das meinte ich nicht so. Ich muss ihm nur etwas Wichtiges sagen. Vielen Dank, dass du nach mir gesehen hast.»

Er seufzte und stand auf. «Ich gehe ihn holen.»

Als sie alleine war, dachte sie über Benedikt Egger nach. Was hatte er in ihrem Zimmer gewollt? Wie war er überhaupt ins Haus gekommen? War er die Gestalt, die sie im Park des Nachts hat herumschleichen sehen? War er derjenige gewesen, der ihr die Tür im Badehaus an den Kopf geschlagen hatte? Sie erinnerte sich an die Aussage Philipps, dass die Haustür verschlossen gewesen war, als er hereingekommen war, um nach ihr zu suchen. Hatte sie eine Halluzination gehabt? Langsam machte sie sich um den Zustand ihres Gehirns Sorgen. Hatte es etwa von dem Schlag Schaden davongetragen?

Es klopfte an der Tür und sie winkte Quentin herein. Er trat ans Bett und kramte geschäftig in seinem dunkelbraunen Arztköfferchen herum.

«Das scheint ein antikes Teil zu sein.» Sie zeigte auf die bauchige, lederne Tasche.

«Es ist die von Vater. Und tut immer noch seinen Dienst.» Er schaute sie prüfend an. «Hier drinnen ist alles, was man braucht, um Leute wieder auf die Beine zu kriegen.»

«Aha.» Was das wohl alles sein konnte? In Elenors Fantasie

99

sah sie die grässlichsten Folterinstrumente, die je von Menschen erfunden worden waren, darin herumliegen.

«Philipp hat mir gesagt, dass du kurz ohnmächtig geworden bist.» Sein Blick röntgte Elenor.

«Ja, vielleicht, ich kann mich nicht wirklich daran erinnern.» Sie hüstelte. «Ich habe mich aufs Bett gelegt und bin dann wohl eingeschlafen.»

Er fuchtelte mit einer kleinen Lampe vor ihren Augen herum und liess die kleinen Messer im Schädel wieder anfangen zu tanzen.

«Hast du immer noch Kopfschmerzen?», fragte er, als sie zurückzuckte.

«Ja, das ist aber kein Wunder bei den Scheinwerfern.»

«Hm», war alles, was er darauf antwortete, während er ihren Kopf abtastete. Bald darauf erdrosselte er ihren Oberarm mit einer Blutdruckmanschette.

«Wir sollten das im Auge behalten. Nur zur Sicherheit.»

Schon war sie beunruhigt. Wenn ein Arzt so sprach, lag man schon auf der Schwelle des Todes.

«Warum denn? Philipp hat gesagt, dass es nur eine Gehirnerschütterung ist.»

«Das stimmt sicher, aber Gehirnerschütterungen sollte man nicht auf die leichte Schulter nehmen. Sicher ist sicher.» Er klappte sein Köfferchen wieder zu. «Du musst mir versprechen zu sagen, wenn die Kopfschmerzen stärker werden.»

«Wenn das passiert, was machen wir dann?»

«Dann gehen wir gemeinsam ins Krankenhaus und schauen uns das näher an. Es wird alles gut, mach dir keine Sorgen.»

Zu spät, die machte sie sich bereits.

Wieder klopfte es an der Tür, diesmal war es Arlette. Sie hatte eine dampfende Tasse in der Hand und stellte sie auf den Nachttisch. Es roch nach Kamille. Elenor wurde übel. Sie stand ohne ein Wort zu sagen auf, um ins Badezimmer zu gehen und sich zu übergeben. Das musste wohl eine verspätete Reaktion auf die Kopfschmerzen sein.

Als sie zurückkam, sass Arlette alleine auf dem Bett. Sie hielt ein Röhrchen mit Tabletten in der Hand.

«Hier, die sind von Quentin. Du sollst die Tabletten wie auf dem Etikett beschrieben einnehmen.»

«Danke.» Elenor legte die Medikamente aufs Nachttischchen.

«Philipp hat mir erzählt, Egger sei hier gewesen. Was hatte er hier zu suchen und wie ist er überhaupt hier herein gekommen?»

Arlette sah sie fragend an. Ihre Wangen waren seltsam gerötet.

«Keine Ahnung. Es war alles so komisch. Plötzlich stand er da, hat aber kein einziges Wort gesprochen. Ich habe wirklich Angst bekommen. Er benahm sich so seltsam.»

«Ich kann mir nicht vorstellen, dass er einfach von seiner Galerie wegbleibt, mir nichts, dir nichts hier auftaucht und nicht einmal etwas sagt, nur um dich zu erschrecken. Da muss etwas anderes dahinter stecken.»

Sie hob eine Augenbraue und schaute genauso skeptisch drein wie vorher Philipp und Quentin. «Bist du dir sicher, dass du dir nicht alles eingebildet hast?»

«Vielleicht ...»

Das Intermezzo mit Egger ging Elenor nicht aus dem Kopf. Das ergab keinen Sinn. War alles nur ein Traum gewesen? Hatte die Gehirnerschütterung sie temporär verblöden lassen?

Den ereignislosen Rest des Tages blieb sie im Bett liegen und liess sich abwechselnd von Arlette, Quentin und Philipp mit Leckereien verwöhnen.

21

Er musste sich beeilen. Die Vernissage fing bald an und er sass immer noch hier in diesem kalten, fensterlosen Raum und werkelte herum. Wenn er zu spät kam, dann würde das Ganze gar keinen Sinn machen. Was wäre eine Ausstellung ohne seinen Künstler? Natürlich nichts. Er war unglaublich nervös, denn er hatte noch nie an einem Event teilgenommen, bei dem er der Ehrengast war. Was würden die Gäste zu seinen Kunstwerken sagen? Würden sie ihnen gefallen? Würden sie seine Objekte mit seinen Augen sehen können?

Lange hatte er darauf hin gearbeitet und heute war es endlich soweit. Es sollte gleichzeitig sein erster Auftritt in der Öffentlichkeit sein. Bis jetzt hatte er nur einzelnen gut betuchten Interessierten seine Kunst angeboten. Ab heute würde jeder wissen, welch ein begnadeter Künstler er war. Sie würden erkennen, welcher Geist, welcher Esprit in ihm steckte. Er wusste, dass er alle überraschen würde. Gerade ihm traute man eine solch filigrane Vollkommenheit niemals zu. Er sah vor seinem geistigen Auge, wie sich alle um seine Kunstwerke rissen, die begehrlichen Blicke der möglichen Käufer und die bewundernden Worte, die nur ihm galten. Die Tageszeitungen würden voll des Lobes sein. Dieser Tag würde sein Tag werden.

Seine Wunschgedanken und Fantasien hatten ihn so in Erregung versetzt, dass er sich setzen musste. In seiner Brust pochte sein Herz wild und unregelmässig und ihm wurde schwindlig. Wie töricht er doch war, sich solchen Fantastereien hinzugeben. Menschen waren unvorhersehbar. Wie konnte er es sich anmassen zu wissen, was sie wollten? Genauso gut konnten sie ihn und seine Schöpfungen verschmähen und ihn in der Luft zerreissen.

Er sah auf seine Hände, seine zarten und feingliedrigen Finger und sah ihr Zittern. Langsam atmete er ein und aus, liess die Luft beim Einatmen bewusst durch die Nase strömen und hörte seinen Lungenflügeln zu, wie sie den verbrauchten Lebenshauch wieder herauspressten. Kurz darauf fühlte er mit dem Zeigefinger seinen Puls am linken Handgelenk. Ja, es wirkte. Er spürte unter seinen Fingerkuppen den wieder regelmässigen Herzschlag kraftvoll pochen. Er machte sich bereit.

22

Elenor klingelte an Emmas Wohnung. Ihre Freundin öffnete freudestrahlend und sie umarmten sich. Das Wohnzimmer war geschmackvoll eingerichtet und das bordeauxrote Sofa mit Blick in den blühenden Garten lud zum gemütlichen Sitzen ein.

«Komm, lass uns rausgehen.»

Mit zwei Gläsern Champagner in den Händen winkte Emma Elenor, ihr in den Garten zu folgen. Sie setzten sich an den Gartentisch mit der schweren, schwarzen Marmorplatte.

Emma prostete ihr zu. «Auf diesen Nachmittag. Möge er aufregend werden.»

«Wird er das? Ich dachte, es sei eine Vernissage.»

Emma lachte. «Klar, aber niemand weiss, wer der ausstellende Künstler neben Benedikt Egger sein wird und was er präsentiert.»

«Ach so, ja dann», erwiderte Elenor unbestimmt und nicht im Geringsten so enthusiastisch wie ihr Gegenüber.

«Du bist nicht gerade eine Kunstliebhaberin, oder?» Emmas Grinsen fand Elenor schon ein bisschen provokant.

«Oh, ich bin vielleicht schon das, was man einen Kunstbanausen nennen könnte, trotzdem liebe ich Bilder und kann mich auch für Kunstobjekte begeistern.»

«So, so. Wann kommt Philipp uns abholen?» Emma spürte wohl auch, dass das Gesprächsthema einen radikalen Richtungswechsel benötigte.

Elenor hatte Philipp zu Emmas Wohnung gebeten, damit Emma sie begleiten konnte. Sozusagen als Anstandswauwau.

«Etwa in einer Viertelstunde.»

«Schön, dass wir alle zusammen gehen.» Emma stand auf und als sie zurückkam, hielt sie einen roten Umschlag in den Händen, den sie Elenor in die Hände drückte.

«Was ist das?»

«Es ist die persönliche Einladung Benedikt Eggers für die Vernissage.»

Elenor sah, dass Emma die ganze Zeit auf ihre Finger sah, die nervös an der Tischdecke zupften. Sie öffnete gespannt den Umschlag und nahm eine dunkelrote Karte heraus. Auf der Vorderseite prangte in goldenen Buchstaben das Wort *Preziosen*. Die Einladung war für die heutige Vernissage in Eggers Galerie. Der Text war in schön geschwungenen Buchstaben gedruckt und machte einen edlen Eindruck, nicht zuletzt auch wegen der Goldprägung. Elenor hatte nicht den Eindruck, dass die Karte etwas Anzügliches oder Unverfrorenes enthielt und suchte deshalb im Kuvert nach zusätzlichen Informationen. Sie fand nichts.

«Ems, das ist eine ganz normale Einladung zu seiner Ausstellung. Was beunruhigt dich daran?» Elenor hatte einen Verdacht. «Ist es, weil sie von Egger kommt?»

Emma faltete die Hände in den Schoss und liess sich in den Stuhl zurücksinken. Dann verschränkte sie die Arme vor der Brust und schob die Unterlippe ein paar Millimeter vor.

«Sag schon, was ist los, Ems? Immer wenn Benedikt Egger in der Nähe ist oder sein Name fällt, ziehst du dich zurück. Arlette hat mir gesagt, dass du früher für ihn gearbeitet hast. Ist es das? Ist etwas zwischen euch vorgefallen?» Der blosse Gedanke beunruhigte Elenor zutiefst.

Emma blies die Backen auf. «Ich will nicht darüber sprechen», antwortete sie trotzig.

«Warum zeigst du mir dann diese Karte?» Elenor wedelte

mit dem Papier demonstrativ vor der Nase ihrer Freundin herum.

«Ach Leni, es ist schon so lange her, aber ich kann es trotzdem nicht vergessen», brach es plötzlich aus Emma heraus.

Elenor war geschockt. «Emma, jetzt ist nicht der Zeitpunkt, wortkarg zu sein.»

Emma räusperte sich. «Ich habe dir doch erzählt, dass ich Probleme hatte, nach dem Abbruch meiner Ausbildung als Floristin eine andere Lehrstelle zu finden. Ich hatte mich unter anderem auch bei Eggers Galerie beworben und war überglücklich, als er mir nach dem ersten Gespräch die Zusage gab, bei ihm eine Ausbildung als Galerieassistentin machen zu können. Ich kann dir nicht beschreiben, wie froh ich darüber war. Ich habe mich schon als unausgebildete Arbeitslose unter der Brücke schlafen sehen.» Emma verdrehte die Augen theatralisch. «Die erste Zeit war ganz toll gewesen. Er hat sich viel Mühe gegeben und sich die Zeit genommen, mir alles zu erklären. Er hat mit mir all sein Wissen geteilt, war ein richtiger Schatz und hat sich rührend um mich gekümmert. Ich war im siebten Himmel.» Sie lächelte, versunken in ihre Erinnerungen, in sich hinein.

Schweigend sahen Elenor und Emma für eine Weile in die kühlen Schatten der hohen Birken, die in einer Gruppe am Zaun zum Nachbargrundstück standen, hinein. Elenor wartete geduldig darauf, dass ihre Freundin weitersprach.

«Wenn ich jetzt zurückdenke, dann fing alles ganz harmlos an. Ich habe es zu Anfang gar nicht bemerkt, dass er die Grenzen überschritt. Eine leichte Berührung an der Schulter, kleine Geschenke hie und da, Einladungen zu Picknicken zu zweit, Nachtessen bei Kerzenlicht, ein Kompliment über mein Äusseres.»

Elenor zog skeptisch die Augenbrauen hoch, was Emma erröten liess.

«Die Essenseinladungen und die Picknicks habe ich nie angenommen. Ich habe auch immer penibel darauf geachtet, dass wir nie alleine waren. In der Galerie wurde es allerdings immer schwieriger, ihm aus dem Weg zu gehen. Wenn nicht gerade ein Kunde im Geschäft war oder ein Event stattfand, kam er oft zu mir ins Büro und machte Komplimente über meine Augen und Haare und tröstete mich, wenn ich traurig über meine Figur war.» Fast entschuldigend sagte Emma dann: «Du musst wissen, Leni, damals war ich sehr verunsichert und hatte überhaupt kein Selbstvertrauen.»

Elenor liess die Augenbrauen oben. Sie ahnte fast, was da noch kommen würde.

«Ich gebe zu, es hat mir auch gut getan, dass ein Mann mir Komplimente machte. Ja, auch wenn er viel älter als ich und mein Chef war und es sich eigentlich nicht schickte.» Emma seufzte tief und strich sich gedankenverloren eine blonde Haarsträhne aus dem Gesicht. «Wenn er es nur bei diesen flüchtigen Berührungen und Komplimenten gelassen hätte, hätte ich damit umgehen können. Aber er wurde immer aufdringlicher und dreister und eines Tages kam es zu einem Vorfall, den ich ihm nie im Leben verzeihen kann.»

«Er hat dich doch nicht …» Elenor konnte den unheilvollen Satz nicht beenden.

«Nein, zum Glück ist es nicht soweit gekommen, aber beinahe. Zu meinem – zu unserem – Glück ist seine Schwester wie aus dem Nichts plötzlich im Laden aufgetaucht. Ich habe die Türglocken gehört und ich sage dir, diese sonst so nervigen kleinen Glocken haben nie süsser geklungen.»

Elenor stiess erleichtert die Luft aus. Sie hatte gar nicht bemerkt, dass sie den Atem angehalten hatte. Gleichzeitig war sie wütend. Jetzt konnte sie Emmas Reaktion Egger gegenüber verstehen. Ihr ginge es ziemlich sicher auch so, wenn ihr das Gleiche zugestossen wäre.

«Bernadette hatte wohl mit einem Blick erfasst und verstanden, was da vor sich ging. Sie hat aber mit keiner Wimper gezuckt oder ein Wort über das Offensichtliche fallen lassen. Bis zum heutigen Tag wird das Ganze tot geschwiegen. Von allen. Auch Egger tut so, als wäre nie etwas passiert.» Emma nippte am Champagner.

«Was geschah dann?»

«Ich habe gekündigt und es bis heute vermieden, auch nur

einen Fuss in diese Galerie zu setzen. Ich ertrage es einfach nicht, mich länger als ein paar Minuten im selben Raum wie Egger aufzuhalten.» Emma schüttelte den Kopf, als begriff sie jetzt noch nicht, was damals geschehen war.

«Warum hast du deine Meinung geändert? Es wird nicht zu vermeiden sein, dass du Egger heute Nachmittag an der Vernissage triffst. Oder ihm die Hand zur Begrüssung gibst.»

«Als ich nach deiner Party nach Hause kam, war mir ein Licht aufgegangen. Ich will mich nicht mehr länger als das Opfer sehen. Ich will es als das sehen, was es war – eine unglückliche Sache zwischen zwei Menschen, die ich beendet habe, als ich ging. Ich bin es so leid, dass ich immer diejenige bin, die nicht dahin oder dorthin gehen kann, weil Egger da ist.»

«Bist du sicher? Das, was vorgefallen ist, ist keine Bagatelle.»

«Elenor, ich möchte einen Schlussstrich unter das leidige Thema ziehen. Er wird sicher nie mein Freund werden, aber ich muss auch nicht mehr mit ihm zusammen arbeiten. Ich schränke mich nur selbst in meiner Freiheit ein, wenn ich es nicht fertig bringe, ihm wenigstens ein bisschen zu verzeihen. Obwohl er sich nie bei mir entschuldigt hat.»

Elenor begann ihre Freundin zu bewundern. Das, was sie machte, bedeutete, Mut zu haben. Was sie ihr auch sagte.

Emma lächelte schwach. «Ich bin nicht so mutig wie du denkst. Ich kann auch nur in die Galerie gehen, weil du und Philipp bei mir sein werdet. Ich weiss, ich kann euch vertrauen und darauf zählen, dass ihr mich beschützt. Zudem platze ich fast vor Neugierde auf den Künstler.»

«Das finde ich gut.» Elenor nickte ihr zustimmend zu. Obwohl ihr nicht wohl bei der Aussicht war, Egger zu begegnen. Wenn sie an ihre Begegnung mit ihm in ihrem Zimmer dachte, dann wurde ihr ganz übel.

«Ich will mir den Event einfach nicht wegen Egger nehmen lassen. Wie gesagt, ich bin überzeugt davon, dass es spannend wird. Man hat ja so einiges munkeln gehört. Übrigens hast du mir noch nicht erzählt, wie dein Abend mit Philipp war.»

«Hm, Philipp. Das ist ein schwieriger Fall und ich weiss

nicht genau, was ich über ihn sagen soll. Also dieser Abend war ...»

Elenor musste einen Moment nachdenken. Der Abend war ganz nett gewesen, aber warum sie seiner Einladung zur Vernissage gefolgt war und jetzt hier sass, wusste sie nicht wirklich. Es war Elenor nur eines klar, er hatte es wieder geschafft, sie in seinen Bann zu ziehen. Es kam ihr so vor, als habe er an ihrer Willkommensparty einen Fluch über sie gelegt. Sie konnte sich seiner männlich starken Anziehungskraft einfach nicht entziehen.

«Och, weisst du ...» Weiter kam Elenor nicht, denn es klingelte schrill an der Haustür. Puh, sie hatte noch mal Glück gehabt, denn sie wusste nicht, wie sie Emma alles hätte erzählen sollen.

Emma ging die Tür öffnen und kurz darauf füllte Philipp den kleinen Garten mit seiner Präsenz aus. Wie immer, wenn Elenor ihn sah, liess er ihr Herz einen Schlag lang ausfallen. Verdammt!

Er grinste breit, als er sie sah. Emma drückte auch ihm ein Glas Champagner in die Hand und alle prosteten sich zu. Er setzte sich neben Elenor. Sie spürte die Wärme seines Körpers heiss an ihrer Seite. Ein klitzekleines bisschen schmachtete sie schon, wenigstens ganz heimlich. Wie er da sass, leger in seinem Stuhl hängend, die langen Haare, der Dreitagebart. Erst jetzt bemerkte sie, dass er und Emma miteinander plauderten, als wäre sie gar nicht da. Das Geplätscher der Worte rann an ihr vorüber wie ein Bächlein. Sie war gefangen im Anblick der beiden schönen Menschen am Tisch. Elenor versuchte zwar, dem Gespräch zu folgen, kannte aber die Leute, über die die beiden sprachen, nicht oder nur vage.

«Elenor.»

Sie hörte, wie von weither ihr Name gerufen wurde und sah auf. Beide grinsten breit. Sie amüsierten sich anscheinend auf ihre Kosten, was sie ungemein ärgerte.

«Du träumst ja mit offenen Augen.» Emma vergnügte sich

über ihren belämmerten Gesichtsausdruck und stupste Philipp in die Seite.

«Lasst uns aufbrechen. Die Vernissage fängt bald an und ich habe keine Lust, einer der letzten zu sein und allen die Hand schütteln zu müssen.» Philipp machte Anstalten aufzustehen.

Erst jetzt bemerkte Elenor das wunderschöne Collier an Emmas Hals.

«Das ist aber hübsch. Was ist das?»

«Gefällt sie dir?» Emma tastete nach der Kette und löste sie vom Hals, damit Elenor sie näher betrachten konnte.

«Sehr sogar. Was ist das für ein Material? So etwas habe ich noch nie gesehen.» Oder doch, so etwas Ähnliches war unter dem Tuch in Eggers Galerie gewesen. Elenor hielt die zarten Plättchen gegen das Licht und bewunderte die schimmernden Farben.

«Ich habe keine Ahnung. Ich habe die Kette von Bernadette bekommen, nachdem sie mich und Egger in dieser … äh Situation … du weisst schon, gesehen hatte.»

Sie warf einen verstohlenen Blick zu Philipp hin, der sich mit einer finsteren Miene wieder gesetzt hatte und schüttelte fast unmerklich den Kopf.

Elenor verstand.

«Obwohl sie mir unglaublich gut gefällt, konnte ich es bis jetzt nicht ertragen, sie auf der Haut zu spüren. Ich habe sie sogar schon fortwerfen wollen.»

«Das wäre wirklich zu schade gewesen. Warum trägst du sie denn heute?»

«Der Schlussstrich bedeutet, dass ich die Kette tragen kann. Aber weisst du was? Wenn sie dir so gut gefällt, kannst du sie haben.»

Elenor war entzückt. «Vielen Dank. Das ist unheimlich grosszügig von dir.»

Schnell legte sie sich die Kette um. Sie hatte Angst, dass Emma es sich vielleicht doch noch anders überlegte.

Philipp sass am Steuer, als sie zu dritt Richtung Zuger Altstadt in die Eggersche Galerie fuhren.

«Philipp, kennst du Benedikt Eggers Schwester auch?» Elenor war nun neugierig auf die Bernadette geworden, die so schöne Geschenke verteilte.

«Ja natürlich, wer nicht. Du wirst sie heute sicher auch noch kennenlernen. Bei Eggers Ausstellungen ist sie immer mit dabei.»

«Weisst du, wer der unbekannte Künstler ist, der heute neben Egger ausstellt?» Emmas Neugierde war noch nicht befriedigt.

Philipp schaute in den Rückspiegel zu ihr auf die Rückbank. «Nein, keine Ahnung. Da haben Egger und Arlette dicht gehalten. Ich glaube, nicht einmal Quentin weiss etwas. Ich bin selbst gespannt, wer das sein wird.»

Kurz darauf kamen sie an der Galerie an. Ein gutes Dutzend Leute hatten sich schon auf dem Vorplatz vor den Ausstellungsräumen versammelt. Das Wetter war warm genug, dass neben dem Gret-Schell-Brunnen der Aperitif serviert werden konnte.

Benedikt Egger kam sofort zur Tür, um seine neuen Gäste zu begrüssen. Er war ganz in schwarz gekleidet und seine blonden Locken waren wuschelig auf dem Kopf verteilt. Er schüttelte Elenor und Philipp überschwänglich die Hand, so als sähe er in ihnen lange verschollene und nun unerwartet wieder aufgetauchte Freunde. Hinter Philipp erblickte er kurz darauf Emma und seine Augen wurden weit und dunkel. Sein Lächeln verlor einen Bruchteil einer Sekunde seine Form. Bevor er sich wieder gefangen hatte und irgendwelche Anstalten machen konnte, auch Emma willkommen zu heissen, trat hinter ihm eine Frau heran.

Elenor wusste sofort, dass dies nur Eggers Schwester Bernadette sein konnte. Sie wirkte etwas älter als er, aber sie hatte die gleichen kalten, hellblauen Augen, die sie ebenso frostig ansahen wie einst die seinen bei ihrer ersten Begegnung. Ihr dichtes hellblondes Haar war stramm zu einem fülligen Knoten

111

an ihrem Hinterkopf drapiert. Sie war wie ihr Bruder ganz in Schwarz gekleidet, ein bisschen altmodisch sah sie aus in dem knöchellangen Rock, die Seidenbluse hochgeschlossen, mit einem kleinen Stehkragen, der sich eng um ihren Hals schloss. Geschmückt war die Bluse mit einer silbernen Brosche, die in der Mitte ein blutrotes Plättchen zierte, ganz ähnlich denen an Elenors Halskette. Reflexartig griff Elenor danach. Bernadettes und Benedikts Augen folgten wie gebannt ihrer Bewegung und die Reaktionen der beiden hätten nicht ähnlicher sein können. Sie erbleichten beide merklich.

«Ich sehe, Sie tragen Emmas Kette.» Bernadette Egger hatte sich als erste wieder gefangen.

«Emma hat sie mir für den heutigen Anlass ausgeliehen.» Elenor wusste nicht, warum sie log. Sie hoffte nur, dass die beiden anderen mitspielten.

«Sie steht Ihnen gut. Ich habe Emma die Kette leider nie tragen sehen.» Bernadettes schmale Lippen deuteten ein säuerliches Lächeln an.

Elenor machte sich eine geistige Notiz, die Kette in der Anwesenheit der Geschwister Egger nicht mehr zu tragen.

Sie alle wurden abgelenkt durch laute Rufe von gerade eingetroffen Gästen und Elenor nahm die Gelegenheit wahr, um sich von diesen beiden unangenehmen Menschen zu entfernen. Sie nippte am Champagner, knabberte an Canapés, die ihr von hübschen jungen Menschen auf silbernen Tabletts gereicht wurden und unterhielt sich mit fremden Leuten über dies und das.

Pünktlich zu der auf der Einladung angesagten Zeit erklang ein tiefer, alles durchdringender Gong und auf einen Schlag breitete sich unter den Gästen Stille aus. Benedikt Egger trat an den Vorhang, der den vorderen Teil der Galerie vom hinteren trennte. Er begrüsste seine Gäste und bedankte sich für das zahlreiche Erscheinen.

«Für heute habe ich etwas ganz Besonderes für meine treuen Kenner der Kunst organisieren können. Ich möchte Sie heute nicht nur mit meinen unzulänglichen Arbeiten langweilen», ein Lachen ging durch die Reihen der Besucher, «sondern ich möchte Ihnen zudem einen sehr begabten Künstler vorstellen.»

Das erwartungsvolle Raunen der Anwesenden füllte den Raum.

«Es hat dem Künstler alles abverlangt und ihm viel Zeit gekostet, bis er genügend Stücke für diese Vernissage geschaffen hatte, aber heute ist es soweit und ich kann mit Stolz den Künstler dieser wunderschönen Exponate vorstellen.»

Egger machte eine Pause und sah bedeutungsschwanger in die Runde. «Darf ich Sie bitten, näher zu treten?» Er griff nach einer goldenen Kordel, die am Vorhang herunter baumelte.

Kein Laut war zu hören. Sogar das ungeduldige Scharren von Füssen war verstummt. Vielsagende Blicke wurden unter den Gästen ausgetauscht.

Elenor suchte nach Bernadette Egger, aber sie stand nicht mehr neben ihrem Bruder.

Sich völlig der aufbauenden Spannung bewusst, die die Luft fast hörbar knistern liess, zögerte Egger den Moment der Offenbarung fast unerträglich lange hinaus. Kurz bevor es peinlich wurde, zog er mit einem grazilen Ruck an der Kordel, sodass der schwere Stoff zu Boden fiel. Dahinter kam der Alkoven zum Vorschein, in dem Elenor Tage zuvor vor der geheimnisvollen Säule gestanden hatte. Jetzt wurde sie vom Licht unzähliger Lämpchen geblendet, die den Raum dahinter in gleissendes Licht tauchten. Als sich ihre Augen an die Helligkeit gewöhnt hatten, war sie sprachlos. Nicht vom Anblick der Kunstwerke, sondern vom Gesichtsausdruck Benedikt Eggers. Dieser drückte eine solch grosse Enttäuschung aus, dass sie befürchtete, alle seine Exponate seien während der Anwesenheit aller gestohlen worden. Sie folgte seinem Blick und sah seine Schwester lächelnd zwischen den Kunstwerken stehen. Sofort war Elenor abgelenkt. Dieses Mal nicht von Bernadette Egger, sondern tatsächlich von den Objekten auf den griechisch anmutenden Marmorsäulen. So etwas hatte sie noch nie gesehen. Sie packte Philipp, der immer noch neben ihr stand, am Arm und spürte durch seinen Sakko, dass auch er angespannt war.

Arm in Arm traten sie näher. Die Sensation waren die grazilen Figuren aus Stahl, verziert mit Kugeln und Plättchen aus dem gleichen Material, aus dem auch die Kette war, die sie heute trug. Elenor hörte das anerkennende Gemurmel der Gäste rechts und links neben ihr. Alle verrenkten sich die Hälse, um den erlauchten Anblick des Erschaffers dieser Kunstwerke zu erhaschen. Aber es war niemand ausser den Geschwistern Egger zu sehen. Vom Künstler fehlte jede Spur. Das Getuschel der enttäuschten Kunstliebhaber war nicht zu überhören. Die Geschwister Egger verzogen keine Miene. Sie blieben erstaunlich gefasst.

«Nun denn, meine lieben Gäste», verkündete Benedikt Egger, nachdem wieder Ruhe eingekehrt war, «unser Künstler hat es wohl vorgezogen, sich rar zu machen.» Er lächelte ein kaltes Lächeln in die Runde. «Aber lassen Sie sich nicht von diesem unnötig divenhaften Benehmen davon abhalten, Ihre Lieblingsobjekte auszuwählen. Ich bin sicher, dass ich den Meister doch noch überzeugen kann zu kommen. Sie entschuldigen mich einen Moment», sagte er, zückte sein Telefon und entfernte sich.

«Das ist doch sicher nur ein schnöder PR-Gag», flüsterte Philipp Elenor ins Ohr. «Entweder, es gibt diesen exotischen Künstler gar nicht, oder er hat es für nicht nötig gefunden, hier in der Provinz aufzutauchen.»

«Ja, kann schon sein», flüsterte Elenor zurück.

Sie fand es schade, dass sie den Schöpfer nicht kennenlernen konnten, doch die äusserst filigran schillernden Gebilde lenkten sie ab. Winzig kleine Details der Plastiken waren fast durchsichtig wie Papier und leuchteten in sämtlichen Farben des Regenbogens. Einige der Objekte stellten Tier- und Menschengestalten dar. Eine spanische Wand stand in einer Ecke, von der sie fast die Augen nicht mehr abwenden konnte. Sie war in drei gleich grosse Paneele aufgeteilt und so zart, dass Elenor den Atem anhielt aus Angst, sie könnte sie umwehen. Sie wusste gar nicht, dass Farben so viele Nuancen haben konnten. Gerade wollte sie das hauchdünne Gebilde berühren, als sie einen Schatten aus dem Augenwinkel herannahen sah.

Schnell zog sie die Hand zurück. Dieses Mal war sie ihm zuvor gekommen.

«Wenn Sie etwas zerstören, müssen Sie es bezahlen.»

«Ich weiss, Herr Egger, Sie wiederholen sich.»

Elenor erlebte ein unangenehmes Déjà-vu. Das gehässige Gesicht Benedikt Eggers war wieder unerträglich dicht vor ihrer Nase. Und nicht nur das, plötzlich kam ihr in den Sinn, wie er sich an die damals blutjunge und unschuldige Emma herangemacht hatte. Sie musste all ihre Kraft aufwenden, um sich zusammenzureissen und ihn nicht zu schlagen.

«Philipp …» Elenor drehte sich um, aber da war kein Philipp. Wo zum Kuckuck war denn dieser Mann wieder hin? Und wo war Emma?

«Wie kann ich Ihnen helfen?» Bernadette Egger erschien wie ein schwarzer Schatten neben ihrem Bruder und schaute Elenor missbilligend an.

«Benedikt, könntest du mir bitte ein Glas Champagner holen und was immer die Dame haben möchte?»

Sie sah Elenor dabei verachtend an, während sich ihr Bruder widerwillig auf den Weg machte, um den Wünschen seiner Schwester zu entsprechen.

«Bitte entschuldigen Sie. Mein Bruder kann manchmal sehr unhöflich sein. Die Organisation dieser Ausstellung hat ihn wohl ein bisschen zu sehr gefordert. Und das Nichterscheinen des Künstlers … na, Sie können es sich bestimmt denken.»

Wäre da nicht der offensichtliche Altersunterschied gewesen, sie und Benedikt hätten Zwillinge sein können. Ihre Bewegungen und die Mimik waren nahezu identisch.

Elenor atmete tief durch, um sich wieder zu beruhigen. Sie wollte sich den Tag nicht von Benedikt und Bernadette Egger verderben lassen.

«Ich wollte Ihren Bruder nicht verärgern. Ich bewunderte nur die filigrane Arbeit. Ganz besonders gefällt mir die spanische Wand. Kann man die Arbeiten auch kaufen?»

Bernadette Egger starrte unentwegt auf die Halskette an Elenors Hals und fasste sich dabei unbewusst an ihr eigenes Dekolleté. Elenor konnte sich gut vorstellen, dass die Egger sich wünschte, die Kette zöge sich zusammen und erdrosselte sie vor ihren Augen.

«Natürlich sind die Kunstwerke käuflich erwerbbar. Dafür sind Vernissagen ja da. Aber ich glaube, diese liegen ausserhalb Ihres finanziellen Bereiches.»

Elenor blieb der Mund offen stehen ob so viel Arroganz. Sie spürte, wie ihr das Blut in die Wangen schoss.

«Mit Verlaub, Frau Egger, Sie wissen gar nichts über mich oder meine finanziellen Möglichkeiten. Wenn Sie kein Interesse daran haben, diese Dinge an mich zu verkaufen, dann sagen Sie es doch einfach.»

Elenor machte auf dem Absatz kehrt und ging Richtung Ausgang. Hier mochte sie keine Sekunde länger bleiben. Das Gedränge in der Galerie war mittlerweile gross, sie musste sich regelrecht einen Weg durch die Menschenmenge bahnen. Philipp und Emma sah sie erst, als sie sich, schon auf der Türschwelle stehend, nochmals umdrehte und zurück sah. Beide waren in ein angeregtes Gespräch mit einem weisshaarigen Mann vertieft. Philipp musste ihren Blick in seinem Rücken gespürt haben, denn er drehte seinen Kopf nach ihr um.

«Du willst schon gehen? Was ist denn los?» Er drängte sich zu ihr durch.

«Die haben kein Interesse daran, dass man etwas kauft.» Elenors Stimme war laut und die Menschen in der Nähe drehten neugierig die Köpfe nach ihnen um. «Ich habe genug gesehen. Ich gehe.»

Sie sah gerade noch, wie ihr Bernadette Egger einen boshaften Blick zuwarf, der ihr das Blut in den Adern gefrieren liess. Dann stand sie auch schon draussen auf dem Vorplatz. Sie lief an Arlette vorbei, die angeregt mit einem Mann beim Brunnen sprach, hörte noch, wie sie ihr etwas nachrief. Aber Elenor lief einfach weiter. Nur weg von hier. Mit energischen Schritten ging sie einfach geradeaus, wohin wusste sie nicht. Am liebsten nach Hause. Die Kette hing schwer an ihrem Hals, wie die Glocke einer Kuh baumelte sie im Takt ihrer Schritte hin und her. Es musste ein Taxi her. Zu ihrem eigenen Erstaunen spürte sie, wie ihr die Tränen in die Augen schossen und sie ärgerte sich über sich selbst am meisten. Snobs, das war alles, was die Eggers waren. Überhebliche Personen, die keinen weiteren Gedanken wert waren. Wütend stampfte sie vor sich her, als ein Auto neben ihr das Tempo drosselte und mit ihr Schritt hielt. Quentin sass am Steuer. Er liess das Fenster hinunter.

«Komm, steig ein.» Er sah Elenor besorgt an, als er sah, dass sie geweint hatte. «Was ist denn passiert?»

«Nichts, fahr mich einfach nach Hause.» Sie wischte sich fahrig die Tränen aus dem Gesicht.

Ohne weitere Worte fuhren sie Richtung Ennetsee. Als Elenor die beiden marmornen Löwen auf den Sockeln stehen sah, fühlte ich sie sich in Sicherheit.

23

Er fühlte sich so unglaublich glücklich. Sie war da gewesen, in der Galerie. Und was er geahnt hatte, wurde wahr. Er konnte ihr nicht lange böse sein. Egal, was sie tat oder getan hatte, in seinen Augen konnte es nicht so schlimm sein, dass er sie aus seinem Gedächtnis hätte streichen können. Leider war sie nicht alleine gekommen. Ihre neue Freundin, diese Elenor Epp, war dabei und dieser, dieser ... wie hiess er noch? Ach ja, jetzt fiel es ihm wieder ein: Löhrer. In dem Masse, wie er seine Liebste liebreizend fand, so waren ihm diese zwei ungehobelten Menschen zuwider. Er musste ohnmächtig mit anhören, wie dieser Rothaarige der Epp ins Ohr flüsterte, dass alles erstunken und erlogen und nur ein PR-Gag war. Pah, von wegen! Wenn die wüssten, was er wusste. Niemand ausser ihm und Egger kannten den Erschaffer dieser Kostbarkeiten. Er war es und stand hier mitten unter diesen Schnöseln und niemand hatte eine Ahnung, wie nahe sie ihm, dem grossartigen Künstler, gewesen waren. Mit Genugtuung hörte er die bewundernden Bemerkungen der anderen Gäste und er sah ihre begeistert glitzernden Augen. Er war zufrieden.

Was er vorher nicht hatte ahnen können, war, dass die Enttäuschung der Besucher darüber, dass der Künstler sich nicht zeigte, ihm tief in der Seele schmerzte. Im Nachhinein war er sich nicht mehr sicher, ob seine Entscheidung, unerkannt bleiben zu wollen, die richtige war. Warum er sich nicht offenbarte, obwohl gerade das sein grösster Wunsch gewesen war, konnte er sich nicht erklären. Es war ja nicht so, dass es dabei nur um das allgemeine Publikum ging. Er wollte im Speziellen, dass sein Engel erfuhr, dass er all diese Preziosen eigenhändig erschaffen und dabei nur an sie gedacht hatte.

Erst in der allerletzten Sekunde hatte er sich anders entschieden und beschlossen, dass seine Privatsphäre wichtiger als sein Ruhm war. Anstelle seines grossen Auftrittes genoss er die nun an einen Fremden gerichtete Aufmerksamkeit im Stillen. Er konnte gut damit leben. Auch so fühlte er sich ungemein geschmeichelt.

Für ihn war es das Wichtigste, dass seine Herzdame da gewesen war, dass er in diesem Moment sicher war, dass seine Gefühle für sie noch intakt waren. Alles andere konnte warten.

Benedikt allerdings – und das konnte er sehr gut nachvollziehen – war von ihm bitter enttäuscht. Er wusste, dass er auf ihn gezählt hatte. Diese Vernissage hatte er nur für ihn organisiert. Ein bisschen regte sich das schlechte Gewissen ihn ihm. Er würde mit Egger sprechen und ihm alles erklären und konnte sicher auf dessen Verständnis zählen.

Geduldig wartete er auf eine Gelegenheit, die sich ihm auch sehr schnell bot. Sie stand alleine etwas abseits der anderen am Büfett. Langsam näherte er sich ihr. Er stand für einen Augenblick so nahe neben seinem Engel, dass er den lieblichen Duft ihrer seidigen blonden Haare einatmen konnte. Wie süsslich und zart sie doch roch. In Zeitlupentempo streckte er vorsichtig seine Finger nach ihr aus. Nur Millimeter, bevor er ihr Kleid hätte berühren können, wurde er unvermittelt in seiner Konzentration gestört. Er hörte, wie laute, unfreundliche Worte gewechselt wurden. Wie ärgerlich. Es sollte doch sein besonderer Tag werden und jetzt verdarben ihm die Gäste diesen. Seufzend zog er seine Hand zurück und ging zu Benedikt Egger hinüber, der lautstark mit der Epp redete.

24

Elenor und Quentin sassen am Küchentisch und tranken heissen Tee mit Baldrian, als Arlette nach Hause kam. Sie setzte sich schweigend dazu, schenkte sich eine Tasse ein und schaute fragend in die Runde.

«Kann mir mal jemand erklären, was heute in der Galerie passiert ist?»

Quentin deutete mit dem Kopf auf seine Schwester. «Ich glaube, das sollte dir Elenor sagen.»

«Nun?»

Elenor konnte gut verstehen, dass Arlette verärgert war. Sie hatte aber gar keine Lust sich zu erklären, zuckte nur mit den Schultern und nippte weiter am Tee. Zudem war Benedikt Egger Arlettes Vorgesetzter, was die Sache verkomplizierte.

«Du bist an mir vorüber gerannt, als wären Furien hinter dir her.»

Das könnte man so sagen. Es waren genauer gesagt zwei.

«Hast du mich nicht rufen gehört?»

Elenor schüttelte den Kopf. Das war nicht wahr, aber jetzt unwichtig.

«Benedikt und Bernadette waren genauso verstockt wie du jetzt, als ich mit ihnen sprach. Stell dir vor, ich musste Philipp fragen, was los ist. Der Gipfel der Gleichgültigkeit war, dass nicht mal er mir eine Antwort gab, sondern nur mit dem Zeigefinger auf die Eggers deutete. Wie peinlich ist das denn? Und wie kindisch!»

Elenor sagte immer noch nichts und Quentin schwieg sicherheitshalber auch. Arlette war sichtlich genervt und polterte weiter.

«Herrgott nochmal. Das ist ja zum Kotzen, wie albern ihr euch alle benehmt!»

Sie stellte die Tasse so heftig ab, dass der Henkel abbrach.

«Kannst du dir nur im Ansatz vorstellen, wie ich mich fühle?» Sie schaute ihren Freund zornig an, als wäre er schuld an allem. Quentin hob nur resigniert die Schultern und rührte in seiner Teetasse herum, so als könne er sich nicht entscheiden, welcher Frau er trauen konnte, um nicht seinen Kopf abgebissen zu bekommen.

«Wie fühlst du dich denn, Arlette?» Elenor hatte in ihrer Ausbildung gelernt, dass man die Leute da abholen musste, wo sie sich gerade befanden. Man sollte ihnen das Gefühl geben, dass man ihnen zuhört und sie ernst nimmt.

Arlette seufzte. «Elenor, du kannst mich mal. Du bist mir eine liebe Freundin geworden, aber Benedikt ist auch mein Arbeitgeber. Du musst mir sagen, wenn irgendetwas ist, das ich wissen sollte.» Sie fuhr sich müde mit den Händen über die Augen. Als niemand Anstalten machte den Mund aufzumachen, gab sie es endlich auf.

«Hört mal zu, ihr beiden.» Quentin stellte seine Tasse ab. «Ich muss euch etwas sagen.»

Seine ernste Miene machte Elenor angst.

«Schepper wird vermisst.»

«Vermisst? Der Gärtner? Ich habe ihn doch vor kurzem noch gesehen.» Elenor konnte es nicht glauben. «Ich bin ihm im Badehaus begegnet, als ich mir den Kopf gestossen habe.»

Arlette fingerte an dem gebogenen Porzellanstück herum.

«Wieso sagst du, dass er vermisst wird?»

«Seine Mutter hat mich heute angerufen. Er ist nicht wie üblich bei ihr vorbei gekommen, um mit ihr in die Stadt zum Einkaufen zu fahren. Sie kann ihn nicht erreichen. Niemand weiss, wo er ist. Sie hat gefragt, ob ich, ob wir etwas wüssten.»

Quentin sah Arlette an, die den Kopf schüttelte. Dann Elenor, die es ihr gleich tat.

«Hat sie schon bei der Polizei angerufen und ihn als vermisst gemeldet?» Bei den Ex-Kollegen, dachte Elenor.

«Nein, noch nicht. Ich habe ihr aber empfohlen, das bald zu tun.»

«Dann warten wir ab, ob die etwas herausfinden.»

«Du könntest doch mit ihnen reden. Du bist doch Polizistin, wie ich gehört habe.»

Elenor fand, dass Arlette schnippisch klang.

«Ich bin nicht Teil der hiesigen Kantonspolizei. Ich kann mich da nicht einmischen.»

«Na gut, wie du meinst. Wenn das alles war, dann gehe ich jetzt ins Bett.»

Arlette stand auf, stellte die Tasse ins Spülbecken und warf den Henkel in den Abfalleimer. Dann hörte Elenor, wie sie die Treppe hinauf ging.

Kurz darauf erhob sich auch Quentin. «Sie hatte einen harten Tag. Sicher meint sie es nicht so», sagte er und trottete ebenfalls nach oben.

Elenor blieb noch eine Weile sitzen, trank den inzwischen kalt gewordenen Tee in kleinen Schlucken. Sie hasste kalten Tee. Gerade wollte sie aufstehen und auch schlafen gehen, als sie hörte, wie draussen ein Auto vorfuhr und jemand an die Tür klopfte. Statt aufzustehen, um zu sehen, wer das sein konnte, blieb sie einfach sitzen. Sie hatte nicht das geringste Verlangen, jetzt noch Besucher zu empfangen. Nach ein paar Minuten hörte sie einen Motor aufheulen und das Knirschen von Kies. Sie wartete noch ein paar Minuten, dann löschte sie das Licht in der Küche und schlich sich im Dunkeln die Treppe hoch. Die Halskette legte sie in die Nachttischschublade, schlüpfte in den Pyjama, legte sich ins Bett und schlief sofort ein.

25

An den Keller hatte Elenor nicht mehr gedacht. Sie hatte ursprünglich vor, zum Badehaus zu gehen, um sich eine Liste mit den nötigen Massnahmen für den Umbau zu machen. Da sah sie die offene Tür.

«Hallo?»

Es antwortete niemand, nur ein dumpfes Echo kam zurück.

«Ist da jemand im Keller?»

Ein leichter Hauch von Feuchtigkeit wehte ihr aus einem halbdunklen Raum entgegen. Beherzt ging sie hinein. Es gab nicht viel zu sehen. Ein paar rostige Gartengeräte lagen herum, Sensen, Sägen in allen Grössen und Varianten, ein Rasenmäher, eine Kettensäge und viele Holzbretter in verschiedenen Grössen, die an den Wänden lehnten. Vermutlich nutzte der Gärtner diesen Raum für die Lagerung seiner Gartengeräte und hatte vergessen, die Tür wieder abzuschliessen. Elenor erinnerte sich plötzlich daran, dass der Gärtner vermisst wurde. Sie schüttelte den unangenehmen Gedanken ab und sah sich weiter um. Der erdig-feuchte Geruch brachte Erinnerungsbruchstücke von längst vergangenen Zeiten zurück. Unvermittelt hörte sie das Lachen vieler Kinder auf Abenteuersuche im Halbdunkel an den kalten Wänden widerhallen. Ein riesiges Regal an einer Seitenwand machte sie stutzig. Das Holzregal sah neu aus und passte so gar nicht zu den alten vergammelten Brettern und dem sonstigen verrosteten Zeug, das herumlag. Es mass in der Länge etwa fünf Meter und war fast so hoch wie der Raum selbst. Elenor rüttelte prüfend am Gestell. Es war dick und schwer. Sie konnte nicht genau sagen, warum sie dieses Regal hier im Raum irritierte. Vielleicht war es die Tatsache, wie es hier mitten im Keller stand und offensichtlich keine Funktion hatte. Die Fächer waren komplett leer.

Einer Intuition folgend, schob und zog sie daran und tastete die Tablare und die Holzwand dahinter ab. Nach kurzer Zeit musste sie aber einsehen, dass sie sich falsche Hoffnungen gemacht hatte. Sie hatte wohl zu viele Krimis gelesen. Es gab nicht in jedem Keller einen verborgenen Raum, in dem längst vergessene Schätze lagerten. Sich über die eigenen überbordenden Fantasien ärgernd, gab sie dem Regal einen kräftigen Tritt und staunte nicht schlecht, als es unvermittelt zur Seite glitt. Erst jetzt sah sie, dass in den staubigen Fussboden zwei schmale, fast unsichtbare Metallschienen eingelegt waren, auf denen die Regalwand hin und her glitt.

Elenor starrte den steinernen Torbogen an, der dahinter zum Vorschein kam. Eine massive Holztür war in den Rahmen eingelassen. Der Durchgang war nicht hoch, sie konnte knapp darunter stehen. Sie rüttelte an dem schweren antik aussehenden Metallring, der anstelle eines Türgriffs über dem Schlüsselloch eingelassen war. Vergebens. Wo konnte der passende Schlüssel dazu sein? Bestimmt nicht an einem modernen Schlüsselring in Irgendjemandes Tasche. Dazu sah das Schlüsselloch zu gross aus, der Schlüssel musste gross und massiv sein. Sie sah sich suchend um. Im ganzen Raum gab es keine herumliegenden Töpfe oder Büchsen. Mit den Fingerspitzen fuhr Elenor an dem grob behauenen Steinbogen über der Tür entlang, bis sie etwas Kaltes spürte. Vorsichtig klaubte sie den Gegenstand vom Sims. Genau so musste ein Schlüssel aussehen, der passen konnte. Gross, alt und rostig. Vor Freude über den Fund liess sie ihn fallen und mit einem dumpfen Geräusch fiel er in den Staub. Um die Anspannung etwas abzubauen, zwang sie sich langsam ein- und auszuatmen. Als ihre Finger zu zittern aufgehört hatten, hob sie den Schlüssel auf und steckte ihn ins Schloss. Fast zärtlich drehte Elenor ihn einmal langsam um die eigene Achse, bis es leise klickte. Lautlos glitt der Türflügel auf.

Sie spähte in einen dunklen Raum und sah – nichts. Drinnen war es stockdunkel und das Licht aus dem Keller war zu spärlich, um weit sehen zu können. Elenor ärgerte sich. Wie nützlich wäre jetzt eine Taschenlampe gewesen. Aber sie hatte sich beim Verlassen des Hauses nicht auf eine Expedition in den Untergrund eingestellt. Aber es half nichts. Sie konnte nichts erkennen. Wohl oder übel musste sie die Erkundung des Raumes auf einen späteren Zeitpunkt verschieben und entschied sich – wie sie zugeben musste ein bisschen frustriert – ein anderes Mal wieder zu kommen.

Gerade als sie sich umdrehte, entdeckte sie den Lichtschalter an der Wand. Es juckte in ihren Fingerspitzen, doch sollte sie ihn wirklich betätigen? Was erwartete sie hier unten im Dunkeln? Es würde sicher sowieso nur ein weiterer Abstellraum sein. Oder ein alter Weinkeller. Sie fasste sich ein Herz und kippte den Schalter um.

Das Licht aus unzähligen kleinen Glühlampen erhellte ein langgestrecktes Gewölbe, das sich in der Ferne verlor. Wie Perlen an einer Schnur hingen kleine Birnen an der Decke. Vor Elenor erstreckte sich ein endlos scheinender Tunnel aus grauen Steinen, der hinter einer leichten Kurve verschwand. Nur ein paar Stufen trennten sie vom Grund des Tunnels, der seltsam schwarz glänzte. Es sah aus wie auf Hochglanz polierter Obsidian. Die Luft hier drinnen war noch feuchter als im Kellerraum hinter ihr. Zudem war es stickig, kein Lufthauch war zu spüren.

Elenor blieb der Mund vor Staunen offen. Niemals hatte sie erwartet, hier unten einen Tunnel zu finden. Wo mochte der hinführen? Vorsichtig stieg sie die Stufen hinunter und zog sich sofort wieder zurück. Das war kein schwarzer Stein, es war Wasser, in das sie ihre Schuhe getunkt hatte. Die so entstandenen kleinen Wellen bewegten sich darauf in Bögen von ihr fort. Sie vermutete, dass es angesammeltes Grundwasser war.

Elenor war unschlüssig. Was sollte sie als nächstes tun? Auf der einen Seite hatte sie grosse Lust, den Tunnel näher zu inspizieren und herauszufinden, wohin er führte. Auf der anderen Seite wusste sie nicht, wie tief das Wasser war und sie trug keine Stiefel. Wer weiss, was in der Flüssigkeit alles Ekliges herum schwamm. Sei nicht so eine Mimose, schalt sie sich selbst und machte sich daran, ihre Schuhe auszuziehen und die Hose hochzukrempeln. Dann wagte sie den ersten Schritt. Das Wasser war eiskalt und reichte ihr fast bis unter die Knie. Ihr Versuch, möglichst wenige Wellen zu verursachen, misslang, obwohl sie ihre Schritte vorsichtig setzte. Nur mit Mühe konnte sie den lautstarken Fluch hinunterschlucken, als das kalte Nass immer höher schwappte. Die Hosenstösse sogen sich blitzschnell voll und begannen schwer hinunter zu hängen. Sie zwang sich, noch langsamer zu gehen, aber so kam sie kaum mehr in einem erwähnenswerten Tempo vorwärts. Doch das nahm sie in Kauf. Die Füsse setzte Elenor jeweils erst ab, wenn sie sicher war, dass sie auf stabilen Grund stand. Ihre Zehen sanken in den glitschigen Untergrund hinein. Den linken Arm seitlich ausgestreckt, fuhr sie mit der Hand an der Wand entlang. Nur zur Sicherheit, denn sie wollte auf keinen Fall die Balance verlieren und hinfallen. Ihre Fingerspitzen glitten über die unebenen Steine, die sich ebenso kalt und feucht anfühlten. Der unterirdische Gang nahm kein Ende. Trotz ihrer Vorsicht rutschte Elenor auf dem glitschigen Untergrund immer wieder aus.

Der Schmerz kam so unerwartet und durchzuckte Elenor so heftig, dass sie überrascht aufschrie. Ihre nackten Zehen hatten sich an etwas Hartem gestossen. Sie rechnete mit allem, einem Stein, einer Stufe, einem Ast, sonstigem Unrat der herumschwamm. Aber ganz bestimmt nicht mit dem, was vor ihr lag.

Es war nicht gehauener Fels oder geschnittenes Holz. Es war nicht totes Material, sondern hatte einmal gelebt und war im aufrechten Gang daher geschritten. Zu Elenors blankem

Entsetzen war sie gegen den Kopf eines Menschen getreten. Mit aufsteigendem Grauen sah sie einen Körper bäuchlings vor sich im seichten Wasser liegen. Sie wusste sofort, dass die Person nicht mehr lebte. Nicht nur, weil sie schon einige Male tote Menschen gesehen hatte, sondern weil die Person sich nicht mehr rührte und mit dem Gesicht nach unten im Wasser lag. Definitiv trug dieser Mensch keinen Schnorchel oder anderweitige Tauchgeräte, die ihm zu atmen erlaubt hätten. Sie erkannte den massigen Leib in der blauen Latzhose sofort. Es war Jakob Schepper, der Gärtner, den sie im Gartenhaus angetroffen hatte. Es kostete sie grosse Überwindung nachzuschauen, ob er tatsächlich nicht mehr lebte. Langsam bückte sie sich und griff nach seinem Hals. Er fühlte sich schwammig an und kalt. So kalt wie das Wasser, das ihn umspülte. Sie tastete nach einem Puls, einem Flackern des Lebens, das vielleicht doch noch in ihm steckte. Elenor wusste, dass sie nichts finden würde.

Sie musste schwer schlucken. Völlig unerwartet stieg von der Mitte ihres Bauches ein so heisses und starkes Ekelgefühl hoch, dass ihr Oberkörper eine unwillkürliche Bewegung nach hinten vollführte, die ihren ganzen Körper komplett aus dem Gleichgewicht brachte. Ihr Arm verlor die Stütze der Wand, ruderte hilflos im leeren Raum herum, vollführte bizarre Schlenker und ihre Füsse verloren den Halt auf dem glitschigen Untergrund. Mit Grauen sah sie hilflos zu, wie der mit Wasser bedeckte Boden immer näher kam und sie schlussendlich mit dem Gesäss in die Brühe plumpste, in der der tote Jakob Schepper lag.

In heller Verzweiflung rappelte Elenor sich sofort wieder auf, was das Wasser um sie herum in Aufruhr versetzte, was wiederum den Körper des armen Gärtners dazu brachte, hektisch auf und ab zu dümpeln. Einen Bruchteil einer Sekunde lang glaubte sie, dass der Mensch vor ihr aufstehen und sich wie eine nasse Katze schütteln, dann in lautes hämisches Gelächter über ihre verdutzte Miene ausbrechen würde. Natürlich geschah nichts dergleichen.

Elenor brauchte eine ganze Weile, bis sie sich wieder gefasst hatte. Alle ihre Muskeln hatten sich bei dem unwürdigen Fall versteift und schmerzten höllisch. Die nassen Kleider klebten klamm am ganzen Körper fest und sie begann zu frieren. In Elenors Kopf überschlugen sich die Gedanken und unheilvollen Vorstellungen. Alles was sie in ihrer Ausbildung gelernt hatte, kam ihr unerträglicher Weise gleichzeitig in den Sinn. Sie sah gebannt auf den toten Menschen hinab, dessen ausgebreiteten Arme und Beine sich langsam auf und ab bewegten. Die Wellen, die sie mit ihrem Sturz ausgelöst hatte, ebbten quälend langsam ab. Sie sah keine offensichtlichen Verletzungen am Toten. Diesen umzudrehen kam nicht in Frage, zu gross war die Gefahr, dass sie eventuelle Spuren vernichten würde. Elenor entschloss sich, ihn so liegen zu lassen, wie er jetzt dalag, obwohl ihr das schwerfiel. Der menschliche Instinkt war stark, die Nase musste immer frei sein zum Atmen, ob das die eigene war oder die Nase eines anderen. Sie hatte schon einige Tote gesehen, aber es war nie jemand dabei gewesen, den sie gekannt hatte. Sie war sich sicher, dass es Schepper war, obwohl sie nur das schüttere Haar, das seinen Hinterkopf wie junges Seegras umwallte, sehen konnte.

Elenor riss sich aus dem unangenehmen Anblick fort. Sie musste hier raus und zwar auf dem schnellsten Weg. Sie musste jemanden anrufen, die Polizei, Quentin, Hilfe holen.

Was ihr vor kurzem noch als ein langer Tunnel vorkam, liess sie nun in wenigen Schritten hinter sich zurück. Jetzt war es ihr egal, dass das Wasser an ihr hochspritzte, sie war schon pudelnass. Elenor erlaubte sich nicht, noch einmal zurückzublicken. Wie von Furien gehetzt, rannte sie die Stufen hoch, aus dem Keller, ums Haus herum und setzte sich, atemlos und so durchnässt wie sie war, an den Küchentisch. Sie hatte den vermissten Gärtner gefunden. Sie hatten eine Leiche im Keller.

26

Was in den darauffolgenden Stunden geschah, glich einer kleinen Invasion. Viele fremde Menschen gingen in der Villa ein und aus, fragten, fotografierten, untersuchten und füllten Formulare aus.

Es kam Elenor vor, als wären erst Sekunden vergangen, seit sie die Polizei und Quentin angerufen hatte. Es überraschte sie immer wieder, was einzelne Anrufe auslösen konnten. Sie hatte draussen auf dem Hof auf die Beamten und ihren Bruder gewartet. Alle kamen zeitgleich an. Die Polizei mit Blaulicht, der Krankenwagen dröhnend mit eingeschaltetem Martinshorn, Quentin mit Philipp.

Elenor hatte schon bei Unfällen und Tötungsdelikten mitgearbeitet, sie hätte also nicht überrascht über diesen Trubel sein sollen. Aber dieser Fall ging ihr näher als sie sich zugestand, obwohl sie Schepper nicht wirklich gekannt hatte. Warum musste das in Quentins Haus passieren?

Ein bisschen schlotterten ihr die Knie. Besorgt führte Quentin sie in die Küche. Sein geschultes Auge hatte sofort gesehen, dass es ihr nicht gut ging. Sie war wohl blasser als sonst. Elenor hatte das Gefühl, dass alle sie anstarrten und auf etwas warteten, was sie ihnen nicht geben konnte. Natürlich wollten alle wissen was geschehen war, was sie gesehen hatte.

Nach ihren ersten Erklärungsversuchen führte Quentin die Polizeibeamten und die Sanitäter zum Keller, während Philipp mit Elenor in der Küche zurück blieb.

«Elenor, möchtest du etwas trinken?»

«Ja bitte, einen Schnaps.» Sie trank nie so harten Alkohol, mochte ihn gar nicht, aber irgendwie dachte sie, dass sie jetzt einen gebrauchen könnte.

«Ich denke, es ist besser, ich mache dir einen Kaffee.»

«Einen Whiskey bitte.»

Als hätte sie den Wunsch nach einem starken, betäubenden alkoholischen Getränk nie geäussert, werkelte Philipp an der Kaffeemaschine herum und setzte ihr bald einen Espresso vor die Nase. Der aufsteigende Duft der gerösteten Bohnen liess ihre Lebensgeister wieder erwachen. Elenor spürte, wie sich eine angenehme Wärme im Magen ausbreitete.

«Danke, das habe ich gebraucht.»

«Gerne geschehen.» Philipp sah sie nachdenklich an. «Was ist passiert? Ich bin nicht ganz schlau aus deiner Geschichte und dem Tohuwabohu hier geworden.» Seine dunkelblauen Augen hielten Elenors fixiert. «Was ich verstanden habe, ist, dass du einen Toten gefunden hast. In einem Tunnel. Wo habt ihr denn hier einen Tunnel und wer ist der Tote?»

«Philipp bitte, ich möchte jetzt nicht darüber sprechen. Das ist jetzt die Angelegenheit der Polizei.»

Ein Schauer lief Elenor den Rücken hinunter. Nicht nur, weil sie jemanden gefunden hatte, der nicht mehr lebte, sondern auch, weil sie wusste, was das für sie und alle anderen Bewohner dieses Hauses bedeutete. Die Polizei würde sie alle befragen und Spuren sichern. Das würde eine aufreibende und langwierige Angelegenheit werden. Sie erwartete jeden Augenblick, dass ein Polizeibeamter in die Küche kommen und das Prozedere erneut seinen Lauf nehmen würde.

«Du solltest dich umziehen, du frierst.» Philipp hatte sich ihr gegenüber an den Tisch gesetzt.

«Das werde ich gleich tun. Ich warte nur noch, bis die Polizei zurückkommt.»

«Ach ja, du weisst ja, wie das geht.» Er klang etwas pikiert.

Und nach einer Weile: «Hast du schon mal selbst eine Aussage machen müssen?»

«Nein. Bis jetzt war ich immer auf der anderen Seite des Gesetzes und durfte die Protokolle führen.»

«Es ist wichtig, dass du dich an Einzelheiten erinnerst.»

«Das ist mir schon klar, Philipp, aber danke.»

Ein Brummen von Maschinen war zu hören.

Philipp schaute sich verunsichert um, so als könne ihm jemand unsichtbares erklären, was das Geräusch bedeutete. «Was ist das für ein Lärm?»

«Ich weiss nicht genau, aber ich kann mir vorstellen, dass die Polizei den Tunnel auspumpt.»

«Was ist das überhaupt für ein Tunnel, von dem du da sprichst? Wo hast du den denn gefunden?»

«Es ist ein Tunnel im Keller, den ich nur per Zufall gefunden habe. Da ist ein riesiges Gewölbe unter dem Haus. Unvorstellbar, oder?»

Elenor sah Philipp erwartungsvoll an, der aber überhaupt nicht auf diese Neuigkeit reagierte, was ihr seltsam vorkam. Vielleicht bildete sie es sich auch nur ein und er war so verwirrt wie sie selbst über das Unfassbare.

«Was hast du denn da unten überhaupt gemacht?»

Was sollten denn diese Fragen? «Arbeitest du jetzt auch bei der Kripo?» Ihre Stimme war lauter als sie es eigentlich wollte.

«Nein, natürlich nicht. Ich habe mich nur dafür interessiert, wo du diesen armen Kerl gefunden hast.»

«Natürlich, tut mir leid. Das ganze hat mich doch mehr mitgenommen als ich dachte.»

Philipp stand auf und ging zum Waschbecken, um nach draussen in den Park zu sehen.

Elenor wusste, dass man von dort nicht den Kellereingang sehen konnte.

«Philipp, es tut mir leid, ich wollte dich nicht angreifen, aber ich habe im Moment so gar keine Lust darüber zu sprechen.»

Elenor war froh, als sie Quentin mit einer Frau in die Küche kommen sah. So wurde sie von dem unangenehmen Gespräch abgelenkt. Beide schauten abwechselnd sie und Philipp an.

«Elenor, das ist Kommissarin Klara Zubler von der Kripo Zug. Sie wird dir einige Fragen stellen, äh, über das, was du heute erlebt hast.»

Elenor nickte und bot der adretten Brünetten einen Stuhl am Tisch an. Sie setzte sich und kramte etwas umständlich in einer überdimensionalen Tasche, nahm einen Laptop, ein Formular und ein Diktiergerät aus einem Fach und legte alles vor sich hin.

«Guten Tag Frau Epp. Ihr Bruder hat mir erzählt, Sie seien auch Polizistin? Darf ich fragen, in welchem Korps Sie arbeiten?»

«Ich arbeite momentan in der Berner Polizeitruppe. Noch. Ich möchte aber bei den Bernern kündigen, damit ich wieder hierher ziehen kann.»

Elenor sah, wie Quentin überrascht die Stirn runzelte und den Kopf leicht schüttelte.

«Sie können Ihre Aussage auch gerne auf dem Polizeiposten machen, wenn Sie wollen.» Frau Zubler sah Elenor fragend an.

«Danke, ich möchte sie gerne hier machen. Jetzt, wo noch alles ganz frisch ist. Aber mir wäre es auch lieber, wenn das Gespräch unter vier Augen stattfände.»

Frau Zubler nickte. «Sie sollten sich aber zuerst umziehen. Sie frieren.»

«Kann das nicht warten?» Elenor wollte das Ganze hinter sich bringen.

Die Polizeibeamtin schüttelte den Kopf. «Wir müssen Ihre Kleider sicherstellen.» Und zu Quentin. «Herr Epp, darf ich Sie bitten, Kleider für Ihre Schwester zu organisieren, damit sie sich umziehen kann?»

«Etwa hier? Kann sie das nicht in ihrem Zimmer tun?»

Alle schauten überrascht Philipp an, der sich umgedreht hatte und die Polizistin mit unverhohlenem Hass anstarrte.

«Sie sind?», fragte ihn Klara Zubler kalt.

«Mein Name ist Philipp Löhrer», sagte Philipp. «Ich bin ein

132

Freund der Familie. Ich habe Herrn Epp hierher begleitet, als der Anruf von Frau Epp kam.»

«Nun, Herr Löhrer, darf ich Sie bitten, den Raum zu verlassen?» Die Stimme der Beamtin klang bestimmt.

«Philipp, würdest du mir bitte in den Salon folgen? Wir haben noch einige Dinge zu besprechen», sagte Quentin in die entstandene Stille hinein.

Philipp löste sich nur widerwillig vom Waschbecken und folgte betont langsam seinem Freund aus der Küche.

Elenor war überrascht, dass er die Tür leise hinter sich schloss und nicht zuschlug.

Nach einigen Minuten brachte ihr Quentin eine Jeans und einen Pullover in die Küche. Als er gegangen war, waren Frau Zubler und sie alleine.

Was folgte, war für sie wie auch für die Kriminologin Routine. Trotzdem war es für Elenor eine Herausforderung, auf der anderen Seite zu stehen. Nicht sie stellte diesmal die Fragen, sondern sie beantwortete diese. So gut sie es eben konnte. Da war noch etwas, das an Elenor nagte. So nüchtern sie die Szenerie im Tunnel Frau Zubler erzählte, so unerwartet belastend war es für sie, sich alle Einzelheiten wieder in Erinnerung rufen zu müssen. Es war ein seltsames Gefühl, über einen toten Menschen zu sprechen, den man gekannt hatte. Doch es war klar, dass es sein musste. Elenor war sich sicher, dass sie in Zukunft mehr Verständnis für die Aussagen von Augenzeugen haben würde. Sie konnte die Unsicherheiten und Ängste, etwas nicht richtig wiederzugeben oder etwas Wichtiges auszulassen, fast körperlich spüren.

Als das Protokoll aufgenommen war, gab Frau Zubler die Information preis, dass es sich bei dem Toten tatsächlich um Jakob Schepper handelte, so wie es Elenor bereits vermutet hatte. Quentin hatte ihn im Beisein von Beamten identifiziert und als Arzt dessen Tod festgestellt. Obwohl Elenor danach fragte, wollte die Beamtin sich nicht über die Todesursache äussern oder darüber, wie lange er schon in seinem dunklen, nassen Grab gelegen hatte. Das würde jetzt Sache der Gerichtsmedizin sein, eben das herauszufinden. Man musste jetzt einfach Geduld haben.

Elenor hatte den unbestimmten Eindruck, dass Frau Zubler mehr wusste, als sie sagen wollte, aber daran konnte sie nichts ändern. Vielleicht war das auch nur taktische Polizeiarbeit oder ihre ureigene Paranoia.

Bevor die Kriminalbeamtin das Haus verliess, bat sie Elenor, am nächsten Tag bei ihr auf dem Polizeiposten vorbeizukommen, um den Rapport durchzulesen und zu unterschreiben. Dann verabschiedete sie sich.

Kaum war Elenor wieder alleine, begannen die Bilder des toten Gärtners ein Eigenleben in ihrem Kopf zu führen. Und noch etwas beschäftigte sie. Was hatte Schepper da unten im Tunnel gemacht? War er es etwa selbst gewesen, der in den Nächten im Park umhergeschlichen war? War er es vielleicht gewesen, der ihr im Badehaus die Tapetentür an den Kopf geschlagen hatte? Damit wäre er einer der klassischen Verdächtigen – der Butler oder der Gärtner. Einen Butler hatten sie nicht.

Sie musste eine lange Zeit am Tisch gesessen haben, als sie durch das Küchenfenster zusah, wie zwei Männer im schwarzen Anzug und Krawatte einen Sarg ums Haus trugen und bald darauf schwer schleppend wieder zurückkamen. Die Bestatter hatten Jakob Schepper abgeholt. Danach folgten ihnen nach und nach Menschen in weissen Overalls. Dann kam niemand mehr. Die Polizei hatte alle Spuren gesichert, der Tote war abtransportiert worden. Alle waren gegangen, nur sie sass noch immer auf dem gleichen Platz am Tisch in der nun düsteren Küche. Elenor kam der ganze Tag surreal vor. Ein Mann lag tot in ihrem Keller unter ihrem Haus und sie alle hatten nichts davon bemerkt. Niemandem in diesem Haus war es aufgefallen, dass er nicht mehr zur Arbeit kam. Hätte Scheppers Mutter nicht Quentin angerufen, sie gingen immer noch davon aus, dass er so unauffällig wie immer im Park seiner Arbeit nachging. Wer war dieser Mensch Jakob Schepper gewesen? Hatte er ausser seiner Mutter noch eine Frau oder Kinder? Sie wusste es schlicht und einfach nicht, was sie traurig machte. Erschreckend war auch die Vorstellung, was passiert wäre, wenn sie nicht so neugierig gewesen wäre und den Tunnel nie entdeckt hätte, nie hinunter gestiegen wäre. Die Frage, die sie aber noch mehr beschäftigte, war die, wie er ums Leben gekommen war. Elenor hoffte inständig, was auch immer dort unten passiert war, dass er nicht hatte leiden müssen.

Sie mochte nicht mehr alleine sein. Alle die Fragen ohne Antworten machten sie unruhig. Elenor erwartete, dass Quentin und Philipp immer noch im Salon waren. Doch sie stand vor einer offenen Tür und einem leeren, dunklen Raum, in dem nur noch Glut im Kamin vor sich hin glimmte.

Es war aussergewöhnlich still im Haus. Zu still für ihren Geschmack. Ein unangenehmes Gefühl von Einsamkeit kroch in ihre Glieder. Um es loszuwerden, rief sie die einzige Person an, die sie, wie Elenor hoffte, aus dieser trüben Gemütslage befreien konnte. Nach ein paar Klingelzeichen nahm Emma den Anruf entgegen. Es blieb lange still am anderen Ende der Leitung, als ihr Elenor erzählt hatte, was passiert war.

«Um Himmels Willen, Leni! Geht es dir gut?»

«Doch, doch.»

«Ist denn jemand bei dir?»

«Nein. Es wäre schön, wenn du Zeit hättest und raus kommen könntest. Ich brauche jemanden zum Quatschen.»

«Liebes, ich muss auflegen. Ich ruf dich gleich wieder zurück. Bitte bleib da, wo du bist.»

Was? Hier im Flur? Auch das noch. Jetzt, nachdem Elenor mit jemandem gesprochen hatte, der nicht von der Polizei war, fühlte sich die Ruhe um sie herum an wie ein Friedhof an einem regnerischen Tag, wenn der letzte Trauernde gegangen war. Zum Glück musste sie nicht lange warten, bis das Telefon klingelte.

«Ems, ist es nun okay, dass du kommen kannst?»

«Ich heisse zwar nicht Ems, aber kann ich trotzdem kommen?»

Oh, nein, Philipp! «Nein, vielen Dank, lieber nicht.»

«Was kann Emma, was ich nicht kann?»

Elenor drückte die Taste zum Auflegen und warf das Telefon zurück auf den Tisch, worauf es prompt wieder zu klingeln anfing. Sie hob nicht ab. Auf was sie keinesfalls Lust hatte, waren mühsame Gespräche mit mühsamen Menschen.

Hier unten im Salon mochte sie auch nicht länger bleiben, ihr Zimmer bot ihr wenigstens ein warmes Bett an. Vorher wollte sie aber wenigstens noch eine Kleinigkeit essen. Jetzt, nachdem sie zur Ruhe gekommen war, meldete sich ein nagendes Hungergefühl. Sie durchsuchte gerade den Kühlschrank nach etwas Essbarem, als es an der Haustür läutete. Eine Sekunde lang befürchtete sie, Philipp stehe vor dem Eingang. Gottlob war es Emma. Sie war bleich und ihre Augen so gross wie Wagenräder.

«Emma, wie schön. Komm herein. Ich will mir gerade etwas zu Essen machen. Hast du auch Lust auf etwas?»

«Leni! Wie siehst du denn aus?»

Emma umarmte Elenor mit festem Griff. Elenor war sich nicht sicher, wer wen dabei stützte.

«Wie denn?»

«Dein Haar ist so ...», sie gab einen undefinierten Laut von sich, «und mit deinem Makeup machst du einem Panda Ehre.»

«Tja, das ist eine lange Geschichte. Die Kurzversion kennst du ja schon.»

«Wie kommt Quentin auf die Idee, dich nach einem solchen Unglück alleine zu lassen?»

«Vielleicht musste er dringend irgendwo hin? Zudem geht es mir gut. Es ist nicht meine erste Leiche, die ich gesehen habe.»

«So ein Unsinn. Es ist bestimmt für niemanden einfach, einen Toten zu finden. Ich habe ihm jedenfalls die Leviten gelesen.»

«Wem? Quentin? Du hast Quentin angerufen? Warum? Er hätte mich sicher nicht alleine gelassen, wenn er gedacht hätte, dass ich das nicht verkraften könnte. Er ist schliesslich mein Bruder.»

Emma grinste schief. «Ja, man sieht und hört, dass dich das alles völlig kalt lässt und du mich angerufen hast, nur um mit mir über das Wetter zu plaudern. Ich habe mir nach deinem Anruf jedenfalls grosse Sorgen um dich gemacht.» Emma schüttelte entrüstet den Kopf. «Männer können so unsensibel sein. Du seist ihm nicht depressiv oder ängstlich vorgekommen, sagte er.» Sie rieb sich müde die Augen. «Und so was schimpft sich Arzt.»

«Ems, bitte! Das ist wirklich lieb von dir, aber du brauchst dir keine Sorgen um mich zu machen. Ich bin tatsächlich nicht depressiv oder ängstlich. Vielleicht nur etwas durcheinander.»

Elenor hätte es niemals zugegeben, aber der offensichtliche Ärger Emmas tat ihr auf eine verquere Art gut. Was sie sogleich an ihrem gesunden Menschenverstand zweifeln liess. Sie war wohl meschugge geworden.

«Papperlapapp. Jetzt geh hinauf und dusche dich. Dein Haar sieht aus, als hätten Vögel ein neues Zuhause gefunden. Ich mache unterdessen eine schöne Tasse heisse Schokolade.»

Emma ging in die Küche und hantierte herum, Elenor ging wie befohlen nach oben.

Frisch geduscht, die Haare noch feucht, aber dieses Mal gekämmt, betrat Elenor fünfzehn Minuten später wieder die Küche. Die Hoffnung auf etwas Essbares liess ihren Magen hörbar knurren. Dankbar machte sie sich über die frisch zubereiteten Sandwiches her, die Emma neben die dampfenden Tassen auf einem Teller aufgestapelt hatte.

«Willst du mir erzählen, was passiert ist?»

Emmas treuherziger Blick war wohlwollend. Elenor wusste, sie würde ihr nicht böse sein, wenn sie schwieg. Aber sie hatte das Bedürfnis, jemandem zu erzählen, was geschehen war. Umso besser, wenn es ihre beste Freundin war.

«Wie ich schon am Telefon sagte, habe ich mich im Keller umgesehen und einen Tunnel entdeckt. Ich habe nicht gewusst, dass der überhaupt existiert. Aus lauter Neugierde bin ich da hinuntergestiegen. Als ich durch das Wasser watete, bin ich buchstäblich über Schepper gestolpert.»

Elenor hörte, wie Emma entsetzt ihren Atem anhielt und die Hand vor ihren Mund schlug.

«Es ist also wirklich wahr? Du hast einen Mann tot im Keller gefunden? Wie entsetzlich!»

«Emma, hast du gedacht, ich scherze?»

«Na ja, ich habe gehofft, dass du einen Witz machst. Einen morbiden Polizeiwitz.»

Elenor wusste nicht, ob sie lachen oder weinen sollte.

Emma entschied sich schneller und wählte das Weinen. «Der arme, arme Kerl.» Tränen kullerten ihr über die Wangen.

Elenor musste schlucken, hielt sich aber mit Emotionen zurück.

Sie schwiegen eine Weile, während dessen sich Emma schnäuzte und die Tränen von den Wangen tupfte.

«Was passiert als nächstes?» Emmas Augen waren rot gerändert.

«Die Polizei wird herausfinden, was passiert ist.»

Emma nickte beklommen.

«Die Pathologen werden ihn untersuchen und herausfinden, wie er starb und wie lange er schon da unten lag.»

«Weisst du, wie lange das etwa dauern wird?»

Elenor schüttelte den Kopf. «Ein paar Tage schon. Wenn sie etwas herausfinden, dann werden wir es sicher erfahren. Weisst du, ob er Familie hatte?»

Emmas Augen weiteten sich entsetzt. «Nein, keine Ahnung. Wie grässlich, stell dir mal seine Frau und seine Kinder vor, wie es denen jetzt wohl geht?»

Elenor musste diese unangenehmen Gedanken verhindern. Sie schaute auf die Uhr.

«Sag mal, musst du nicht ins Café zurück?»

«Ach nein. Es war sowieso nicht viel los. Bei diesem schlechten Wetter hatte wohl niemand Lust, rauszugehen und Kaffee zu trinken. Nach deinem Anruf habe ich den Laden zugemacht.»

Mittlerweile war es Abend geworden. Elenor und Emma wollten nicht warten, bis die anderen nach Hause kamen, sondern gingen nach oben. Emma bezog das Gästezimmer und Elenor zog sich in ihr Gemach zurück. Sie konnte sich nicht daran erinnern, wann sie ausser bei Frühschichten das letzte Mal so früh ins Bett gegangen war. Kaum hatte sie es sich im Bett bequem gemacht, hörte Elenor ein leises Kratzen an der Tür. Im Flur stand mit schmutzigen Pfoten und einem Fell, das ihr wie Spikes vom Körper abstand, die Dreifarbige. Mit Leichtigkeit federte sie, ohne Elenor anzuschauen, aufs Bett und fing an sich ausgiebig zu putzen. Das monotone, rhythmische Lecken begleiteten Elenor bald in ein mystisches Land ohne Träume, von dem sie erst am nächsten Tag erwachte.

27

Früher als sonst schlenderte er heute durch die Stadt. Es war tatsächlich noch sehr früh. Heute hatte er nicht allzu viel zu erledigen. Die meisten Anfragen hatte er gestern abarbeiten können, für heute blieben nur noch die fälligen Rechnungen zur Zahlung bereit zu machen. Der Vormittag war einfach zu schön, um ihn jetzt schon gegen das Büro zu tauschen. Vor allem, weil es am Vortag nass und kalt gewesen war.

Wie jeden Tag führte sein Spaziergang am Café vorbei. Einige wenige Menschen sassen in den Restaurants am Landsgemeindeplatz draussen an der frischen Luft. Nur die Stühle des Cafés waren leer. Was war los? Er überquerte den Platz mit langen Schritten und registrierte mit Erstaunen, dass es geschlossen war. Er schaute durch ein Fenster in die dunklen Räume hinein. Wie ungewöhnlich. Zu dieser Tageszeit war die Gaststätte normalerweise immer offen und das Business brummte. Die Menschen kamen her, um die Zeitung zu lesen, Kaffee zu trinken und zu plaudern.

Ein leises Unbehagen beschlich ihn. Nur widerwillig ging er weiter. Sein Engel musste einen wichtigen Grund haben, das Café zu schliessen. Nachdenklich geworden, führte er seinen Spaziergang zu Ende.

28

Am Morgen, nachdem Elenor die Leiche des Gärtners gefunden hatte, strahlte die Sonne, als wäre nie etwas anderes gewesen als schönes Wetter, als wäre die schreckliche Geschichte nie passiert. Emma hatte verschlafen und sah müde aus, als Elenor in die Küche kam. Quentin und Arlette waren schon zur Arbeit aufgebrochen. Weder ihr noch Emma war es um einen Schwatz zumute, also frühstückten sie schweigend, bis Emma aufbrach, um ihr Café mit grosser Verspätung zu öffnen.

In Elenor war von den Ereignissen des gestrigen Tages ein flaues Gefühl geblieben. Es war ungerecht, dass Jakob Schepper diesen schönen Tag nicht mehr erleben durfte.

Die orange-weissen Absperrbänder der Polizei flatterten stramm im Wind. Es war nicht zu übersehen, dass hier etwas Fürchterliches passiert war. Elenor betrachtete das Siegel an der Tür. Es gab keine Möglichkeit, Scheppers Fundort noch einmal zu sehen, was sie doch gerne getan hätte. Elenor hatte das unbestimmte Gefühl, etwas übersehen zu haben. Vielleicht war es aber auch nur ihre Ohnmacht, die Hilflosigkeit, das Unglück nicht verhindert zu haben. Sie machte sich den Vorwurf, dass sie nichts gegen die Eindringlinge im Park unternommen hatte. Sie konnte nicht umhin zu glauben, dass alles zusammenhing. Wäre Schepper noch am Leben, wenn sie die Sache in die Hand genommen hätte, dem Gärtner geglaubt und nicht auf Quentin gewartet und auf Arlette gehört hätte?

Elenor konnte immer noch nicht fassen, was geschehen war. Bis gestern hatte sie nicht einmal gewusst, dass der Tunnel existierte. Sie konnte sich auch nicht daran erinnern, dass sie die Bogentür hinter dem Regal jemals gesehen hatte. Nur eines war sicher, Tür und Steinbogen existierten schon seit langem, wahrscheinlich waren sie zur selben Zeit wie das Haus erbaut worden. Warum nutzte man den Tunnel nicht mehr? Warum wurde er so sorgfältig hinter dem Regal verborgen? War es, um Geheimnisse zu wahren, oder vielleicht auch nur, um zu verhindern, dass Neugierige sich umsahen, so wie sie?

Elenor wusste keine Antworten auf diese Fragen. Bestimmt machte sie sich viel zu viele Gedanken und es gab eine einfache Erklärung dafür. Sie schloss für einen Moment die Augen und liess sich das Gesicht von der Sonne wärmen. Wie herrlich es hier war. Sie lauschte dem leisen Rauschen der Blätter hoch oben in den Bäumen und dem sanften plätschern der Wellen des nahen Sees. Regungslos genoss sie die Geräusche der Natur, als sie ein Knacken vernahm, dass nicht dazu passen wollte. Genau in dem Augenblick, als sie erschrocken die Augen öffnete, sah sie einen Schatten zwischen den Bäumen verschwinden. Unfähig sich zu bewegen oder zu rufen, versuchte Elenor der flüchtenden Gestalt mit den Augen zu folgen, verlor sie aber nach kurzer Zeit zwischen dem undurchdringlichen Grün. Das unangenehme Gefühl, beobachtet zu werden, kroch wieder in Elenor hoch. Dieses Mal war sie sich sicher. Sie hatte es sich nicht eingebildet. Es waren noch andere Personen im Park. Und ganz bestimmt war der Gärtner nicht einer von ihnen.

Obwohl es noch früh am Morgen war und das Wetter fantastisch, wollte Elenor nicht mehr länger hier stehen und untätig zusehen, wie Fremde im Park ein und aus gingen. Sie wollte das nicht mehr tolerieren. Bis jetzt hatte sie sich im Haus und im Park sicher gefühlt. Aber das ständige Gefühl, von Personen, die sich hinter Büschen und Bäumen versteckten, beobachtet zu werden, machte dem jetzt ein Ende. Hatten die etwa etwas mit dem Tod des Mannes zu tun?

Sollte sie jetzt Quentin anrufen oder Arlette? Beide arbeiteten. Emma? Philipp? Nein, Philipp auf keinen Fall.

Elenor sass wieder in der Küche, als sie es am anderen Ende des Telefons läuten hörte. Immer wieder spähte sie aus dem Fenster über der Spüle hinaus in den Kräutergarten. Wenn der oder die Unbekannte immer noch im Park herumwanderte, musste er oder sie beim Verlassen des Geländes hier vorbeikommen. Es gab nur diesen einen Ausgang.

Weder Quentin, noch Arlette und auch nicht Emma nahmen ab. Elenor warf einen letzten prüfenden Blick in den Garten, konnte aber niemanden entdecken. Die Lust, wieder in den Park zurückzugehen, war ihr vergangen. Der Tag war noch jung und schön und sie hatte nicht vor, im Haus zu versauern, sondern wollte etwas unternehmen.

Kurzerhand stieg Elenor ins Auto. Nur weg von hier. Mit offenem Verdeck lenkte sie das Cabrio auf die Landstrasse und fuhr über Küssnacht und Weggis um die Rigi in Richtung Brunnen. Sie genoss die warme Sonne und den lauen Wind, der ihr durch die Haare fuhr. Die Aussicht über den See in die Berge war fantastisch. Bei einem kleinen Hotel direkt am See hielt sie an. Die Terrasse des Hotelrestaurants ragte über den steilen Abhang hinaus und bot einen herrlichen Blick über den Vierwaldstättersee zur anderen Seeseite hinüber. Weit unten auf dem dunkelgrünen Wasser kreuzten sich kleine Motorboote und die Segler hatten im strammen Wind alle Hände voll zu tun. Was war es doch für eine schöne Art, sich die Stunden bis zum Abendessen um die Ohren zu schlagen und wie gut tat es, aus dem unheilvollen Haus zu kommen.

Mit heissen und geröteten Wangen traf Elenor am Abend ihre beiden Hausgenossen in der Küche an. Sie waren nicht alleine. Philipp war auch da.

«Hallo zusammen.» Elenor versuchte ein unverfängliches Lächeln aufzusetzen.

«Oh, hallo, Elenor», sagte Arlette gut gelaunt, «ich hoffe, du hattest einen schönen Tag.»

Elenor staunte über Arlettes gute Laune. Sie schien es nicht weiter zu belasten, dass unter dem Haus, in dem sie wohnte, jemand zu Tode gekommen war.

«Der Nachmittag war ganz passabel, danke.»

«Aha, erzähl mal.»

Elenor sah aus den Augenwinkeln, wie Philipp sie verstohlen musterte, während er einen bauchigen Rotweinkelch in seinen Fingern kreisen liess. «Was hat dich denn hierher verschlagen?» Sie konnte sich die Frage nicht verkneifen.

«Oh nein, was habe ich jetzt wieder getan?» Philipp rollte theatralisch die Augen. «Ich hatte nichts Böses im Sinn, ich wollte nur sehen, ob es meinen Freunden gut geht. Vor allem dir, Elenor. Schliesslich hast du gestern eine Leiche gefunden.»

«Danke, dass du mich wieder daran erinnerst.»

Philipp war erschrocken aufgestanden. «Elenor, das tut mir leid. Ich wollte nicht böse Erinnerungen wecken.» Er machte eine Bewegung auf Elenor zu, so als wollte er sie umarmen. Sie wich ihm aus und setzte sich an den Tisch.

«Ich bin froh, dass es nicht einer von euch gewesen ist.» Philipp lächelte gequält und machte gleichzeitig ein enttäuschtes Gesicht.

«Weiss jemand, wann die Beerdigung von Jakob Schepper sein wird?»

Es entstand eine unangenehme Stille.

«Was? Darf man das nicht fragen? Herrgott noch mal, er war euer Angestellter.» Elenor begriff nicht, wie man so sein konnte.

Quentin schüttelte den Kopf. «Ich denke, es wird noch eine Weile dauern. Die Obduktion braucht Zeit. Übrigens wird Kommissarin Zubler mit dir, Arlette, noch einen Termin ausmachen, denn deine Aussage fehlt noch.»

Elenor sah, wie Arlettes Mundwinkel nach unten fielen.

Der köstliche Wein konnte die nun angespannte Atmosphäre nicht mehr auflockern. Philipp verabschiedete sich bald.

29

Arlette sass hinter ihrem Bürotisch in der Galerie, als Elenor eintrat. Papierstapel waren überall auf der Tischplatte und am Boden verstreut. Es sah ziemlich unordentlich aus. Den Telefonhörer hielt Arlette zwischen Schulter und Ohr gepresst, die Augenbrauen hatte sie besorgt zusammengezogen, über der Nasenwurzel war eine tiefe Falte zu sehen. Es waren wohl keine guten Nachrichten, die sie da zu hören bekam. Elenor wartete geduldig, bis Arlette nach endlosen Minuten das Gespräch endlich beendet hatte.

«Guten Morgen.»

Arlette nuschelte etwas Unverständliches vor sich hin. Elenor tat so, als hätte sie ihr auch einen guten Morgen gewünscht.

«Arlette, was wolltest du mir so Dringendes sagen, dass ich alles stehen und liegen lassen musste?»

«Wieso? Hattest du was anderes zu tun?»

Elenor war überrascht, wie bissig das klang.

«Oh ja, ich war gerade dabei, den See zu putzen.»

«Du Scherzkeks.» Wenigstens lächelte Arlette wieder.

«Sag schon, was ist los?»

«Ich war heute Morgen bei der Polizei und habe eine Aussage gemacht.»

«Das ist der Grund, warum ich vorbei kommen sollte?»

«Nein. Egger ist verschwunden.»

Nicht das auch noch. War hier irgendwo ein Wurmloch, das alle Menschen hineinzog und irgendwo wieder ausspuckte?

«Aha, seit wann?»

«Seit ein oder zwei Tagen, glaube ich.»

«Warum sagst du das ausgerechnet mir?» Elenor konnte sich keinen Reim darauf machen. «Warum soll mich das kümmern?»

«Elenor, ich scherze nicht. Er ist weg.»

«Hast du das heute der Polizei gesagt, als du da warst?»

«Nein, sie haben mich über Schepper befragt, da wollte ich nicht noch schlafende Hunde wecken.»

Diese Logik erschloss sich Elenor nicht wirklich, aber sie beliess es dabei. «Dann sprich mit seiner Schwester und wenn das alles ist, werde ich jetzt wieder gehen.»

Elenor drehte sich auf dem Absatz um und war schon fast an der Tür, als sie Arlette rufen hörte.

«Elenor. Es ist ernst. Sie ist auch nicht da. Auffällig ist, dass Egger weg ist, seit du Schepper gefunden hast.»

Oh, das war nicht gut. «Was willst du damit sagen?»

«Nichts, aber es ist schon ein Zufall, oder?»

«Ich glaube nicht an Zufälle, aber ich glaube auch nicht, dass die beiden Dinge etwas miteinander zu tun haben.» Dieser unhöfliche Kerl sollte doch bleiben, wo der Pfeffer wächst und seine Schwester mit ihm.

«Was willst du jetzt machen?»

Elenor musste lauthals lachen. Das war wirklich komisch. «Ich? Wieso sollte ich etwas tun?»

«Ich dachte nur …», stammelte Arlette.

«Was? Dass ich Polizistin bin und deswegen Ermittlungen anstelle? Na und? Er ist nicht da. Das heisst aber nicht, dass er etwas mit Schepper zu tun hat.»

«Ähm, vielleicht …»

«Arlette, er ist ein erwachsener Mann, der tun und lassen kann, was er will. Auch wegbleiben, verschwinden, wegziehen, abreisen, in die Ferien gehen oder sonst etwas, das ihm beliebt.

Wie kommst du nur auf so eine abstruse Idee, dass etwas mit ihm passiert sein könnte?»

Arlette sah ein bisschen eingeschnappt aus. «Seit dem ... du weisst schon ... Vorfall, habe ich nichts mehr von ihm gehört, geschweige denn ihn gesehen. Das ist sehr ungewöhnlich für ihn. Er meldet sich sonst immer mehrmals am Tag, um zu hören, ob mit der Galerie alles in Ordnung ist, wenn er weg ist. Komm schon, was sollte ich sonst denken? Und ich dachte wirklich, da du ja Polizistin bist, könntest du dich ein bisschen umhören, damit ...»

Elenor wollte überhaupt nichts davon wissen. Die zwei Eggers waren ihr so zuwider, dass sie sich auf keinen Fall in irgendeiner Weise in deren Angelegenheiten mischen wollte.

Aber Arlette hatte kein Gespür für Elenors Widerwillen und hielt einfach nicht den Mund.

«Du denkst doch, dass du Leute im Park hinter dem Haus gesehen hast. Ich glaube, dass das etwas mit den Eggers zu tun hat. Vielleicht haben beide Schepper ...»

«Halt, halt. Bitte nicht. Wenn du irgend einen Verdacht hast, dass die Eggers mit dem Tod von Schepper zu tun haben, dann bitte geh damit zur Polizei.»

«Hm, ja, wenn du meinst», sagte Arlette gedehnt, ganz und gar nicht überzeugt.

«Aber sicher, das musst du sogar. Ich kann dir nicht helfen, ich arbeite nicht bei der Zuger Polizei und werde mich in deren Arbeit bestimmt nicht einmischen. Also bitte. Zudem hast du mir vor ein paar Tagen weiss machen wollen, ich hätte es mir nur eingebildet, dass jemand im Park herumschleicht und jetzt sollen das die Eggers gewesen sein?»

«Tut mir leid. Das war nicht fair von mir gewesen.»

«Was ist passiert, dass du deine Meinung geändert hast?» Kaum hatte Elenor diese Frage gestellt, wusste sie auch schon, welche Antwort sie bekommen würde.

«Wenn Schepper nicht Beweis genug ist, dann weiss ich auch nicht.» Arlette schaute Elenor dabei nicht an, sondern kritzelte etwas mit dem Kugelschreiber auf ein Fitzelchen Papier.

«Arlette, wir wissen nicht, woran Schepper gestorben ist. Ich jedenfalls glaube nicht an Mord und Totschlag, sondern daran, dass es ein Unfall war.»

Arlette nagte an ihrer Unterlippe. «Ich hätte es dir schon viel eher sagen sollen, Elenor, ich habe schon selbst beobachtet, dass im Park Leute ein und aus gehen. Das geht schon eine Weile so.»

Elenor glaubte sich verhört zu haben. «Was sagst du da? Warum hast du nichts gesagt?» Sie verstand nicht, warum Arlette das gerade jetzt sagte.

«Ich wollte Quentin und dich nicht beunruhigen. Ich habe noch nicht herausgefunden, wer es sein könnte oder was die in unserem Park tun.»

«Sind es denn mehrere Personen?» Elenor lief es kalt den Rücken hinunter. Sie hatte bis jetzt angenommen, dass es sich immer um das gleiche Individuum handelte.

Arlette runzelte die Stirn. «Ich glaube, es sind zwei oder drei. Sie kommen aber immer einzeln. An den Bewegungen konnte ich erkennen, dass es nicht immer die gleichen sind.»

Bevor Elenor sich auf den einzigen noch im Büro stehenden Stuhl setzen konnte, musste sie zuerst einen Stapel Magazine auf den Boden hieven. Das waren ja ungeheure Neuigkeiten.

«Warum schaust du dem Treiben so lange zu? Warum hast du nicht die Polizei gerufen oder einen Detektiv eingeschaltet?»

«Ich dachte, das hört von alleine wieder auf. Wir haben nichts im Park, was man stehlen könnte, wie Quentin schon sagte. Und solange es nicht klar ist, wer da rumschleicht, werde ich auch Quentin nichts davon sagen. Er hat im Moment genug bei der Arbeit zu tun.»

Diesen Einwand konnte Elenor nicht von der Hand weisen. Sie sah selbst, dass sich ihr Bruder fast mit seinem neuen Projekt übernahm. Damit er, bis seine Geschäftsidee griff, noch ein Einkommen hatte, arbeitete er nebenbei noch weiter als Arzt im Kantonsspital. Zwar nur noch im Teilpensum, trotzdem verlangten die beiden Stellen mehr von ihm ab, als er auf die Dauer zu leisten vermochte. Elenor war überzeugt, dass

148

er sich alles ein bisschen einfacher vorgestellt hatte. Doch von Anfang an hatte irgendwie der Wurm im Projekt gesteckt. Quentins Konzept war zwar bestechend einfach wie genial, aber doch nicht so leicht umzusetzen, wie er es sich erhofft hatte. Sein neuster Plan sollte zur Aus- und Weiterbildung von Ärzten, besonders von Chirurgen dienen, im speziellen für neue Operationsverfahren. Er wollte seinen Berufskollegen die Gelegenheit bieten, zuerst am toten Objekt zu üben, bevor sie sich an komplizierte Eingriffe an echten Patienten im OP machten. Doch um diese Kurse anbieten zu können, musste zuerst ein geeignetes Gebäude gefunden werden. Es sollte gross genug sein, um mehrere Operationssäle, Seminarräume, Cafeteria und Büros einrichten zu können. Lange hatte er suchen müssen, aber als diese Hürde geschafft war, bahnte sich schon die nächste Herausforderung an. Es mussten für die Operationssäle Seziertische, Präzisionsinstrumente, Lampen, Bildschirme und Kameras gekauft werden, die alle extrem teuer waren. Nicht zu vergessen die Möblierung für die anderen Räumlichkeiten. Hier bewies er ein glückliches Händchen, aber damit war das Schwierigste noch nicht geschafft. Um das Interesse von potenziellen Sponsoren, Investoren und der Bank für die Gründung der Firma zu wecken, musste ein Businessplan her. Er sprach bei potenziell interessierten Unternehmen vor und bat um Zusicherungen für eine finanzielle Beteiligung für die Verwirklichung seines Traumes. Alles benötigte extrem viel Zeit und Energie, aber sein Engagement war schlussendlich von Erfolg gekrönt. Mit Stolz konnte er viele namhafte Firmen auf dem Gebiet der Medizintechnik für seine Idee begeistern und erhielt von ihnen Zusagen zur Zusammenarbeit. Der Sinn der Ausbildung, die nicht nur eine theoretische, sondern auch eine praktische umfasste, fand Anklang. All seine Zeit und Kraft hatte Quentin in das Projekt gesteckt. Was er zu wenig bedacht hatte, war, dass er ein solches weder organisatorisch noch administrativ alleine stemmen konnte.

Elenor spürte selbst, dass Quentin immer abgekämpfter wirkte. Und das letzte i-Tüpfelchen zur Realisierung fehlte ihm immer noch – die Übungsobjekte. Dieses Problem hatte er bis jetzt noch nicht zu seiner Zufriedenheit lösen können.

Elenor wurde von Arlettes Stimme wieder aus ihren Gedanken um ihren Bruder gerissen.

«Elenor, er überarbeitet sich. Wenn er nicht bald einen Geschäftspartner findet, fürchte ich, wird er noch zusammenklappen.»

«Er sieht wirklich abgekämpft aus. Er arbeitet auch den lieben langen Tag und gönnt sich kaum eine Pause. Soll ich mit ihm reden?»

«Gerne, vielleicht hört er ja auf dich.»

«Das bezweifle ich, aber versuchen kann ich es ja.»

Die Gelegenheit dazu bot sich Elenor noch am gleichen Abend. Bisher war dieser ruhig und gemütlich verlaufen, wenigstens für sie. Nach einem einfachen, aber schmackhaften Abendessen setzten sie sich zu dritt in den Salon vor den Kamin.

«Wie geht es bei der Arbeit, Quentin?» Elenor redete nicht lange um den heissen Brei herum.

«Gut.»

«Geht es mit deinem Projekt voran?»

«Hm.» Er nippte an einem Glas Rotwein.

«Ist das nicht zu viel Arbeit für eine Person?»

«Doch, schon. Ich habe heute Philipp gefragt, ob er mit einsteigen will.»

Elenor sah Arlettes überraschten Blick. Sie zuckte mit den Schultern und schüttelte den Kopf.

«Oh, gut», sagte Elenor in Mangel an anderen Worten.

Elenor konnte sich keinen Reim darauf machen, warum gerade Philipp mit von der Partie sein sollte. Nicht, dass es sie störte, dass er mit ihm zusammenarbeitete, schliesslich war Philipp Quentins Freund. Zudem ging es sie auch nichts an.

«Philipp ist ein ausgezeichneter Mediziner. Er hat mit mir zusammen Humanmedizin studiert und nachher die Tiermedizin drangehängt. Ich könnte keinen besseren Partner finden.» Quentin schaute Arlette und seine Schwester aus müden Augen an. «Warum interessiert dich das, Elenor?»

«Du kommst mir so schlapp und matt vor, seit ich hier bin. Arlette hat mir erzählt, dass du sehr viel Arbeit mit deinem neuen Unternehmen hast. Ich habe mir Sorgen um dich gemacht und befürchtet, dass du dich mit zwei Jobs übernimmst.»

Das abwehrende Gefuchtel Arlettes hinter Quentins Rükken hatte Elenor mit Absicht übersehen. Schliesslich hatte sie diesem Gespräch zugestimmt.

«Kann ich dir irgendwie helfen?»

Ihr Bruder ging nicht auf die Frage ein. Aber Elenor liess nicht locker. «Quentin, ich möchte gerne helfen. Darf ich dich demnächst begleiten, wenn du in deine neue Firma fährst? Es ist ja nicht so, dass ich viel zu tun hätte im Moment.»

«Ja, sicher. Ich freue mich, wenn du mitkommst.» Zu Arlette gewandt sagte er: «Das hätte ich mir ja denken können, dass du dir Sorgen machst, mein Schatz.» Er gab seiner Freundin einen Kuss. «Ihr habt natürlich beide Recht. Ich merke es selbst, dass mir alles ein bisschen zu viel geworden ist. Ich habe die ganze Arbeit total unterschätzt und ich verspreche euch, ab jetzt wird alles besser. Philipp hat zugesagt, dass er mir beim weiteren Aufbau helfen wird.»

Elenor sah, wie Arlette glücklich lächelte.

Als Elenor die beiden am Frühstückstisch wiedertraf, sahen ausnahmslos alle ein bisschen mitgenommen aus. Sie musste sich drei Mal räuspern, bis sie einen Ton hervorbrachte. «Quentin, können wir uns heute Abend unterhalten?»

«Aber nicht wieder über das Geschäft.»

«Nein, keine Sorge, es ist etwas anderes.»

Arlette sah sie fragend an und Elenor formte gerade stumm mit den Lippen das Wort Park, als sie hörte, wie die Haustür geöffnet wurde und Schritte im Flur auf die Küche zukamen. Elenor sah in zwei überrascht drein blickende Augenpaare.

«Holt eure Badehosen, wir gehen schwimmen.»

Philipp stand lächelnd im Türrahmen. Er schwenkte lässig ein kleines buntes Stück Stoff an der Spitze seines Zeigefingers hin und her.

Elenor hatte keinen Zweifel daran, dass das seine Badehose war.

«Herr Doktor, Sie wissen genau, dass man nach einer Mahlzeit eine Weile warten muss, bis man Schwimmen gehen darf.» Elenor klang bewusst belehrend. Sein Auftreten fand sie daneben. Klopfte dieser Mensch denn nie an?

«Setz dich und trink einen Kaffee. Nachher begleitest du mich ins Büro.» Quentin stellte seinem neuen Geschäftspartner eine dampfende Tasse Kaffee hin.

«Ich dachte, wir starten erst nächste Woche mit der Einarbeitung.»

Philipp stand die Enttäuschung über die negative Entwicklung seiner Idee ins Gesicht geschrieben.

«Das war eigentlich so geplant, doch heute brauche ich dich unbedingt. Du musst mir da bei einer Sache helfen.»

«Okay, okay. Meine Damen, dann ein anderes Mal.» Schon waren er und Quentin aus dem Haus.

«Begleitest du mich in die Galerie?», fragte Arlette.

«Vielleicht morgen. Ich möchte mich im Badehäuschen umsehen und mir über den Umbau ein paar Gedanken machen. Oder soll ich besser sagen Wiederaufbau?»

«Na gut. Dann bis heute Abend. Wenn du etwas brauchst, weisst du, wo ich bin.»

Heute war wohl der Tag der Enttäuschungen.

30

Etwas ging in der Villa Epp vor sich. Etwas Seltsames. Alle benahmen sich irgendwie anders als sonst. In der Stadt ging das Gerücht um, dass es im Haus oder im Park einen Unfall gegeben hatte. Man hörte munkeln, dass die Epp irgendwie darin verwickelt sei.

Egger war von einem Tag auf den anderen nicht mehr auffindbar, er war verschwunden. Dabei hätte er mit ihm noch so vieles zu besprechen gehabt. Wichtige Dinge, die eigentlich nicht warten konnten. Ob das der Wahrheit entsprach, wusste er nicht. Er bezweifelte es aber. Er hatte diese Frau noch nie gemocht.

Es blieb ihm nichts anderes übrig, als zu warten, bis der Galerist wieder zurückkam. Das passte ihm überhaupt nicht. Schliesslich hatte er auch seine Termine. Warum sollte er seine Agenda für andere über den Haufen werfen und dann feststellen, dass keiner ausser ihm sich an die Termine hielt? Es konnten ihn alle mal und das mit vorzüglicher Hochachtung. Morgen würde er an Bord seines schon seit Tagen gebuchten Fluges sein. Es war an der Zeit, dass er sich bei Herrn Schmitt bedankte. Er war ihm ein Anliegen, dass seine Lieferanten von ihm ein persönliches Feedback bekamen. Egal, ob es positiv oder negativ war. Herr Schmitt konnte sich freuen. Sorgfältig zählte er die Scheine in dem länglichen Kuvert ab. Der Mann ohne Gesichtsbehaarung würde sicher über den nicht unbescheidenen Bonus entzückt sein.

31

Elenor hielt nichts mehr im Haus. Nicht nur wollte sie sich um den Umbau des Badehauses kümmern, sie wollte auch der Sache mit der Tür hinter der Tapete auf den Grund gehen. Sie hatte sich diesen schmerzhaften Zwischenfall nicht eingebildet. Die Tür war da, eingelassen in der Wand. Elenor gab sich die grösste Mühe, doch alle Versuche, die Tür zu öffnen, scheiterten. Eine Klinke fehlte und sie konnte trotz aller Anstrengungen keinen verborgenen Mechanismus finden. Fast ein wenig verzweifelt versuchte sie, den Spalt mit den Fingernägeln zu greifen. Doch die Tür bewegte sich keinen Millimeter. Sie war perfekt in die Wand eingepasst und sass fest. Elenor gab frustriert auf. Die Stelle an der Stirn, an der sie das solide Stück Wanddekoration getroffen hatte, war immer noch zu einem kleinen Hügel angeschwollen. Elenor musste nachdenken. Diese Tür kam ihr genauso mysteriös vor wie das Tor zum verborgenen Tunnel im Keller des Haupthauses. Hatten diese beiden Dinge miteinander zu tun? Führte der Tunnel von dort vielleicht hierhin? Das Problem war im Moment nicht zu lösen und sie wollte nicht noch mehr Zeit damit vergeuden. Stattdessen wollte sie sich um die Architekten kümmern. Ihr ureigenes Projekt, das Badehaus umzubauen, sollte nun endlich ins Rollen kommen.

Ob das Licht im Keller auf ihrem Weg zum Badehaus schon gebrannt hatte, wusste sie nicht sicher. Erst jetzt, auf dem Rückweg, sah sie, dass die Polizeibänder verschwunden waren, das Siegel war auch entfernt worden. Durch die leicht geöffnete Tür schimmerte es hell. Bestimmt hatte die Polizei beim Aufräumen vergessen, das Licht zu löschen. Ohne einen Blick hineinzuwerfen, drehte sie den Lichtschalter um und schloss die Tür hinter sich.

Bevor sie sich an die Arbeit machte, wollte sie sich noch ein paar Minuten am See gönnen. Sie setzte sie sich auf den Bootssteg und legte sich auf die Planken. Die wärmende Sonne des Tages glitzerte zwischen den Bäumen auf sie herab. Versonnen sah sie über das ruhige Wasser, hinüber an die dunkel bewaldeten Hänge des Zugerberges.

Mit einem Mal schrak Elenor hoch. Sie musste wohl kurz eingenickt sein. Zuerst wusste sie nicht, wo sie sich befand. Sie sass immer noch auf den Planken des Bootsteges und die Sonne brannte heiss auf sie hinunter. Verschwitzt und durstig geworden, mochte sie nicht mehr länger hier bleiben. Bevor sie sich umdrehte, warf sie einen letzten Blick auf die Wasseroberfläche. Sie kniff die Augen zusammen. Da schwamm doch etwas! Es sah aus, als wäre ein Mensch im Wasser, der zügig in die Mitte des Sees hinaus schwamm. Irgendwie kam ihr die Person bekannt vor, obwohl sie sich nicht ganz sicher sein konnte. Sie sah nur den Hinterkopf wie einen Korken auf und ab poppen. Aber dieser sah sehr nach Quentin aus.

«He, Quentin!» Sie winkte heftig mit dem Arm, obwohl sich der Mann nicht umdrehte und sie nicht sehen konnte. Warum sah er nicht zu ihr hinüber? Er musste sie doch gehört haben. Warum schwamm er überhaupt so weit hinaus? Wollte er an das andere Ufer schwimmen? Aber wieso? Mit dem unbestimmten, aber drängenden Gefühl, ihrem Bruder etwas Dringendes sagen zu müssen, schrie sie immer lauter. Sie stampfte mit dem Fuss heftig auf die Holzbohlen auf, in der Hoffnung, dass das dunkle Geräusch über das Wasser getragen wurde. Quentin schien sie einfach nicht zu hören. Sie war am Verzweifeln. Sollte sie es wagen und ihm nachschwimmen? Er war schon sehr weit draussen und für sie wäre es fast nicht möglich, ihn einzuholen. Sie wägte ab, aber was konnte sie tun? Wenn er wissen sollte, was sie wusste, dann musste sie es ihm sagen. Zaghaft stieg sie ins kalte Wasser und machte die ersten Züge. Dann war er auch schon am anderen Ufer angelangt. Sie konnte seine kleine Gestalt sehen, wie sie aus dem Wasser stieg. Elenor gab nicht auf. Sie würde ihm schon zeigen, dass auch sie etwas erreichen konnte. Ihre Schwimmzüge wurden stärker und länger, sie kam gut voran. Als sie das Ufer erreichte, war ihr Bruder verschwunden. Sie sah nasse Fusstritte am Boden und folgte diesen, bis sie triefend nass vor einem Gebäude mit Drehtür stand. Elenor war sich sicher, dass Quentin durch sie hindurchgegangen war. Überall waren nasse Pfützen zu sehen. Obwohl sie sich mit aller Kraft gegen die Flügeltür stemmte, setzte sich der Mechanismus nur langsam in Bewegung. Sie rief sich zur Vorsicht auf, denn sie musste trotz aller Eile überlegt vorgehen. Die Gefahr war zu gross, dass sie mit ihrem Drängen die automatische Rotation aus dem Takt brachte. Nicht auszudenken, wie viel Zeit sie verlöre, wenn sich die Türen verklemmten. Sie hatte keine Zeit, mitten zwischen Glastüren stecken zu bleiben. Endlich durchgekommen, rannte sie in die helle, ausladende Lobby hinein.

Die Halle kam ihr seltsam fremd und gleichzeitig vertraut vor. Sie war schon früher einmal hier gewesen, damals, als das Gebäude noch als Krankenhaus genutzt wurde. Das musste der Grund sein, warum ihr alles so bekannt vorkam. Normalerweise hätte sie sich die Zeit genommen und die fantastische Aussicht auf den Zugersee vom angrenzenden Garten mit den blühenden Bäumen und Büschen genossen, aber heute hatte sie keine Zeit für Müssiggang. Die Zeit sass ihr im Nacken. Quentin musste es endlich wissen. Vorbei am Empfang, rannte Elenor in Richtung der Aufzüge. Sie wusste ja, wo sie sich befanden. Die Zeit wurde immer knapper. Panisch drückte sie die Knöpfe der zwei Lifte, aber keiner kam und öffnete einladend seine Türen für sie. So ein Mist. Immer wenn man diese Dinger brauchte, kam keiner. Ungeduldig rannte sie zur Treppe die hinunter ins Untergeschoss führte. Da unten, nicht mehr weit entfernt, befanden sich die Räume, die sie so dringend suchte.

Endlich im hell erleuchteten Kellerkorridor angekommen, war sie zuerst ratlos. Das einzige, was sie mit Sicherheit wusste, war, dass dieser Gang in verschiedene Untersuchungsräume führte. Welcher der richtige Raum war, wusste sie nicht. Sollte sie sich zuerst nach links oder rechts wenden? Zu beiden Seiten des sich durch die ganze Länge des Gebäudes ziehenden Flurs, lagen kleinere und grössere Räume nebeneinander aufgereiht wie eine doppelte Perlenkette. Elenor entschloss sich, nach rechts zu gehen. Sie erinnerte sich dunkel daran einmal gelesen zu haben, dass sich verirrte Personen immer im Kreis drehten, weil sie immer die gleiche Richtung bei Abzweigungen wählten. Die meisten entschieden sich für links. So schnell sie konnte, rannte sie den Korridor entlang, bis ans Ende, bis vor die Tür, hinter der einer der zwei grossen OP-Säle lag. Mit einem heftigen Ruck riss sie die breite Tür auf und sah sofort, dass sie hier falsch war. Der Raum war dunkel und leer. Zur Hölle mit der weiblichen Intuition. Hätte sie sich doch nur die paar Sekunden Zeit genommen, um einen Blick auf die elektronischen Anzeigetafeln in der Eingangshalle zu werfen und sie hätte gewusst, dass es nur die falsche Richtung sein konnte. Jetzt rächte sich ihre Nachlässigkeit. Ohne die Tür hinter sich zu schliessen, rannte Elenor den endlos wirkenden Flur zurück, bis sie endlich atemlos vor dem anderen Saal am anderen Ende stand. Einen Moment musste sie innehalten, um sich etwas zu sammeln, griff dann aber entschlossen nach der Türklinke, sammelte allen Mut und drückte sie nach unten. Die Tür glitt geräuschlos auf. Dieses Mal hatte sie Glück.

Fluoreszierendes bläuliches Licht waberte ihr entgegen. Einen Augenblick lang sah Elenor nur schemenhafte Formen reglos in einer Gruppe stehen. Als sich ihre Augen an das kalte Licht gewöhnt hatten, konnte sie fünf hell erleuchtete Monitore erkennen. Einer war prominent in der Mitte des Raumes positioniert, die anderen vier hingen zu zweien je links und rechts hoch an der Decke. Riesigen Augäpfeln gleich, brannten fünf grosse, runde Operationslampen direkt auf die ebenso vielen Stahltische hinunter, auf denen etwas Unförmiges aufgetürmt lag. Elenors Blick glitt weiter staunend zu den formlosen, in lange, blaue Operationskleider gekleideten Personen. Unangenehm berührt, stellte sie fest, dass sie von allen zehn Menschen im Raum unverwandt angestarrt wurde. Sie konnte nicht erkennen, ob es Frauen oder Männer waren, zu vermummt waren sie durch die Lagen der Schürzen und Kittel, die sie trugen. Jeder von ihnen hatte eine Haube auf dem Kopf und einen Mundschutz in der gleichen Farbe vor dem Mund. Was komisch aussah, war, dass alle wie Marionetten mitten in der Bewegung erstarrt schienen. Nur die dunklen Punkte ihrer Puppenaugen zwischen Haube und Mundschutz glitzerten. Sie alle warteten auf sie, Elenor, warteten auf eine Erklärung, einen Grund ihres urplötzlichen Erscheinens hier mitten unter ihnen.

Elenor wollte gerade den Mund öffnen, als sie auf den Schultern zwei kräftige Hände spürte. Sie fuhr fast aus der Haut vor Schreck. Grob wurde sie von der Tür weggezogen. Einen Bruchteil einer Sekunde lang sah sie noch, dass sich alle Vermummten, ungerührt vom Geschehen, wieder über die Untersuchungstische vor sich gebeugt hatten und an dem Werk weiterarbeiteten, dem sie sich vor Elenors Störung gewidmet hatten. Als Elenor den Kopf drehte, sah sie in das erboste Antlitz ihres Bruders.

«Was tust du hier?» Seine Stimme war scharf wie die Klinge eines Messers und seine Augen hatte er zu Schlitzen zusammengekniffen.

«Ich wollte … ich wollte doch nur …», stammelte Elenor. Ihre Zunge fühlte sich seltsam schwer an.

«Ich frage dich noch einmal, was hast du hier verloren? Diese Räume sind steril, da kann man nicht einfach hineinspazieren.»

Langsam verebbte das Adrenalin in Elenors Adern und sie konnte wieder klarer denken.

«Gut, dass du da bist, Quentin. Ich habe dich gesucht. Ich wollte dich warnen.» Das Echo liess die gewichtigen Worte zigfach an den Korridorwänden widerhallen. «Es ist etwas geschehen, von dem du unbedingt wissen solltest.»

Überrascht nahm Quentin die Hände von ihren Schultern und schaute sie ungläubig an. «Ist das wieder eine von deinen fiktiven Gruselgeschichten wie die von Egger?»

Diese Bemerkung war unfair, aber sie hatte keine Zeit zu schmollen.

«Quentin, du musst mir zuhören. Ich habe herausgefunden, wohin der Tunnel führt.»

«Welcher Tunnel?»

«Der Tunnel im Keller.»

«Ich habe keine Ahnung, wovon du sprichst. Da ist kein Tunnel im Keller.»

Er sah sie aus glasigen Augen an. Zwischen seinen Augenbrauen hatte sich eine tiefe Falte gebildet.

Elenor war entsetzt. War Quentin verrückt geworden?

«Quentin, denk nach, ich habe Schepper im Tunnel gefunden. Die Polizei war da und du hast ihn identifiziert.»

«Hast du wieder Kopfschmerzen? Warum bist du so nass? Warum trägst du einen Badeanzug?»

«Nein, ich habe keine Kopfschmerzen. Und im Übrigen bist du selbst auch patschnass.»

Auch er hatte seine Badehosen noch an und aus seinem dunklen Haar tropfte das Wasser in einem stetigen Strom über sein Gesicht. Das war schon etwas seltsam, aber sie hatte keine Zeit darüber nachzudenken.

«Quentin, du musst mir zuhören. Der Tunnel führt …»

Er schüttelte sie grob an der Schulter. «Elenor.»

«Hör auf damit.»

«Elenor!» Seine Stimme wurde immer eindringlicher.

«Lass mich los, du tust mir weh!»

«Elenor, wach auf.»

«Was? Ich schlafe doch gar nicht. Quentin, es ist wichtig.»

«Elenor, mach die Augen auf.»

Komisch. Die waren tatsächlich geschlossen. Also öffnete Elenor sie. Über sich sah sie ein dunkles Gesicht, das von flammend rotem Haar umrahmt wurde.

«Philipp?» Sie war völlig perplex. «Wo ist Quentin?»

«Bei der Arbeit, nehme ich an. Warum fragst du immer nach Quentin, wenn ich bei dir bin?»

Darauf wusste sie allerdings auch keine Antwort. Sie hatte das unbestimmte Gefühl, dass sie ihrem Bruder etwas Wichtiges sagen sollte. Doch je mehr sie darüber nachdachte, umso weniger konnte sie sich erinnern, was.

«Er war doch gerade noch hier.»

«Nein ganz sicher nicht. Hier sind nur du und ich. Hast du einen Sonnenstich?»

Sie schaute sich um. Sie lag noch immer auf dem Steg am See. «Nein, ich hatte einen üblen Traum, das ist alles.» Nur langsam erreichte ihr Herzschlag normale Werte.

Philipp hatte sich neben sie gesetzt. «Sieht so aus. Du hast dich wohl noch nicht wirklich von deinem Schlag auf den Kopf erholt. Du solltest in Zukunft deine Nickerchen oben in deinem Bett machen.»

Elenor lächelte ihn säuerlich an. «Warum bin ich nass? Ich war doch gar nicht schwimmen.»

«Ich musste mich ein bisschen mit einem Wachmacher behelfen. Ich fürchtete, du hättest einen Sonnenstich und habe dich mit Wasser besprenkelt.»

«Besprenkelt? Ich bin von oben bis unten nass und trage nicht mal einen Badeanzug.»

«Ich war wohl ein bisschen enthusiastisch.»

«Ich dachte, Quentin braucht heute deine Hilfe.» Elenor war es nach einem Themenwechsel.

«Ich habe meine Aufgaben für deinen Bruder schon erledigt. Also habe ich mir gedacht, dass ich dir etwas Gesellschaft leisten und dich bei deinen Umbauplänen unterstützen könnte.»

«Ja, der Umbau», sagte Elenor gedehnt und dachte an die verborgene Tür.

«Wirfst du die Flinte etwa schon ins Korn?»

«Nein, sicher nicht, aber heute ist es zu schön, um sich um staubige Angelegenheiten zu kümmern.»

«Das ist löblich», sagte Philipp und fing an sich auszuziehen.

«Was tust du da?» Fasziniert betrachtete Elenor seinen durchtrainierten Körper.

«Ich gehe jetzt schwimmen. Wenn du Lust hast, kannst du gerne mit hinein kommen.»

Er zwinkerte ihr schelmisch zu und liess sich langsam ins Wasser gleiten. Sein roter Schopf leuchtete im Wasser wie ein roter Korken.

Ach was soll's, sie war ja schon nass. Sie zog sich die feuchten Kleider aus und sprang in den See. Sie schwammen und tollten im Wasser herum wie Teenager, bis sie müde wurden. Erschöpft lagen sie auf den warmen Holzplanken nebeneinander und liessen sich langsam von der lauen Luft trocknen. Schweigend hörten sie den schnatternden Enten draussen auf dem See zu.

Es war ein seltsames Gefühl, neben Philipp zu liegen. Er lag so nah und doch so fern. Elenor wusste nicht, was sie davon halten sollte. Auch ärgerte es sie, dass sie keine Ahnung hatte, was er über sie dachte. Irgendwie hatte sie den Verdacht, dass er sie nur als interessantes Objekt sah. Elenor hatte ihn schon mehrmals dabei ertappt, wie er sie musterte, als sei sie ein unbekanntes Insekt. Sie vermied es tunlichst, ihn zu berühren, obwohl sie das Verlangen hatte, mit dem Finger über seinen noch feuchten Körper zu streifen und die verbliebenen Wassertropfen auf seiner Haut miteinander zu verbinden. Sie musste sich auf andere Gedanken bringen.

«Philipp?»

«Ja?»

«Was ist das für ein Projekt, an dem du mit Quentin zusammenarbeitest?»

Sie konnte sich nicht überwinden, anders als geschäftig zu klingen. Heiss wurde ihr bewusst, dass sie vielleicht doch ein klitzekleines bisschen verliebt war. Und ein Feigling. Sie hatte Angst vor seiner Zurückweisung, obwohl sie es war, die ihn noch vor ein paar Tagen zurückgewiesen hatte.

«Ich kann nicht darüber sprechen.»

«Warum nicht? Ist es etwas Illegales?» Sie hatte es im Spass gemeint, doch er wurde puterrot.

«Nein, das nicht, aber es ist kompliziert.»

«Jetzt machst du mich erst recht neugierig.» Sie stützte sich auf den Ellbogen und betrachtete sein kantiges Gesicht. Oh, nein, am liebsten hätte sie es geküsst.

«Nicht jetzt.» Abrupt beendete er das Gespräch.

Er stand auf, zog sich ohne ein weiteres Wort an und ging in Richtung des Hauses davon.

Mit offenem Mund blieb Elenor zurück und starrte ihm nach. Dann schlüpfte sie schnell in ihre Kleider und folgte ihm. Sie konnte sich keinen Reim auf seine Reaktion machen. Als sie um die Ecke bog, war sein Auto verschwunden.

32

Am Abend kam Quentin mit einer Neuigkeit nach Hause, die Elenor vorerst vergessen liess, was vorgefallen war. Er hatte einen Anruf von Jakob Scheppers Mutter erhalten. Sie hatte ihm mitgeteilt, dass die Polizei die Leiche ihres Sohnes freigegeben hatte. Die Beerdigung würde morgen in der Kirche in Rotkreuz stattfinden. Daraufhin hatte er mit Kommissarin Zubler telefoniert, die ihm den offiziellen Untersuchungsbericht zum Tod seines ehemaligen Gärtners vorgelesen hatte. Die Todesursache war eindeutig Ertrinken gewesen. Daran gab es keinen Zweifel. Die Pathologen konnten keinerlei Hinweise auf Fremdverschulden finden. Die Polizei vermutete, dass der Gärtner auf dem glitschigen Boden des Tunnels ausgerutscht und hingefallen war. Dabei hatte er sich den Kopf wohl so unglücklich gestossen, dass er das Bewusstsein verloren hatte und mit dem Gesicht nach unten im Wasser ertrank. Was er im Stollen gesucht hatte, konnte nicht geklärt werden. Man hatte keine plausiblen Spuren oder Hinweise gefunden, die diese Frage beantworteten.

Elenor sass mit Quentin und Arlette nachdenklich im Salon und trank Kaffee. Diese Nachricht verwirrte sie alle gleichermassen. Nicht Scheppers Tod, so tragisch der auch war, sondern der ungeklärte Grund seines Aufenthaltes im Tunnel.

Elenor glaubte nicht, dass er nur so aus Spass da unten herumgewatet war. Wollte er vielleicht den Stollen auf Wassereinbrüche kontrollieren? Schliesslich hatte es zuvor heftig geregnet. Quentin hatte ihm einen solchen Auftrag nicht erteilt. Was also war der Grund? Hatte es etwas mit den Fremden im Park zu tun? Waren sie alle, inklusive der Polizei, zu dumm gewesen und hatten etwas übersehen? Dieser Gedanke beunruhigte Elenor sehr. Sie grübelte den ganzen Abend darüber nach, drehte und wendete, kreierte und verwarf die wildesten Spekulationen. Doch es half nicht. Vielleicht würde nie jemand genau wissen, was Schepper im Tunnel wollte oder was mit ihm geschehen war.

Der nächste Morgen begann früh, aber Elenor wollte bei Jakob Scheppers Beerdigung dabei sein. Nicht weil sie ihn kannte, sondern aus Respekt seiner Mutter gegenüber. Ein bisschen nagten auch Schuldgefühle an ihr. Wie mochte Scheppers Mutter auf sie reagieren? Sie war es immerhin gewesen war, die ihren Sohn gefunden hatte.

Es wurde ein trauriger Morgen. Scheppers Mutter war eine kleine, alte, sehr dünne Frau, die von einem etwa fünfzehnjährigen Mädchen in einem Rollstuhl in die Kirche geschoben wurde. Frau Schepper weinte nicht, sondern hielt sich nur die ganze Zeit während der Totenmesse ein zart geblümtes Taschentuch vor den Mund. Dafür weinte das Mädchen neben ihr umso heftiger. Der Anblick war herzzerreissend.

Später erfuhr Elenor, dass das junge Mädchen die Tochter von Jakob Schepper war. An der eigentlichen Begräbniszeremonie nahm Elenor nicht mehr teil. Sie wartete im Kaffee beim Bahnhof auf Quentin und Arlette. Emma hatte sie auch in die Kirche begleitet, war aber schon voraus in ihr eigenes Café gefahren. Die Gäste warteten auf sie. Als Quentin sich zu Elenor setzte, erschrak sie darüber, wie mitgenommen er aussah.

«Was habt ihr heute noch vor?» Elenor hoffte auf etwas Ablenkung von diesem trüben Tag.

«Ich gehe in die Galerie.»

Elenor hatte den Eindruck, dass Arlette die Beerdigung kalt liess. Zu ihrem Entsetzen hatte sie nicht einmal während der Messe den nötigen Respekt gezeigt. Elenor hatte gesehen, dass sie unentwegt an ihrem Smartphone herumhantiert hatte. Sie war sich sicher, dass Quentins Freundin simste oder surfte, während die anderen Trauergäste melancholische Gesänge angestimmt hatten.

«Heute bin ich in der Klinik eingeteilt. Aber morgen kannst du mich gerne begleiten, dann werde ich dir mein Projekt vorstellen.»

Elenor war ein bisschen enttäuscht, dass sie Quentin erst am kommenden Tag begleiten konnte, denn sie wollte nicht alleine in ein leeres Haus zurückkehren.

Als das Telefon klingelte, war Elenor froh, dass sie abgelenkt wurde. Obwohl die unbekannte Nummer mit der Berner Vorwahl nichts Gutes verhiess, wie sich herausstellte. Ihre Nachbarin aus Bern, Henriette, rief aus dem Krankenhaus an. Sie habe einen geplatzten Blinddarm, flüsterte sie Elenor ins Ohr und werde heute Nachmittag noch operiert. Sie könne sich darum in den nächsten Tagen leider nicht um den Kater kümmern.

Kater. Elenor wusste, sie war ein schlechter Mensch, denn sie hatte schon lange nicht mehr an ihn gedacht. Bei der Abfahrt aus Bern hatte sie sogar mit dem Gedanken gespielt, ihn an ein Tierheim abzugeben. Er fand so sicher zu jemandem, den er mehr mochte als sie, hatte sie sich gedacht. Aber sie brachte es schlussendlich doch nicht übers Herz. Obwohl sie sich schon lange nicht mehr verstanden, so war Elenor es ihm doch schuldig, sich selbst um sein weiteres Wohl zu kümmern. Auch weil er ihr so viele Jahre treu gewesen war, bevor Jonas auf ihrem Türvorleger seine Schuhe abgestreift hatte.

«Quentin, ich muss deine Einladung ein paar Tage verschieben. Ich muss nach Bern zurück und mich um meine Katze und meine Nachbarin kümmern.»

«Ach, du hast eine Katze? Das wusste ich gar nicht.» Quentin runzelte die Stirn.

«Ja, nicht nur das, ich habe da auch noch eine Wohnung.»

«Ich verstehe nicht. Wolltest du nicht hierher ziehen und dir hier eine Stelle suchen?»

«Doch, aber ich wusste ja nicht, ob es wirklich klappt. Einen Job habe ich ja immer noch nicht, wie du weisst.»

«Wenn du hier nichts findest, könntest du doch bei der Berner Polizei bleiben, bis es soweit ist, oder? Das könntest du doch, oder nicht?» Arlette schaltete sich jetzt auch in die Unterhaltung mit ein.

«Vielleicht. Mal sehen.» Elenor blieb bewusst unbestimmt.

«Bitte bleib hier. Du hast immer einen Platz im Haus. Das Badehaus wartet auch auf dein Facelifting.» Ihr Bruder lächelte ihr aufmunternd zu.

Weder er noch Arlette hatten etwas dagegen, dass sie Kater mit in die Villa nahm, wenn sie zurückkam. Obwohl Elenor schon ein wenig Bedenken um das Tier hatte, denn er war es nicht gewohnt Freigang zu haben. Für den Moment wischte sie jedoch die negativen Gedanken beiseite.

Mit gemischten Gefühlen stieg Elenor eine Stunde nach dem Anruf ins Auto und fuhr in die Hauptstadt. Obwohl sie sich bewusst gewesen war, dass der Tag einmal kommen würde, so war es doch seltsam, in das Zuhause zurückzukehren, das sie vor geraumer Zeit sang- und klanglos verlassen hatte. Es war ihr Heim gewesen, das sie nicht nur mit einem Kater, sondern auch mit einem Mann geteilt hatte. Der Mann war mittlerweile gegangen, der Kater war noch da.

Elenor hatte Henriette viel zu verdanken. Sie hatte sich in all der Zeit nicht ein einziges Mal über die zusätzliche Arbeit beklagt, obwohl sie nicht wissen konnte, wann Elenor wieder zurückkam.

Alles war picobello in der Wohnung. Die Pflanzen waren grün, der Kater lag wohlig auf seinem Lieblingsplatz am Fenster und schlief. Aber Elenor hatte von der guten Seele Henriette auch nichts anderes erwartet. In der Zeit, in der sie Tür an Tür wohnten, hatte Elenor sie schätzen gelernt und lieb gewonnen. Sie unterstützten sich gegenseitig, wo sie konnten, Henriette Elenor vielleicht ein bisschen mehr als umgekehrt.

Bevor sie sich weiter um das Leben in ihrer Wohnung kümmerte, nahm Elenor sich die Zeit und ging Henriette im Krankenhaus besuchen. Ihre Nachbarin lag klein und blass zwischen hellblauen Laken und Elenor sah ihr an, dass sie Schmerzen und Angst hatte. Henriette freute sich und war dankbar, dass sie vor dem bevorstehenden Eingriff noch einmal Besuch bekam. Als noch mehr Besucher im Vierbettzimmer auftauchten, ging Elenor mit dem Versprechen, dass sie morgen wieder kam.

Es war seltsam, die Nacht im alten Bett in der Wohnung unter dem Dach zu verbringen. Elenor konnte nicht recht sagen, warum, aber es fühlte sich falsch an. Sie lag lange wach und wälzte sich unruhig hin und her. Kater kam in den frühen Morgenstunden zu ihr ins Bett. Sie war sich nicht sicher, ob er sie vermisst hatte oder spürte, dass ihm bald ein anstrengender Umzug bevorstand. Jedenfalls genoss sie das warme kleine Leben neben sich.

Henriette war noch sehr geschafft, als Elenor sie am nächsten Morgen wiedersah. Sie hatte die Operation gut überstanden, fühlte sich aber noch etwas matt. Trotzdem war sie damit einverstanden, dass sie sich nach der Spitalentlassung wieder um die Pflanzen und die Post kümmerte, bis Elenor einen Nachmieter für ihre Wohnung gefunden hatte. Kater wollte sie in die Villa mitnehmen. Elenor spürte Henriettes Erleichterung darüber, dass sie sich nicht mehr um das Tier sorgen musste. Es war wohl doch eine grössere Belastung für die ältere Frau gewesen, jedenfalls mehr als sie jemals zugegeben hätte.

Wieder zurück in der kleinen Wohnung bugsierte Elenor das maulende und keifende rot-weisse Bündel Fell in einen Tragkorb. Sein Jammern war herzzerreissend. Elenors Versicherung, dass er es am neuen Ort viel schöner haben würde, ignorierte der Kater kategorisch. Sie packte noch einige Kleider in einen Koffer. Als sie den Kofferraum über dem Gepäckstück zuknallte, war es, als schlösse sie auch eine Tür hinter sich. Es hielt sie nichts mehr an diesem Ort, der ihr für lange Zeit ein Zuhause gewesen war, aber jetzt fremd erschien.

Überstanden war der Umzug deswegen noch lange nicht. Kaum hatte sie den Zündschlüssel umgedreht, fing ein unheimliches dunkles Miauen auf dem Rücksitz an. Kater fand es nicht prickelnd, dass er aufs Land gefahren wurde und er liess es Elenor lautstark wissen. Wild griffen seine Pfoten durch die Stäbe seines kleinen Gefängnisses und liessen die Krallen im schönen Polster des Rücksitzes einsinken, um nur Sekunden später mit aller Kraft daran zu ziehen. Damit sie zukünftig nicht in einem total zerfetzten Gefährt herumfahren musste, hielt Elenor an und polsterte alles mit einer Decke so gut ab wie sie konnte. Am liebsten hätte sie sein kleines, pelziges Hinterteil versohlt. Erst kurz vor der Ankunft gab er ermattet auf. Mit seltsam nach vorne baumelnden Ohren, die Schnauzhaare müde nach unten hängend, ergab er sich seinem Schicksal. Elenor war froh, als sie die Auffahrt zur Villa hinauffuhr und sie die Marmorlöwen mit erhobenen Pfoten willkommen hiessen.

Als erstes trug sie den Katzenkorb mit dem zum neuen Leben erwachenden kleinen Raubtier darin ins Haus. Als Elenor das Türchen des Korbes im Eingangsbereich öffnete, wusste sie, dass Kater für die nächsten Stunden damit beschäftigt sein würde, die neue Umgebung auszukundschaften. Schnell zeigte sie ihm noch, wo jetzt sein Katzenklo stand, dann trug sie ihren Koffer nach oben ins Zimmer. Kater war schon auf seiner Entdeckungstour durchs Haus entschwunden.

Es war niemand sonst zu Hause, was Elenors guter Laune keineswegs Abbruch tat. Das einzige, was die Stimmung trübte, war ein leichtes Ziehen in der Magengegend. Das Mittagessen hatte sie ausfallen lassen, sie konnte es der Katze nicht antun, die Fahrt durch eine Rast unnötig zu verlängern. Um dem Grollen im Magen ein Ende zu bereiten, stellte sie sich voller Tatendrang in die Küche und begann zu kochen. Sie begann Gemüse zu schnippeln, Zucchetti, Tomaten und Peperoni anzudämpfen, um daraus einen Eintopf zu machen. Dazu passte

Couscous ausgezeichnet. Als der köstliche Duft des Essens durch die Räume waberte, stand plötzlich Kater neben ihren Füssen und schaute aus seinen gelben Augen zu ihr auf.

«Na, alles klar bei dir?»

Seine Schnurrhaare schnellten stramm nach vorne und er liess ein leises Miau hören.

«Das nehme ich als ein Ja. Hast du Hunger?»

Elenor wusste, dass das eine rhetorische Frage war, denn Katzen hatten immer Hunger. Sie stellte ihm sein Lieblingsfutter vors Maul. Er ass mit Heisshunger. Als er fertig war und seine rote Zunge ausgiebig die Mundwinkel leckte, fragte sie nebenbei: «Sind wir wieder Freunde?»

Kater quittierte die Frage mit einem leisen Schnurren, während er um ihre Beine strich. Wieder ein Ja. Elenor war so zufrieden wie er. Das fertige Essen schmeckte ihr ausgezeichnet.

Die Kochtöpfe waren noch gut gefüllt – sie hatte für eine halbe Armee gekocht – als Quentin und Arlette von der Arbeit eintrudelten und neugierig schnuppernd ihre Nasen in die Höhe reckten. Elenor scheuchte sie mit einem Holzlöffel von den Töpfen weg an den Tisch und wärmte das Essen für sie auf.

«Das ist also dein berühmter Kater.» Arlette begutachtete die Katze. «Wie heisst er denn?»

«Kater.»

«Ähm, sehr äh … originell.»

«Ich weiss, aber der Name passt. Er ist so schräg wie das Tier selbst.»

«Hast du ihm den Namen gegeben?»

Arlette verstummte, als Quentin sie mit dem Ellbogen unsanft in die Seite stiess.

«Was soll das?» Dann dämmerte es ihr. «Tut mir leid, das ist mir ohne Nachzudenken rausgerutscht.»

Elenor schwieg und streichelte Kater, der es sich unterdessen auf ihrem Schoss bequem gemacht hatte. Wie in alten Zeiten. Sie spürte, wie ihr Tränen in die Augen stiegen. Arlette griff über den Tisch nach Elenors Hand.

«Elenor, Liebes, wenn du darüber sprechen willst, ich bin für dich da.»

Arlettes Worte rührten Elenor noch mehr. Sie konnte sich nicht mehr beherrschen und heulte los. Wie peinlich. Quentin und Arlette fanden das wohl auch, denn sie schwiegen betreten und getrauten sich nicht sie anzusehen. Als Elenor ihren rührseligen Ausbruch wieder unter Kontrolle hatte, sah sie die beiden an. Irgendetwas war nicht so wie sonst. Sie spürte eine Anspannung zwischen ihrem Bruder und seiner Freundin. Sie bemühten sich zwar rührend um lockeres Gehabe, aber sie konnten Elenor nicht täuschen.

«Was ist denn los?»

«Egger ist wieder zurück.»

Arlettes Versuch, locker zu klingen, misslang. Sie trank einen grossen Schluck Wein und musste husten, als der Alkohol ihr in die falsche Kehle rann.

Elenor verstand nicht. «Aber das ist doch gut, oder?»

«Ja schon, aber etwas stimmt nicht mit ihm. Er benimmt sich so komisch. Findest du nicht auch?» Arlette schaute Quentin fragend an.

Der zuckte nur mit den Schultern. «Tut mir leid, ich kann dazu nichts sagen.»

«Was meinst du damit, dass er sich komisch benimmt?» Elenor hatte keine Ahnung, wovon die beiden sprachen.

«Als er heute wie ein Geist in der Galerie auftauchte, war ich so erleichtert, dass er gesund und munter vor mir stand, dass ich auf ihn zu rannte, um ihn zu begrüssen.» Arlettes Augen waren kugelrund, als sie weitererzählte. «Stell dir vor, er ging einfach an mir vorbei, so als sähe er mich gar nicht.»

«Was passierte dann als nächstes?» Elenor erhoffte sich eine dramatische, aber gute Wendung der Geschichte.

«Vor den gerade eben angekommenen Exponaten für eine der nächsten Ausstellungen blieb er stocksteif stehen.» Arlettes Miene widerspiegelte ihre Besorgnis um ihren Chef. «Stell dir vor, er stand einfach da, ohne ein Wort zu sagen. Es war unheimlich.» Sie schüttelte den Kopf. «Als ich ihn ansprach und fragte, ob etwas nicht in Ordnung sei, war es, als erwache er aus einer Trance. Erst da schien er mich zu sehen und lächelte kurz. Dann ging er stumm nach oben in seine Wohnung. Kein erklärendes Wort, wo er gewesen oder warum er einfach verschwunden war.»

«Übertreibst du nicht ein bisschen? Mir kam er eigentlich ganz normal vor.» Quentin biss sich auf die Unterlippe.

«Du bist unverschämt! Ich bilde mir das doch nicht ein. Sein Verhalten war total untypisch für ihn.» Arlette schaute Quentin mit zusammengekniffenen Augen böse an.

Der sah auf seinen Teller.

«War er etwa bei dir, bevor er in die Galerie kam?» Arlette dämmerte etwas.

Quentin wand sich sichtlich und bemühte sich um eine Antwort. Schliesslich platzte es aus ihm heraus. «Ja, er war bei mir. Aber eigentlich darf ich nichts sagen.»

«Warum nicht? Ist das einer der unsinnigen, männlichen Schweigekodices? Ist er etwa krank? Seid ihr zusammen verblödet?» Arlette hielt sich erschrocken die Hand vor den Mund. Doch sie hatte sich schnell wieder im Griff. «Und wenn schon. Du bist nicht praktizierender Arzt und er nicht dein Patient. Los, sag schon, was ist los?»

«Du meinst wohl das Arztgeheimnis. Natürlich gilt das hier nicht. Aber ich habe ihm mein Ehrenwort gegeben, nichts zu sagen.»

Verständnis heischend sah er dabei Elenor an. Warum eigentlich? Was hatte sie damit zu tun? Elenor wusste beim besten Willen nicht, was sie dazu sagen sollte.

Doch Arlette hatte so ganz und gar kein Verständnis für sinnlose Versprechen, vor allem, wenn sie von Quentin kamen und nur sie zu betreffen schienen. «Also doch. Findest du das hilfreich? Mich brachte die Angst um sein Wohlergehen fast um den Verstand. Ich habe sogar befürchtet, dass er tot ist. Und du sagst mir, du hättest ihm versprochen, nichts zu sagen? Toll, ganz toll, muss ich schon sagen.» Arlette hatte sich so richtig in Rage geredet. «Zudem schufte ich mich in der Galerie fast zu Tode.» Ihre Stimme war immer lauter geworden und ihre Wangen glühten nicht nur vom Weinkonsum.

«Tut mir leid, damit musst du leben. Frag ihn doch selbst, wo er war.» Quentin blieb ungerührt von ihrem Ausbruch.

Plötzlich blieb es still am Tisch. Niemand hatte mehr Lust zu plaudern.

Nach ein paar Minuten des Schweigens und vor sich Hin-starrens war Elenor froh, dass die Türglocke die Stille schrill unterbrach. Quentin schaute sie und Arlette an, doch sie beide hatten keine Idee, wer zu so später Stunde noch zu einem Besuch vorbeikam. Elenor hoffte inbrünstig, dass es nicht Philipp war. Ihr Wunsch wurde erfüllt, als sie sah, wie Quentin Benedikt Egger in den Salon führte und die Tür hinter sich schloss. Arlette schnaubte verächtlich und stampfte nach oben. Elenor hörte, wie sie die Tür zum Schlafzimmer zuschlug. Sie sass nun alleine in der Küche und fing an aufzuräumen. Sie war gerade fertig, als Quentin mit Egger auf der Türschwelle stand.

«Wäre es dir möglich, Benedikt noch etwas von den Resten aufzuwärmen?» Quentin schaute Elenor bittend an. «Ich muss noch schnell etwas erledigen, ich bin aber bald wieder zurück.»

«Natürlich.»

«Er bleibt auch über Nacht. Bitte sag Arlette Bescheid», rief er ihr, schon halb draussen, zu.

Elenor war einverstanden damit, dass sie Egger noch Essen aufwärmen sollte. Dass er aber über Nacht bleiben sollte, pas-ste ihr allerdings nicht so sehr. Egger war ihr von Anfang an unsympathisch gewesen und dieses Gefühl ihm gegenüber hat-te sich nicht geändert. Doch sie war auch irgendwie ein Gast in Quentins Haus und fügte sich seinem Wunsch. Sie briet Egger ein paar Spiegeleier und machte aus Kartoffelresten, die sie im Kühlschrank fand, eine Rösti. Dann liess sie ihn alleine in der Küche mit seinem Mahl zurück und ging nach oben, um Ar-lette von ihrem Übernachtungsgast zu berichten. Diese war genauso unglücklich darüber wie Elenor. Sie schlug Arlette vor, dass sie doch nach unten gehen sollte, um mit ihm über sein Verhalten zu sprechen, doch Arlette wollte sich heute Abend nicht mehr mit ihrem Chef abgeben. Also ging Elenor allein zu Egger in die Küche zurück und leistete ihm Gesellschaft. Eine Zeit lang sah sie ihm zu, wie er mit Appetit ass.

Elenor stand der Sinn nicht danach, den Mund zu halten.

«Arlette hat sich grosse Sorgen um Sie gemacht.»

«Hm», sagte er nur. Sehr gesprächig schien er nicht zu sein.

«Übrigens, was haben Sie vor ein paar Tagen in meinem Zimmer zu suchen gehabt?»

Das interessierte ihn mehr. «Wie kommen Sie darauf, dass ich in Ihrem Zimmer war?» Er hörte auf zu Essen und legte die Gabel auf den Tisch.

«Als ich mit einer Gehirnerschütterung im Bett lag, da schauten Sie bei mir im Zimmer vorbei. Wollten Sie mir etwas sagen?»

«Wie komme ich dazu? Ich war gar nicht da die letzten Tage. Da kann ich unmöglich hier bei Ihnen gewesen sein. Zudem weiss ich gar nicht, wo Ihr Zimmer ist.» Seine hellen Augen ruhten neugierig auf Elenor.

«Sie können es ruhig zugeben. Ich habe Sie doch gesehen. Das war kein Geist.» Sie beharrte auf ihrer Version.

«Tut mir leid. Sie müssen geträumt haben.»

Er ass seelenruhig weiter, was sie ärgerte. Elenor blieben ob seiner Dreistigkeit, alles abzustreiten, die Worte im Hals stekken. Sie hatte grosse Lust, ihm den Teller wegzunehmen, als Quentin zurückkam. Er nickte ihr und Egger zu.

«Es ist spät geworden und unser Gast ist sicher müde. Ich werde ihn nach oben begleiten.»

Elenor räumte den noch halb vollen Teller weg in die Spüle. Zur Sicherheit schloss sie die Schlafzimmertür ab. Ihr fiel erst jetzt auf, dass sie Kater den ganzen restlichen Tag nicht mehr gesehen hatte. Sie gönnte ihm die neu gewonnene Freiheit und wünschte ihm viele Mäuse vor seine Schnauze.

Lange nach Mitternacht war Elenor immer noch nicht eingeschlafen. Sie schob ihre Schlaflosigkeit dem Umstand zu, dass Egger, der nur wenige Meter weiter den Flur entlang schlief, nicht ihr Freund war. Sie musste an das Gespräch mit Arlette in der Galerie denken und den geäusserten Verdacht, dass Egger etwas mit Scheppers Tod zu tun haben könnte. Was natürlich Unsinn war, dass wusste Elenor selbst. Die Untersuchungsbehörden hatten keine Indizien für etwas anderes als einen Unfall gefunden. Trotzdem war ihr nicht wohl und sie war froh, dass sie die Tür abgeschlossen hatte. Was für eine blöde Kuh sie doch war. Sie sollte es doch besser wissen, als auf ein solches Geschwätz zu hören. Sie war sich sicher, das ganze Dorf zerriss sich das Maul über das Drama in der Villa am See.

Draussen hörte Elenor Regen niederprasseln. Ein Wettertief beendete eine lange Zeit des Sonnenscheins und der Wärme. Sie hörte dem Rauschen der Blätter zu, was sie schliesslich beruhigte und einschlafen liess.

Kaum hatte sie die Augen geschlossen, da riss sie ein Kratzgeräusch aus dem Schlaf. Ängstlich starrte Elenor zur Tür und erwartete fast, dass Egger versuchte, diese zu öffnen. Zu ihrer Erleichterung hörte sie ein leises Miauen. Eine Katze begehrte Einlass ins Gemach. Leise schloss sie auf. Tatsächlich stand Kater mit völlig durchnässtem Pelz im Korridor und schaute sie tadelnd an. Jemand hatte sich seiner wohl erbarmt und ihn reingelassen. Sie liess sich von seinem Elend erweichen und rubbelte ihn mit einem weichen Frotteetuch trocken. Er liess es schnurrend über sich ergehen und legte sich zufrieden aufs Bett, um innerhalb weniger Sekunden in Tiefschlaf gefallen zu sein. Mit Neid betrachtete Elenor ihn, wie er tief und regelmässig atmend wie eine lebendige Plüschkugel dalag und schlummerte.

Dieses Mal war ihr Morpheus nicht so gnädig gestimmt und liess sie keinen Schlaf mehr finden. Anstatt weiter an die Decke zu starren, entschloss sie sich aufzustehen, setzte sich auf die Fensterbank und starrte stattdessen in den Park hinaus. Es war so finster, dass sie kaum die knarzenden Bäume ausmachen konnte, deren verschwommene schwarze Umrisse nahe beim Haus standen und in dieser Nacht irgendwie bedrohlich wirkten.

Es war alles so dunkel, dass ihr der kleine, auf und ab hüpfende Lichtpunkt zwischen den Stämmen sofort auffiel. Es war wieder jemand im Park. Arlette hatte in einem Punkt scheinbar

Recht. Es konnte kein Zufall sein, dass Egger hier übernachtete und dort draussen ausgerechnet in dieser Nacht jemand herumschlich.

Sollte es wirklich so sein und es war Egger, der ihr die verborgene Tür im Badehaus an den Kopf geschlagen und ihren Schädel beinahe gespalten hatte? Elenor tastete unwillkürlich nach der kleinen Beule an der Stirn. Na gut, sie war mittlerweile verschwunden, aber psychisch tat es immer noch weh. Konnte es sein, dass Egger Schepper kannte und der ihm irgendwie in die Quere gekommen war? Sollte Elenor ihren Kollegen bei der Polizei einen Hinweis über ihren Verdacht geben? Aber nein, sie sah bestimmt schon Gespenster. Es gab überhaupt keinen Grund für sie, diese wirren Theorien zu glauben. Arlette hatte einen guten Job gemacht, der Samen des Zweifels hatte bei Elenor den Nährboden gefunden, den er brauchte, um zu gedeihen.

Kurz entschlossen zog sie sich an. Jeans, feste Schuhe und einen warmen Pullover, darüber eine Regenjacke. Die Taschenlampe hielt sie fest in der Hand. Wer immer da draussen war, Elenor wollte ihn in flagranti erwischen. Ob Egger oder sonst wen. Elenor schaute den schlafenden Kater nochmals an. Wie viel würde sie jetzt geben, um neben ihm am Kissen zu horchen und im Land der Träume zu sein.

Sie klopfte so laut an Eggers Tür, dass sie das Echo durch das Haus hallen hörte. Hoffentlich hatten Quentin und Arlette einen guten Schlaf. Niemand öffnete. Sie war sich nicht sicher, ob sie darüber froh oder enttäuscht sein sollte. Sie horchte an der Tür, aber es war kein Laut zu hören, der nahe gelegt hätte, dass er im Zimmer war. Die Tür war verschlossen. Aber das hiess nichts, sie konnte ebenso von aussen verschlossen worden sein. Sie wollte selbst sehen, was dieser Mann hier auf dem Anwesen zu solch einer Nachtstunde trieb! Elenor war bereit, was immer auch kommen sollte.

Kaum stand Elenor vor der Haustür, bereute sie ihren Entschluss, das Haus verlassen zu haben, bitter. Kalter Wind schlug ihr entgegen und die Regentropfen piksten sie wie kleine Geschosse schmerzhaft auf der Haut. Nach ein paar Sekunden des Abwägens entschloss sie sich doch weiterzugehen. Sie wollte dem Spuk ein für alle Mal den Garaus machen. Es war nicht nur der Ärger, es war auch die Neugierde, die sie in dieses Unwetter hinaustrieb. Das Adrenalin kreiste schon in ihren Adern und das vertraute Gefühl von Anspannung, wie sie es von früheren Polizeieinsätzen kannte, nahm von ihr Besitz.

Elenor umfasste die Taschenlampe fester und stapfte los. Der Regen prasselte laut auf die Plastikkapuze des Regenmantels nieder und machte es fast unmöglich, andere Geräusche zu hören. Der Lichtstrahl wurde von einer Wand herabfallender Tropfen kurz vor Elenor verschluckt. Heftig blinzelnd, versuchte sie die Nacht um sich herum mit den Augen zu durchdringen. So sehr sie auch das kleine Licht, das sie von ihrem Zimmer aus gesehen hatte, suchte, es war und blieb verschwunden.

Das Badehaus tauchte wie ein riesiger Schatten unerwartet schnell vor Elenor aus der Dunkelheit auf. Sie stoppte und lauschte, aber sie konnte nichts anderes hören als das eintönige Rauschen des Regens. Schliesslich gab sie sich einen Ruck und drückte sich vorsichtig an der schiefen Eingangstür vorbei hinein in die Ruine. Es war alles so, wie es vorher gewesen war. Hier war niemand. Jedes Krümelchen Staub lag noch an seinem Platz. Sie leuchtete alle Ecken ab und ging sogar ein paar Stufen die Treppe hinauf, nur zur Sicherheit. Die Tür hinter der Treppe war geschlossen. Wieder horchte sie in den plätschernden Wolkenguss hinein. Irgendwie war sie enttäuscht. Sie hatte das Licht deutlich gesehen und Egger war nicht in seinem Zimmer gewesen. Hatte sie ihn etwa verpasst, war blind an ihm vorbei gelaufen? Ich werde dich finden, schwor sie sich in diesen kalten und dunklen Räumen.

33

Die Zeit verging wie im Fluge. Schon einige Tage waren seit der Beerdigung vergangen. Er war auch da gewesen. Er hatte sich mit Bedacht nicht ganz nach vorne gesetzt. Das hätte sich nicht geziemt. Er war kein Mitglied der Familie. Strategisch geschickt hatte er eine Sitzbank ausgewählt, die sich weit hinten in der Kirche befunden hatte. So hatte er den perfekten Blick auf seinen Engel. Zwar sah er sie nur von hinten, aber wie sagte man so schön: Auch ein Rücken kann entzücken und hier traf es ganz besonders zu. Ihr langes Haar floss wie ein goldener Strom über ihre Schultern hinab.

Er schaute sich um. Von hier überblickte er das ganze Kirchenschiff vor ihm. Den Pfarrer, wie er über die Lebensgeschichte des Verstorbenen berichtete, die zwei Ministranten, die mit ernsten Mienen links und rechts neben ihm standen. Neben seiner Angebeteten sassen die Geschwister Epp. Frau Epp war Polizistin, wie man erzählte und hatte den unglückseligen Gärtner im Keller des Hauses gefunden. Absonderliche Geschichten wurden erzählt, über die Epp-Familie, Jakob Schepper und das Haus. Es solle dort spuken.

Er war sich sicher, dass das Meiste erstunken und erlogen war, aber so waren die Menschen. Wo es etwas zu lästern gab, taten sie es auch ausgiebig und mit Lust.

Die Totenmesse zog sich unerträglich lange dahin. Die Holzbänke waren hart wie in allen katholischen Kirchen. Die Sünder sollen es auf keinen Fall bequem haben. Sein Hintern schmerzte und die Knie wurden steif. Er ging nach Ende der Messe sofort wieder. Seine Liebe konnte er nirgends mehr sehen, die Epps auch nicht.

Er mochte nicht mehr an diesem deprimierenden Ort sein. Keinesfalls wollte er auf dem Friedhof herumstehen. Fast sehnte er sich nach seinen Knochen, obwohl er zugeben musste, dass das ein bisschen heuchlerisch war. Schliesslich lag in den Särgen das gleiche Material, das er auch für seine Kunstwerke nutzte.

34

Obwohl todmüde, stand Elenor sehr früh auf. Sie wusste, es würde sich lohnen. Quentin hatte sie gestern Abend nochmals eingeladen, ihn in sein Unternehmen zu begleiten. Das wollte sie sich nicht entgehen lassen. Noch nie hatte sie das Vergnügen gehabt, seine neuen Büros und die Operationssäle zu sehen und sie stellte sich das spannend vor. Bei ihrem früheren Job musste sie einige Male in die Pathologie des Inselspitals gehen, aber das hier war anders.

Die Frage, ob Philipp auch da sein würde, ging ihr ohne rot zu werden über die Lippen. Wie Quentin ihr beipflichtete, würde er den ganzen Tag anwesend sein, denn es gab viel zu tun und alle mussten mit anpacken. Na schön. Dann konnte sie das Bürschchen zur Rede stellen. Niemand lässt sie einfach so sang- und klanglos stehen. Oder liegen. Sicher nicht halb nackt auf einem Steg am See.

«Ho, ho, Schwester, so früh auf?» Theatralisch wedelte Quentin mit den Armen in der Luft und verdrehte die Augen, als Elenor gähnend die Küche betrat, wo er und Arlette schon frühstückten.

Grinsend musterte sie ihn. «Du hattest noch nie schauspielerisches Talent.»

Sie klopfte ihm beim Vorübergehen sanft auf die Schultern, setzte sich an den Holztisch und schenkte sich einen schwarzen Kaffee ein. Hunger verspürte sie keinen.

«Ich wollte dir gestern Abend noch sagen, dass der neue Gärtner ab und zu im Park sein wird.» Arlette butterte ein Brötchen.

«Die Suche nach einem neuen Gärtner für euch ging aber schnell, das hätte ich nicht erwartet. Danke für die Vorwarnung.»

Arlettes Stück Brot bekam schon Löcher unter dem harten Aufstrich.

«Wir sollten aufbrechen. Heute Morgen um Acht habe ich einen wichtigen Termin mit einem Kunden bei mir im Büro. Da darf ich auf keinen Fall zu spät kommen.»

Damit beendete Quentin das Frühstück vorzeitig und küsste Arlette auf die Wange.

Die Fahrt ins Büro verlief ohne nennenswerte Vorkommnisse und ohne viele Worte. Beide waren sie in die jeweiligen eigenen Gedanken versunken. Magisch schnell waren sie auf dem Parkplatz vor dem ehemaligen Kantonsspital. Nach einem kurzen Gerangel an der Drehtür, bei der Elenor befürchten musste, am anderen Ende wieder herauskatapultiert zu werden, stahl sich ein Lächeln auf die bisher ernste Miene Quentins. Er nahm sie bei der Hand und führte sie eine endlos lange Treppe hinauf, bis er ihr in seinem hellen und freundlich eingerichteten Büro einen Sessel am Fenster anbot. Er konnte nicht länger bleiben, denn seine Kunden waren schon eingetroffen.

Obwohl Elenor wusste, dass er nicht viel Zeit hatte, um sich um sie zu kümmern, fühlte sie sich ein wenig vor den Kopf gestossen. Das konnte ja noch ein heiterer Tag werden. Irgendwie hatte sie die wahnwitzige Idee gehabt, dass sie an der Sitzung mit dem Kunden hätte teilnehmen können, um mehr von der Arbeitswelt ihres Bruders zu erfahren. Sie schmollte ein bisschen vor sich hin. Erwartete er etwa von ihr, dass sie jetzt stundenlang hier auf diesem Stuhl in diesem Büro sitzen bleiben und brav warten würde, bis er wiederkam?

Eine Weile schaute Elenor aus dem Bürofenster auf das atemberaubende Panorama, das sich ihr bot. Direkt anschliessend an einer kleinen Wiese, auf der anderen Seite der Hauptstrasse, konnte sie die Schaumkronen auf den Wellenkämmen des Sees erkennen. Ein paar Menschen sassen trotz des stürmischen Wetters windzerzaust auf den Bänken am Ufer. Sie beobachteten, wie drei schneeweisse Schwäne durch den Wellengang auf und nieder getragen wurden. Wenn Elenor sich anstrengte, konnte sie sogar den Park mit der Villa auf der gegenüber liegenden Uferseite sehen. Als der Ausblick für sie an Faszination verlor, machte sie sich daran, Quentins Büro genauer zu inspizieren.

Aus dem klobigen Bücherregal, das eine ganze Länge des Raumes einnahm und eine Unmenge an Bücher enthielt, klaubte sie das interessanteste Buch heraus. Hellgrün leuchtend verlangte es direkt danach, aufgeschlagen und gelesen zu werden. *Pschyrembel* stand da als Titel auf dem Einband. Was für ein seltsames Wort. Kurz darauf wusste sie, dass es ein Fehler war, in den Habseligkeiten eines Arztes zu stöbern. Angeekelt und gefesselt zugleich, blätterte Elenor in einem medizinischen Nachschlagewerk, von dessen grausigen Bildern sie die Augen nicht abwenden konnte. Offene Leiber, verkrüppelte Menschen und sonstige anatomische Studien, alles was die Herzen von medizinisch Interessierten zu begeistern schien. Aber eben nicht sie. Hastig schob sie das Buch mit spitzen Fingern in die Lücke im Regal zurück.

Gelangweilt schaute Elenor auf die Uhr. Es waren erst unglaublich wenige Minuten vergangen, seit Quentin sie hier zurückgelassen hatte. Was sollte sie nun als nächstes tun? Sie ging zum grossen schweren Schreibtisch und schielte verstohlen auf die darauf ausgebreiteten Papiere. Aber so sehr sie die Blätter und Notizen hin und her schob und etliche von ihnen las, so uninteressant blieben sie. Kritzeleien eines vielbeschäftigen Mannes, Gedankenstützen mit Daten, Telefonnummern und Namen. Nichts, was Elenor wichtig vorkam. Neben dem Bildschirm stand ein Foto Arlettes in einem silbernen Rahmen. Quentins Freundin lachte und hielt ein fast geschmolzenes Eis in den Händen.

Ein bisschen kam sich Elenor wie ein Spion vor. Sie konnte sich nur mit Mühe davon abhalten, alle Schubladen aufzureissen und darin herumzuwühlen. Was machte das aus ihr? Sie betrachtete ihre Finger, die sich beschmutzt anfühlten. Es drängte sie, diese unter kaltem Wasser mit viel Seife zu waschen.

Auf dem Korridor war niemand zu sehen. Wo waren doch gleich die Toiletten? Sie wandte sich nach rechts, tat ein paar Schritte und – stand vor einer breiten Glasfront. Im Raum dahinter sassen vier Menschen an einem riesigen Tisch. Die zwei, die ihr den Rücken zuwandten, starrten in die Gesichter der anderen beiden, die durch das Glas Elenor entgeistert anschauten. Einer davon war Philipp. Quentin blieb mitten in einer ausladenden Geste seiner Arme hängen, als er bemerkte, dass er nicht mehr die volle Aufmerksamkeit seiner Zuhörer besass, sondern die sich dem Begaffen Elenors Wenigkeit widmeten. Erst jetzt sah sie das Schild am Glasfenster: Aquarium. Wie passend. Mit ein paar Schritten war Quentin bei der Tür und riss sie auf.

«Du solltest doch im Büro warten!» Er war verärgert. «Stattdessen schleichst du dich hier herum und störst unsere Sitzung.»

«Ich wollte mir nur die Hände waschen. Tut mir leid, wenn ich euch unterbrochen habe. Ich wusste nicht, dass man hier im Gefängnis sitzt.» Trotzig hob Elenor das Kinn.

«Babysitten muss ich jetzt auch noch.»

Die Resignation liess Quentin müde aussehen. Wie er so verloren mit hängenden Schultern vor ihr stand, musste sie sich mit aller Kraft zusammen reissen, um ihn nicht vor aller Augen in die Arme zu nehmen und zu trösten. Was für eine kindische Schwester dieser Mann doch hatte.

«Die Toiletten sind gleich um die Ecke. Und wenn du Lust auf einen Kaffee hast, so warte doch unten in der Cafeteria auf mich. Ich brauche noch etwas Zeit hier. Wir haben einige Probleme, über die wir uns beraten müssen.» Er straffte seinen Körper und zog die Schultern zurück.

Elenor sah, wie die winzigen Narben unter seinem linken Auge rötlich aufleuchteten. Sie sahen aus wie das Netz einer klitzekleinen Spinne. Sie wusste, das war ein untrügliches Zeichen dafür, dass ihn etwas sehr belastete. Als sie ihm nachsah, wie er wieder in den Glaskubus zu seinen Kunden zurückging, erinnerte sie sich an den Tag, an dem die Narbe entstanden war. Um ein Haar hätte er damals sein Augenlicht verloren.

Sie waren noch Kinder gewesen, als es an Quentins Geburtstag geschah. Er hatte viele seiner Schulfreunde und Nachbarskinder eingeladen, um den Tag mit Süssigkeiten und Spielen zu verbringen. So wie Kinder es eben tun, tobten alle wild herum. Im oberen Stock des Hauses hatten sie sich von Zimmer zu Zimmer gejagt, Verstecken gespielt oder jämmerlich klingende Karaokes in fiktive Mikrofone gejohlt, bis es ihrer sonst mit Engelsgeduld gesegneten Mutter zu bunt geworden war und sie die ganze Kinderschar an die frische Luft verbannt hatte. Das Wetter an diesem Frühlingstag war mild und sonnig gewesen und Elenor war mit Quentin und den anderen in den grossen Park hinter dem Haus gegangen. Umgeben von hohen Mauern, die das Anwesen säumten, wussten ihre Eltern, dass sie vor Unbill von aussen geschützt waren und hatten nur vor den Gefahren des Sees gewarnt. Wasser übte damals wie heute nicht nur auf Kinder eine unbändige Faszination aus. Doch alle hatten hoch und heilig versprochen, sich vom Ufer fernzuhalten, was sie auch getan hatten. Doch vor den anderen Gefahren hatte sie an diesem Tag niemand gewarnt. Alle waren aufgekratzt gewesen, Quentin und seine Freunde im Besonderen. Kein Baum war für die Jungs zu hoch gewesen. Die Mädchen waren mit offenen Mündern im gebührenden Abstand unter den dicken Stämmen gestanden und hatten gestaunt ob der waghalsigen Akrobatik, die ihnen in luftiger Höhe geboten worden war. Es war schon mal vorgekommen, dass die Kletterkünstler sich zu weit auf dünnere Äste hinausgewagt hatten, was dem zartem Geschlecht jedes Mal eine Heidenangst eingejagt hatte, sie in schrille Schreie und Gejammer ausbrechen liess.

Und es kam schliesslich, wie es kommen musste. Als sie zu dritt rittlings auf einem dicken Ast hoch oben in einer Eiche gesessen hatten, war dieser unvermittelt abgebrochen und alle waren in die Tiefe gestürzt. Im Nachhinein schien es in der Erinnerung aller Anwesenden so, dass sie schon vor dem Sturz das Holz gefährlich knacken gehört hatten. Aber alles geschah so schnell, dass niemand die Buben hatte warnen können. Auf die unvermittelte Stille, die dem Fall aus grosser Höhe folgte, hatte man das Stöhnen der Verletzten hören können. Einige der Kinder waren schreiend ins Haus gerannt und hatten die Erwachsenen alarmiert. Elenor aber war mitten im Tumult und Geschrei der aufgeschreckten Kinderschar gestanden. Wie gelähmt hatte sie auf die drei Burschen gestarrt. Zwei von ihnen hatten sich bald wieder hochgerappelt. Quentin aber war regungslos liegen geblieben. Das, was Elenor am meisten erschreckt hatte, war nicht, dass er sich nicht regte. Grauenhaft war gewesen, dass ihm aus dem Gesicht ein dicker Ast mit grünen Blättern gewachsen war. Das war ihr nicht richtig vorgekommen. Wie schlimm es um ihren Bruder wirklich stand, hatte sie aber in diesem Moment nicht erfassen können.

Schnell waren helfende, professionelle Hände da gewesen, um die Verletzten zu bergen. Im Spital hatten die Ärzte festgestellt, dass die zwei Freunde mit Gehirnerschütterungen und einem gebrochenen Bein respektive verknacksten Sprunggelenk glimpflich davongekommen waren. Quentin aber musste einer Notoperation unterzogen werden, um sein linkes Auge zu retten. Schlimme Tage waren gefolgt, bis endlich die erlösende Nachricht kam, dass keine bleibenden Schäden zurückbleiben würden.

Eben dieses kleine Geäst von rötlichen Narben, das Elenor jetzt sah, zeugte von dem Tag, der einer seiner glücklicheren hätte werden sollen und immer wenn Quentin besonders unter Stress litt, errötete dieses Netz. Aus den kaum sichtbaren Linien wurden leuchtende Striche, wie einem Spinngewebe gleich, das zu allem Übel auch noch leicht anschwoll. Das war wirklich kein gutes Zeichen.

Nach dem Händewaschen trottete Elenor wie geheissen, aber äusserst widerwillig und missmutig, ins kleine Bistro neben dem Eingang. Am Tresen bestellte sie einen Espresso und setzte sich an einen der langen Holztische. Gedankenverloren blätterte Elenor in einer liegen gelassenen Zeitung von gestern, als sich jemand ungefragt neben sie setzte. Uninteressiert blickte sie auf und in das mit roten Stoppeln übersäte Gesicht Philipps.

«Oh, hallo.» Sie bewunderte ihre geistreiche Konversation selbst. «Was machst du denn hier? Ist die Sitzung schon zu Ende?»

Philipps Brillengläser blitzten auf. «Nein, aber ich musste früher raus, weil ich ein wichtiges Telefongespräch erwartete. Da dachte ich, ich schaue mal nach dir.»

Er nippte an einer mitgebrachten Cola und sein dichtes Haar fiel ihm wie ein Vorhang tief über die Augen.

«Was machst du hier?»

«Besuch», sagte Elenor nur knapp. Sie hatte noch nicht vergessen, wie er sie auf dem Steg alleine zurückgelassen hatte.

Er musterte sie mit dem aufkeimenden Interesse eines Mediziners bei der Entdeckung einer exotischen Krankheit.

«Besuch? Du besuchst hier jemanden? Aber du weisst schon, dass das hier kein Krankenhaus mehr ist. Es gibt hier weder Patienten noch Praxen. Nur unsere Räumlichkeiten und ein paar andere eingemietete Büros.»

«Philipp, ich besuche Quentin hier. Du hast mich doch oben stehen sehen.»

Der hielt sie wohl für blöd. Schon wollte sie eine weitere schnippische Antwort folgen lassen, als sie sich besann. Sie nahm noch einen Schluck aus der Minikaffeetasse. Mit Stolz registrierte Elenor ihre präzise und ruhige Handbewegung zum Mund. «Was war eigentlich gestern mit dir los?»

«Was denn?» Philipp schaute total unschuldig drein.

«Du bist einfach ohne ein Wort zu sagen weggegangen und hast mich wie eine Idiotin aussehen lassen.»

«Gestern?» Er schien angestrengt nachzudenken.

«Ja, gestern. Auf dem Steg. Das Bad im See. Ich halb nackt, du auch. Du bist dann einfach ohne ein Wort gegangen. Klingelt da etwas?»

Er schmunzelte amüsiert. «Wenn dem so war, dann tut es mir leid. Ich war wohl so in Gedanken, dass ich alle Höflichkeiten vergessen habe.» Seine dunkelblauen Augen ruhten gelassen auf ihr.

«Hm», brummte Elenor nur. Sie war nicht restlos von seiner Erklärung überzeugt. Ihre Gefühle für diesen Mann hatten gerade einen Knacks bekommen. Sie fühlte sich von ihm auf den Arm genommen, was sie verletzte.

«Ich muss gehen. Ich habe noch zu tun.» Ha, jetzt liess sie ihrerseits Philipp einfach stehen. Das geschah im recht. Betont langsam schlenderte Elenor davon und unterdrückte den Drang, sich nach ihm umzuschauen, um zu sehen, wie er reagierte. Aber wohin sollte sie gehen? Mit einem Schlag erinnerte sie sich an den seltsamen Traum, in dem sie Quentin warnte. Vor wem oder was, war ihr immer noch ein Rätsel. Wollte ihr Unterbewusstsein vielleicht etwas sagen? Statt wieder nach oben zu Quentins Büro zu gehen, fuhr sie mit dem Lift ins Untergeschoss. Hier erstreckte sich wie im Traum ein langer Gang nach links und rechts. Sie konnte viele Türen zählen, die in unbekannte Räume führten. Obwohl die Unterschiede zu ihrem Traum offensichtlich waren, ging sie zielstrebig auf die Tür auf ihrer linken Seite zu. Einen Moment zögerte sie noch, dann fasste sie sich ein Herz. Die Tür war verschlossen. Was hatte sie denn erwartet? Träume waren eben doch nur Schäume.

Sie schüttelte über die eigene Dummheit den Kopf. Sie wusste selbst nicht, was sie erwartet hatte, trotzdem war sie irgendwie enttäuscht. Elenor machte kehrt und ging wieder ins Bistro zurück und bestellte sich noch einen Espresso. Vielleicht half das gegen Verstimmungen. Jetzt war sie der einzige Gast. Philipp war gegangen.

Nachdem sie alle Zeitungen und Zeitschriften durchgeblättert hatte und es nicht mehr aushielt vor Langeweile, ging sie nach oben zum Aquarium. Es war leer und Quentins Büro verlassen. Elenor fühlte sich vor den Kopf gestossen. Wo waren denn alle hingegangen? Nun wirklich wütend geworden, ging sie zur Information hinunter und liess sich ein Taxi rufen. Wenn sie nicht vermisst wurde, konnte sie ebenso gut gehen. Zum zweiten Mal innerhalb von zwei Tagen war sie gleichzeitig von zwei Männern versetzt worden.

35

Am nächsten Morgen fand Elenor einen übel gelaunten Quentin vor.

«Wo warst du gestern? Du warst plötzlich wie vom Erdboden verschluckt. Ich habe dich im ganzen Gebäude gesucht.»

Das kam für Elenor jetzt doch ein wenig überraschend.

«Das Gleiche kann ich auch von dir sagen. Erst schickst du mich weg, dann lässt du mich stundenlang warten. Als ich dich im Konferenzzimmer gesucht habe, warst du es, der nicht mehr aufzufinden war. Das hat mir gereicht. Ich habe Besseres zu tun, als darauf zu warten, dass du Zeit für mich hast.» Elenor war richtig in Fahrt gekommen. Das wäre ja noch schöner!

Arlette hatte die Küche mittlerweile klammheimlich verlassen.

«Benimm dich nicht so kindisch. Ich habe dir gesagt, dass ich viel zu tun habe. Da kann ich doch auch erwarten, dass du dich ein paar Minuten selbst beschäftigst. Es war ja nicht so, dass du an diesem Tag einen Vorstellungstermin nach dem anderen hattest, oder?»

Das war gemein. Quentin sah, dass er seine Schwester gekränkt hatte und tätschelte ihr versöhnlich die Hand.

«Philipp hat mir gesagt, dass er dich in der Cafeteria getroffen hat. Er sagte auch, dass du ein bisschen gereizt warst. Was ist in letzter Zeit mit dir los? Er meinte auch, dass du irgendwie anders bist als sonst.»

«Philipp hat gesagt, ich sei gereizt und anders als sonst? Na toll. Hat er auch gesagt warum? Wie ich sehe, wohl nicht. Wenn man mich einfach sitzen lässt, darf ich auch genervt sein. Ausserdem geht dich das gar nichts an.»

Elenor stand auf und ging. Als sie die Tür zu ihrem Zimmer aufstiess, traute sie ihren Augen nicht. Philipp sass auf ihrem Bett. Wenn man vom Teufel spricht.

«Hallo Leni.»

«Spinnst du, was machst du hier?»

«Du bist gestern einfach gegangen, ohne dass wir das Problem ausdiskutieren konnten.»

«Welches Problem?» Elenor stand immer noch perplex auf der Türschwelle. Etwas hielt sie zurück, das Zimmer zu betreten. «Wie bist du überhaupt hier herein gekommen?»

Er überhörte die Fragen wohlweisslich. «Ich hatte den Eindruck, dass es dich sehr belastet, dass ich dich auf dem Steg zurück gelassen hatte.»

«Tatsächlich?» Elenor war, als sehe sie Philipp das erste Mal richtig. Hatte er schon früher so pseudopsychologisch geschwafelt? Hatte ihre rosarote Brille so trübe Gläser besessen, dass sie nichts dergleichen bemerkt hatte? Ob er ahnen konnte, dass sie sein Geplapper anödete?

«Komm setz dich neben mich.» Er tappte mit der Hand neben sich auf die Bettdecke.

Das wollte sie auf keinen Fall. Sie war unglaublich wütend auf ihn. «Philipp, ich denke du solltest gehen.»

«Warum? Irre ich mich so und dein Kuss hatte nichts zu bedeuten?»

Der Kuss. Sie ahnte damals schon, dass es ein Fehler gewesen war. «Dieser Schmatz auf die Backe? Ich bitte dich. Der war schwesterlich gemeint.» Elenor hoffte, dass sie bei dieser Lüge nicht rot wurde.

«Das glaube ich dir nicht», sagte Philipp auch prompt. Er lächelte dünn. «Ich spüre doch, dass du Gefühle für mich hast.»

«Hegst du diese Gefühle, von denen du sprichst, auch für mich?»

Sie wusste, sie begab sich mit dieser Frage auf dünnes Eis. Doch er reagierte so, wie er es eben konnte. Er antwortete nicht auf die Frage.

«Tu nicht unnötig schwierig. Komm her.» Philipp streckte seine Hand nach ihr aus.

Elenor drehte sich wortlos um und ging zurück in die Küche. Quentin sass immer noch am Tisch und unterhielt sich mit der zurückgekehrten Arlette.

«Wie kommt Philipp eigentlich immer ins Haus?» Zornig starrte Elenor beide an.

«Warum?» Arlette und Quentin fragten in Stereo.

«Weil er gerade ungefragt oben auf meinem Bett sitzt und will, wie ich glaube, dass ich mit ihm ins Bett hüpfe.»

Quentin grinste schief. «Und was ist das Problem?»

«Du bist wohl nicht ganz bei Trost! Und das aus deinem Mund.» Elenor konnte es nicht glauben, was ihr Bruder da zum Besten gab.

Erschrocken hielt sich Quentin die Hand vor den Mund. «Mein Gott Elenor. Das tut mir leid, das wollte ich so nicht sagen. Ich dachte, du magst ihn.»

«Ja, vielleicht ein bisschen, zu Anfang. Aber das gibt ihm nicht das Recht, uneingeladen im meinem Zimmer aufzukreuzen.»

«Nein, natürlich nicht», sagte nun auch Arlette. «Das ist wirklich unerhört. Das geht so nicht weiter.» Sie schaute Quentin an. «Du musst mit ihm sprechen.»

Quentin schaute betreten drein.

«Kommt das öfter vor, dass er hier mir nichts, dir nichts auftaucht?» Elenor war über die uneingeschränkte Toleranz Philipp gegenüber überrascht.

«Nun ja», druckste Quentin herum, «er hat einen Schlüssel, damit wir jemanden haben, der sich um das Haus kümmert, wenn wir mal weg sind. Er hat aber keine Erlaubnis, hier ein und aus zu gehen, wie er will, obwohl …» Er seufzte. «Ich spreche mit ihm.»

«Tu es bitte noch heute und nimm ihm gleich den Schlüssel ab, sonst fühle ich mich hier nicht mehr wohl», sagte Elenor.

Arlette nickte. «Ich denke, das ist eine gute Idee, oder, Quentin?»

Quentin kratzte sich an der Stirn. «Wenn ihr meint.»

Elenor bat Arlette sie zu ihrem Zimmer zu begleiten. Sie wollte nicht alleine hinaufgehen. Das Zimmer war leer. Elenor musste zugeben, sie war sehr erleichtert, dass sich Philipp davon gemacht hatte. Nur noch die Delle im Laken war zu sehen, dort, wo er auf dem Bett gesessen hatte. Schnell strich Elenor die Decke glatt. Sie war erstaunt darüber, dass keiner von ihnen dreien Philipp aus dem Haus hatte gehen hören. Das war unheimlich. Wäre ja noch schöner, wenn sich jeder einen Zugang zu ihren privaten Räumen verschaffen konnte. Auch wenn es ein guter Freund und Partner der Familie war.

Dass sie ihren Bruder gestern im Büro sitzen gelassen hatte, nagte jetzt an Elenors Gewissen. Vielleicht war sie wirklich zu ungeduldig gewesen. Um ihn zu besänftigen bat sie nochmals um einen Termin bei ihm. Er war nicht mehr sauer, also vereinbarten sie, dass Elenor morgen um dieselbe Zeit nochmals vorbei kam.

Elenor brachte eine Zuger Kirschtorte vorbei, von der sie wusste, dass sie Quentin sehr gerne aß. Er schloss hinter ihnen die Bürotür.

«Ich habe mit Philipp gesprochen. Hier ist der Reserveschlüssel zum Haus.» Er schob ihn ihr über den Tisch zu. «Du sollst ihn haben.»

«Ich habe schon einen. Was soll ich denn mit diesem?»

«Bewahre du ihn auf. Vielleicht kannst du ihn Philipp eines Tages zurückgeben.»

Sie steckte ihn wortlos ein.

«Wollen wir heute nochmals einen Versuch wagen und uns meine Wirkungsstätte ansehen?» Quentin war heute gut gelaunt.

«Ja, gerne.»

«So, was soll ich dir alles erklären? Was interessiert dich am meisten?»

Elenor versicherte ihm, dass sie sich für alles interessierte, was seine Arbeit betraf.

Darauf erklärte er ihr, dass seine Firma angehenden Chirurgen oder die diejenigen, die sich noch in ihrem Spezialgebiet weiterbilden wollten, massgeschneiderte Seminare anbot. Sie übten sich dann an den neusten oder selten angewandten Operationstechniken, lernten neue Geräte und Anwendungen kennen.

Das klang für Elenor nach einer guten Idee. «Wie übt ihr denn? An künstlichen Knochen?»

«Ja und nein. Ich habe ganz besondere Dummies entwikkeln lassen, oder besser gesagt, ich bin noch an deren Ausarbeitung. Am Ende werden sie fast nicht mehr von einem menschlichen Körper unterscheidbar sein, so lebensecht werden sie sich während der Operationen verhalten.»

«So richtig mit Knochen und allem drum herum?» Das klang in Elenors Ohren irgendwie gruselig.

«Genau. Es sind hauptsächlich Knochenmodelle für Chirurgen, Orthopäden und so weiter.»

«Wie sehen die Modelle denn aus?»

«Wenn du willst, kannst du einige von ihnen gleich ansehen. Wir haben heute eine Lieferung von Prototypen bekommen, die wir noch kontrollieren müssen. Ich bin selbst gespannt, wie sie aussehen.»

«Ist es das Projekt, bei dem dir Philipp hilft?» Und nichts davon sagen durfte, dachte Elenor.

«Philipp ist bei einigen Projekten involviert. Er ist ziemlich geschickt darin, Informationsquellen für neuartigste Technologien zu finden. Zudem hat er ein gutes Händchen in der Sponsorengewinnung gezeigt.» Quentin schmunzelte. «Du solltest ihn bei Verhandlungen erleben, da geht die Post ab.»

Das konnte sich Elenor nicht vorstellen, aber sie kannte den Mann nicht so gut wie ihr Bruder.

«Die Dummies sind noch nicht ganz perfekt, aber werden es bald sein.»

Elenor konnte sehen, wie stolz er auf seine bisherige Leistung war. Jetzt war sie so neugierig wie nie zuvor und konnte es kaum erwarten, die Übungsobjekte zu sehen.

In dem Moment klopfte es. Philipp streckte seinen Kopf zur Tür herein. «Na, Quentin, bist du bereit für die ersten Prototypen? Ach, du bist hier.»

Seine fröhliche Stimme kippte in einen kalten Tonfall, als Philipp Elenor sah.

Wer weiss, was Quentin ihm alles erzählt hatte, als er ihm den Schlüssel zum Haus abnahm, dachte Elenor. Sie betrachtete Philipp, wie er lässig am Türpfosten lehnte. Sie erkannte auf einmal, dass sie nichts mehr für ihn empfand. Keine Zuneigung mehr oder gar Verliebtheit. Die rosarote Brille war ab. Sein dreistes Eindringen in ihre Privatsphäre gestern und seine abfälliges Benehmen ihr gegenüber hatten alles zerstört, was sie vielleicht für ihn noch übrig gehabt hatte.

Quentin wusste natürlich nichts von den Gedanken seiner Schwester und nickte Philipp zu. «Gleich.» Und zu Elenor, «Also, kommst du mit?»

«Gerne.» Elenors morbide Seite wollte unbedingt nachgeahmte Leichenteile sehen.

Der überraschte Ausdruck auf Philipps Gesicht, dem Missbilligung wich, versetzte Elenors Freude allerdings einen Dämpfer. Unter seinem roten Haarschopf glitzerten sie seine dunklen Augen gehässig durch die stylische Brille an. Fast schon überlegte sie es sich anders. Vielleicht wäre es besser wiederzukommen, wenn Quentin alleine hier war. Doch warum sollte sie? Ihr Bruder war der Chef hier und er hatte sie dazu eingeladen. Zum Kuckuck mit Philipp.

Zu dritt fuhren sie mit dem Lift ins Untergeschoss. Philipps Nähe war Elenor in dem engen, spiegelverkleideten Raum unangenehm. Ihr war vorher noch nie aufgefallen, dass der Duft seines Aftershaves so dominant war. Sie wurde in ein Umkleidezimmer geschickt, wo für sie grüne Hosen mit Gummizug, ein kurzärmeliges Shirt und Plastikhauben für Haare und Schuhe lagen. Wie für eine Operation, schoss es ihr durch den

Kopf. Es war ihr nicht klar, warum sie sich für ein paar unechte Geripppe so anziehen mussten. Plötzlich war sie verunsichert. Was erwartete sie in diesen Räumen? War es ein Fehler gewesen, hierher zu kommen? Gut möglich, dass ihre Neugier ihr nun zum Verhängnis wurde.

Sie erinnerte sich, dass sie mit Quentin über einige Fälle gesprochen hatte, an denen sie in Bern gearbeitet hatte. Hatte sie vergessen zu erzählen, dass sie sich nie wirklich wohl in Pathologien fühlte und sich dazu zwingen musste, in diese unheilvollen Räume zu gehen? Wahrscheinlich war es ihr entfallen, dies zu erwähnen.

Elenor, Philipp und Quentin standen, in grünes Tuch gekleidet, um einen Stahltisch herum, auf dem eine riesige Kiste stand, die von unzähligen Warnklebern bedeckt war. Quentin öffnete die Box etwas umständlich, während er Elenor darüber aufklärte, dass darin wirklich nur künstliche Teile lagen. Alles, was sie zu sehen bekommen würde, waren Nachbildungen.

Sie dankte ihm für diese sensible Ausführung, fühlte aber gleichzeitig, wie es in ihren Eingeweiden zu rumoren begann. Elenor schalt sich selbst leise eine Mimose. Es wurde Zeit, dass sie sich zusammenriss.

Die Objekte sahen ein bisschen aus wie die Exponate von Gunther von Hagens Ausstellung *Körperwelten,* die sie einmal in Basel gesehen hatte. Damals war sie gleichermassen verstört und fasziniert gewesen von den plastinierten Menschen. In der Kiste lagen Arme, Beine, Wirbelsäulen, Torsos und Schädel, die genau wie diese Exponate aussahen.

Trotz der Versicherung Quentins, dass sie nicht echt waren, schockierte Elenor der Anblick der fahlen Totenteile. In ungewöhnlicher Genauigkeit sah sie bleiche Haut sich über Muskeln und Sehnen spannen. Die Haut sah aus wie eine durchsichtige Hülle. Elenor konnte förmlich sehen, wie das Blut einmal durch die tiefer liegenden Adern geflossen sein könnte.

Elenor spürte wie sich langsam eine seltsame Hitze in ihrer Magengrube ausbreitete und sie zu schwitzen begann. Der ganze Raum fing zusammen mit der Kiste an zu schaukeln, dann sich zu drehen. Das Atmen fiel ihr zunehmend schwerer und wer zum Kuckuck hatte das Licht gedimmt? Einer Ohnmacht nahe, klammerte sie sich an den Stahltisch. Hilfe suchend sah sie sich um und blickte in die Augen Philipps, die zu Schlitzen verengt, jede ihrer Bewegungen beobachtete. Sie hatte den Verdacht, dass er sie auslachte, konnte aber durch den Mundschutz kein Grinsen sehen. Quentin schien nichts von ihrem Elend zu bemerken.

«Ist dir schlecht?» Ihr Bruder hatte unterdessen gesehen, dass sie schwankte und es ihr nicht besonders gut ging.

Elenor konnte nur mit grösster Anstrengung nicken. Sie hatte Angst, sich in den Mundschutz zu übergeben.

«Seid ihr sicher, dass die Dinger hier nicht echt sind?», presste sie heraus und zeigte mit ihrem behandschuhten Finger in die Kiste.

«Ja, sicher sind wir sicher. Warum?» Philipps Stimme troff vor Arroganz.

«Die sehen wirklich lebensecht aus.»

«Das ist genau der Punkt. Das sollen sie auch. Sonst können wir ja Holzstücke nehmen und daran herumschnitzen.»

Wäre Elenor nicht so übel gewesen, sie hätte bestimmt eine schlagfertige Antwort parat gehabt. Stattdessen beobachtete sie die kleinen Punkte, die vor ihren Augen zu tanzen begannen.

Mit allerletzter Kraft stürzte sie aus dem Raum in den Korridor. Draussen musste sie sich auf den Boden setzen, so sehr zitterten ihre Knie. Sie fühlte sich so elend wie bei ihrer ersten Obduktion, an der sie hatte teilnehmen müssen. Die Tote war eine Obdachlose gewesen, die unter einen in den Bahnhof fahrenden Zug geraten war. Die Arme und Beine in der Kiste auf dem Stahltisch sahen genau so aus wie diejenigen der Unglückseligen von damals. Doch das, was ihrem Nervenkostüm den Rest gegeben hatte, war der Schädel in der Kiste. Wenn die Teile wirklich nicht echt waren, dann hatte ein Meister seines Fachs diesen hergestellt.

Das Gefühl, sich da drinnen gerade lächerlich gemacht zu haben, verstärkte die erneuten Wellen der Übelkeit.

Quentin streckte seinen Kopf durch den Türspalt. «Ist bei dir alles okay?»

«Alles in bester Ordnung. Geh wieder an die Arbeit.» Sie wedelte matt mit der Hand, so als verscheuche sie ihn wie eine Fliege. Sie entschloss sich, nicht wieder zurückzugehen. Für heute war sie bedient. Zum Teufel mit ihrer Neugier. Und Hallo zu den zukünftigen Albträumen.

Sie hinterliess eine Notiz auf Quentins Bürotisch, mit der Botschaft, dass sie gegangen war und rief Emma an. Zum Glück nahm ihre Freundin schon beim ersten Klingelton ab.

«Ems, ich muss dich sprechen.»

«In Ordnung. Komm ins Café. Du klingst, als könntest du einen Schwarzgebrühten vertragen.»

Elenor legte auf und machte sich auf den Weg.

Emma hörte Elenors Gestammel geduldig zu. Ab und zu nickte sie an den richtigen Stellen gewichtig mit dem Kopf.

«Elenor, ich weiss nicht, was du genau erwartet hast, was die Arbeit deines Bruders betrifft.» Emma schaute Elenor etwas mitleidig an.

«Ach, ich weiss auch nicht. Ich hätte mir nie träumen lassen, dass sich mein Bruder mit Plastikleichenteilen beschäftigt, auch wenn sie zugegebenermassen lebensecht aussehen. Aber er ist Chirurg und sollte sich um die Lebenden kümmern.»

Emma lächelte milde. «Das tut er doch. Er bildet Ärzte aus. Das muss doch auch jemand. Woran sollen sie denn die neusten Operationstechniken üben? An lebendigen Versuchskaninchen? Und so viele Körperspender, dass es auch für Weiterbildungen reicht, gibt es nun einmal nicht!»

Elenor musste ihrer Freundin in diesem Punkt Recht geben. Lieber erst an künstlichem Material üben, als alle Fehler an Patienten machen müssen. Trotzdem steckte Elenor der Anblick der Teile in der Kiste immer noch in den Knochen.

«Elenor, du brauchst eine Beschäftigung. Such dir ein Hobby oder sonst was. Oder eröffne eine Detektei. Du grübelst zu viel.»

Im ersten Augenblick wollte Elenor beleidigt protestieren, aber vielleicht war das genau das, was sie tun sollte. Eine Detektei, das klang ganz vernünftig. Diesem Gedanken musste sie mehr Zeit widmen.

«Hast du gewusst, dass Philipp einen Schlüssel zum Haus besitzt, oder besser gesagt, besessen hat?» Elenor erzählte Emma, wie sie Philipp auf ihrem Bett sitzend vorgefunden hatte.

Emma kicherte. «Das ist allerdings ein starkes Stück. Ich hätte ihn niemals so eingeschätzt.» Sie schaute Elenor amüsiert an. «War es denn wirklich so schlimm?»

«Warum denken alle, dass ich mich mit Freuden in seine Arme stürze, wenn er auch nur mit den Fingern schnippt?»

«Vielleicht, weil du dich in ihn verguckt hast?», offerierte Emma.

«Okay, ich gebe zu, dass ich mich an der Party ein bisschen in ihn verknallt habe. Mittlerweile muss ich allerdings sagen, dass er mir irgendwie nicht geheuer ist.»

«Vielleicht hindert dich Jonas daran, dein Herz für einen anderen Mann zu öffnen?»

«Jonas? Nein, wirklich nicht, Emma. Der ist Vergangenheit. Hast du Lust auf einen Happen und einen Drink heute Abend bei uns? Ich brauche jemanden mit Stil, der mich beim Umbau berät.»

Elenor fand ihren eigenen Einfall genial, Emma auch.

Quentin und Arlette hatten, wie Elenor erwartet hatte, nichts dagegen, dass noch jemand am Tisch sass und mitass. Nach einer bemerkenswerten Menge Rotwein und mehr oder weniger amüsanten Geschichten aus grauer Vorzeit, als sie noch alle blutjung waren, hatte Elenor endlich den Mut – oder war es Unverfrorenheit? – ihrem Bruder endlich die Fragen zu stellen, die ihr schon so lange auf der Zunge lagen. Gerade wollte sie den Mund öffnen, als Philipp unverhofft – wie auch sonst – in der Küche stand.

«Die Tür war nicht abgeschlossen», sagte er entschuldigend mit einem kurzen Blick zu Elenor.

«Komm, setz dich zu uns.» Quentin rückte einen Stuhl zurecht.

Philipp schüttelte den Kopf und kam ohne Federlesens zum Punkt. «Ich muss mit dir sprechen Quentin. Es gibt da Schwierigkeiten.»

«Ach, das hat doch noch Zeit bis nachher, oder?», sagte Quentin. Trotzdem machte er ein alarmiertes Gesicht.

«Nein, tut mir leid. Es muss gleich sein.»

Elenor fand, dass Philipp angespannt aussah. Seine Lippen waren zusammengekniffen und zwischen seinen Augenbrauen hatte sich eine tiefe Falte gebildet.

«Dann lass uns in den Salon gehen.»

Beide verschwanden und Elenor hörte, wie die Tür zum nächsten Raum geschlossen wurde. Es musste etwas vorgefallen sein. Vielleicht hatte es etwas mit der heutigen Lieferung zu tun.

Weder Elenor noch Emma oder Arlette wussten, was passiert war. Nach einer halben Stunde war das Privattreffen der Herren vorbei. Die Mienen der beiden Freunde waren nicht zu lesen, sahen aber eher neutral aus. Dann war wohl alles nicht so schlimm, wie es im ersten Augenblick den Anschein gehabt hatte. Elenor war erleichtert.

Philipp war sogar erstaunlich aufgekratzt. «He Leute, lasst uns doch heute schwimmen gehen.»

Er gab wohl nie auf.

«Wir haben alle einen Schwips und gerade gegessen.» Arlette war, genau wie Elenor, nicht in Stimmung.

«Papperlapapp, es ist schon genug Zeit für die Verdauung vergangen. Zudem, wenn ihr wirklich ertrinken solltet, dann sind wir beide ja hier, um euch zu retten.» Er klopfte Quentin auf den Rücken.

Doch für sein spätabendliches Unterfangen konnte sich niemand wirklich erwärmen.

«Philipp, draussen ist es stockdunkel», gab Quentin zu bedenken.

Philipp seufzte. «Ihr seid Spielverderber. Aber wenn ihr gar keine Lust habt, dann gehe ich eben alleine. Ich habe einfach

Lust auf eine Abkühlung.» Auffordernd sah er alle in der Runde an. «Es kommt also wirklich niemand mit?»

«Tu, was du tun musst und lass dich von den Mücken nicht auffressen», sagte Emma.

Damit war klar, dass ihn niemand begleitete.

«Ein bisschen tut er mir schon leid», flüsterte Emma Elenor ins Ohr, als Philipp gegangen war.

«Dann geh ihm nach», sagte Elenor, hoffte aber inständig, dass Emma es nicht tat. Sie wäre sich irgendwie verraten vorgekommen, nachdem sie ihrer Freundin alles über ihn gebeichtet hatte.

«Den Rundgang im Badehaus können wir jetzt allerdings auch vergessen. Wir sind wirklich ein bisschen angetrunken und Licht gibt es da draussen auch nicht. Zudem habe ich überhaupt keine Lust, einem nackten Philipp zu begegnen.»

Emma fand das lustig und kicherte. «Du musst zugeben, einen gewissen Reiz hat das schon.»

«Ach, du mit deinen schmutzigen Gedanken.»

Sie beide halfen Arlette beim Abwasch, während Quentin Anrufe tätigte.

Emma übernachtete an diesem Abend wieder im Haus. Die drei Gästezimmer waren immer bereit, um einen Übernachtungsgast aufzunehmen. Da sie weit draussen wohnten, war es oft der Fall, dass Freunde über Nacht blieben. Eines war allerdings immer noch von Egger besetzt.

Nach dem guten Roten schlief Elenor sofort ein, war dann aber plötzlich mitten in der Nacht hellwach und starrte die Decke an. Immer wieder schaute sie auf die Uhr. Die Zeiger bewegten sich kein bisschen. Schlussendlich gab sie auf und zog sich an. Dann schlich sie sich in Emmas Zimmer und rüttelte sie an den Schultern.

«Hm, was ist denn?», murmelte Emma schlaftrunken aus den Tiefen der Laken hervor.

«Ich muss dir etwas erzählen.» Elenor war ganz aufgeregt.

«Das kann doch wohl noch bis morgen warten, oder?»

«Eben nicht. Ich muss dir unbedingt etwas zeigen. Etwas,

was ich erst vor ein paar Tagen entdeckt habe. Und zwar jetzt gleich.»

Emma stützte sich mit den Ellbogen auf. Sie schaute sehr zerzaust aus, doch ihre Neugierde war geweckt. «Was ist denn so spannend, dass es nicht warten kann, bis es hell ist?»

«Du wirst es schon selbst ansehen müssen. Zieh dich an», drängte Elenor.

Emma rappelte sich hoch und schlüpfte etwas ungelenk in ihre Kleider. Gemeinsam schlichen sie sich aus dem Haus. Elenor griff sich beim Hinausgehen eine Taschenlampe. Draussen war es zappenduster. Elenor und Emma stolperten im Schein der Taschenlampe ums Haus. Vor dem baufälligen Badehaus blieben sie stehen.

«Was? Du weckst mich mitten in der Nacht, um mir diese Hütte zu zeigen? Wie alt bist du denn?» Emma war empört.

«Pst, sei still. Es hört uns sonst noch jemand.»

Elenor sah, wie Emma aus Protest den Mund öffnete, aber ihn wieder schloss.

Als sich Elenor ins Häuschen quetschte, blieb sie mit ihrem Ärmel am Türgriff hängen. «Mist», entfuhr es ihr.

«Du gefällst mir. Mir den Mund verbieten und dann selbst herumschreien.»

Elenor musste sich merken, dass Emma, wenn man sie mitten in der Nacht weckte, ungeniessbar war.

«Und, was wolltest du mir hier drin so Dringendes zeigen?» Emma gähnte herzhaft.

«Das habe ich noch niemandem gesagt, aber hier drin gibt es eine verborgene Tür hinter der Tapete.»

«Na und? Komm, lass uns wieder ins Bett gehen, ich friere.»

Elenor hielt Emma am Arm zurück. «Wenn wir schon mal hier sind, dann können wir es uns genauso gut ansehen. Ich vermute, dass es von dort einen Gang in den Tunnel unterm Haus gibt. Total mysteriös.»

«Leni, ich habe so gar keine Lust, da hinunter zu gehen. Da unten ist es unheimlich. Denk doch mal an den armen Herrn Schepper.»

Elenor liess nicht locker. Sie selbst fand das alles total aufregend und war sich sicher, dass niemand sonst von dieser Tür wusste. Warum war Emma nicht auch so fasziniert wie sie?

«Bist du dir sicher, Leni, dass du dir das nicht alles eingebildet hast? Du hast mir erzählt, dass du dir den Kopf gestossen und eine Gehirnerschütterung davon getragen hast, als du hier herum gelungert bist.»

«Ich lungere nicht herum und schliesslich muss ich wissen, was hier ist, wenn ich zukünftig hier wohnen will.»

«Hm», sagte Emma und schnippte Elenor mit Mittelfinger und Daumen schmerzhaft an die Stirn.

«Aua, spinnst du? Das tut weh.» Elenor rieb die getroffene Stelle zwischen den Augen.

«Nein, ich habe mich geirrt. Du bist tatsächlich wach und schlafwandelst nicht, wie ich zuerst befürchtet oder besser gesagt, gehofft habe. Was diese Situation hier allerdings für mich nicht besser macht.» Emma dachte einen Augenblick nach. «Ich würde sogar sagen, dass du bei klarem Verstand übergeschnappt bist.»

Emma sah, dass diese klinische Diagnose keine Wirkung auf ihre Freundin hatte und sie auch nicht nachgeben würde.

«Also gut, von mir aus. Zeige mir was du gefunden hast», seufzte Emma schliesslich resigniert und schaute sich suchend um. «Wo ist denn nun diese ominöse Tür?»

Elenor wusste nicht, warum es ihr plötzlich so wichtig war, jemandem die Tür zu zeigen und Emma mitten in der Nacht hier heraus zu schleifen. Sie hätte auch warten können bis zum nächsten Tag, oder sie hätte sie Quentin oder Arlette zeigen können. Aber sie musste die beste Freundin in ihre Geheimnisse einweihen.

«Siehst du, hier ist es.» Elenor zeigte auf den schmalen Spalt in der Wand hinter der Treppe.

«Aha.»

«Genau diese Tür wurde mir an den Kopf geschlagen und hat mir eine Hirnerschütterung und eine riesige Beule eingebracht.»

«Tja», sagte Emma und machte sich daran zu schaffen.

Auch ihr gelang es nicht, wie schon Tage zuvor Elenor, sie zu öffnen. Doch sie war auf einmal vom Jagdfieber gepackt. «Also das ist wirklich merkwürdig. Ich hoffe, du hast Recht und dahinter verbirgt sich nicht nur ein blöder Schrank voll mottenzerfressener alter Kleider.»

Elenor lachte. «Da ist ein Mensch heraus gekommen, also denke ich, dass der Raum dahinter grösser als ein Kleiderschrank sein muss, mit mehr als ein paar alten Lumpen darin.»

«Nur, wenn wir ihn nicht öffnen können, dann hilft uns das jetzt auch nichts. Leni, ich fürchte, du musst entweder diese Tür mit Gewalt aufbrechen oder wir müssen wieder ins Bett. Ich jedenfalls habe kein Brecheisen mitgenommen. Du vielleicht?»

«Nein, ich habe nur an die Taschenlampe gedacht.» Elenor war über sich selbst verärgert. «Na schön, gehen wir wieder ins Haus zurück. Vielleicht ist es auch besser, mit dem Öffnen zu warten, bis der Umbau stattfindet.»

Unverrichteter Dinge und missmutig trottete Elenor Emma voraus, zurück zum Haus. Trotz der Müdigkeit, die sie eingeholt hatte, liess Elenor es sich nicht nehmen und wärmte Milch für eine heisse Schokolade auf. Ziemlich wortkarg nippten sie daran und nach einem gemurmelten *gute Nacht* legten sie sich beide wieder ins Bett.

36

Benedikt Egger sass am nächsten Morgen schon am Frühstückstisch, als sich Elenor später als gewöhnlich vor der Kaffeemaschine einfand. Sie sah ihn nicht oft, was sie sehr schätzte. Er war meistens schon zur Arbeit gefahren, wenn sie aufstand und abends war er oft für die Galerie unterwegs. Er und Arlette sassen sich am Tisch schweigend gegenüber wie zwei fremde Hotelgäste, die sich unfreiwillig zusammen an den letzten freien Tisch im Restaurant setzen mussten. Elenor hatte keine Lust mitzuschweigen und verzog sich mit einer Tasse Kaffee in den Salon. Eine gute Seele hatte hier das Feuer schon angemacht und eine wohlige Wärme füllte den grossen Raum. Sie kuschelte sich ins Sofa und starrte in die Flammen. Ein Räuspern durchbrach ihre Tagträume.

«Darf ich mich zu Ihnen setzen?» Egger hielt eine Tasse Kaffee in den Händen.

«Wenn es sein muss.» Elenor wollte nicht unhöflich sein, wollte zugleich aber auch nicht, dass er dachte, sie mochte ihn. Wie konnte er sich nur so unverschämt hier einnisten und so tun, als könne er kein Wässerchen trüben.

«Ich möchte Ihnen nur nochmals sagen, dass ich das nicht gewesen bin, Sie wissen schon, diejenige Person, die Sie in der Nacht gesehen haben wollen. Damals vor ihrer Schlafzimmertür», sagte Egger. Er setzte sich nicht, sondern blieb vor ihr stehen.

Elenor starrte weiter ins Feuer und trank einen Schluck des heissen Gebräus.

«Sie müssen mir das glauben. Ich war zu der Zeit viele Kilometer weit weg.»

Ha, aber du warst nächtens im Park, dachte Elenor. «Was haben Sie dort an diesem fernen Ort getan?»

«Ich habe recherchiert. Etwas, das ich schon lange hätte tun sollen.»

«Sie haben meine ganze Aufmerksamkeit.» Das war Elenors Zeichen, dass sie ihm zuhörte.

«Ich kann Ihnen nicht viel mehr dazu sagen. Nur, dass ich schon lange ahnte, was ich jetzt mit Sicherheit weiss. Und Sie können mir glauben, dieses Wissen macht mir Angst.»

Elenor sah überrascht auf. Eggers Gesicht wirkte ungewöhnlich angespannt und ihr war vorher nie aufgefallen, dass seine Haut so viele Furchen hatte.

«Ist das der Grund, warum Sie hier sind und nicht zu Hause bei Ihrer Schwester?»

«Ja. Ich muss ein paar Tage für mich haben. Ich muss nachdenken.»

«Das könnten Sie genauso gut in einem Hotel tun. Warum sind Sie gerade hierher gekommen? In was haben Sie meinen Bruder mit hinein gezogen?»

Elenor fand diesen Menschen unsympathischer denn je. Was, wenn er wirklich etwas mit Scheppers Tod zu tun hatte, wie Arlette dachte? Was gab es sonst noch für Gründe, mir nichts dir nichts zu verschwinden und das genau zum ungünstigen Zeitpunkt, als sie die Leiche im Tunnel fand? Wusste die Polizei von seinem Verschwinden? Gehörte er überhaupt in den Kreis der Verdächtigen? Wäre es nicht ein Geniestreich für einen Mörder, sich am Tatort einzunisten? Elenor wusste nicht mehr, was sie denken sollte. Es war ihr nicht wohl, dass Egger so nah bei ihr war.

«Es tut mir leid. Ich kann wirklich nicht mehr dazu sagen. Es tut mir auch leid, dass Sie meine Anwesenheit als unangenehm empfinden. Ich hoffe, dass ich in ein paar Tagen wieder weg sein werde.»

Mit diesen Worten liess er Elenor mit ihren Grübeleien alleine im Salon zurück.

An diesem Nachmittag machte sich Elenor endlich tatkräftig an die Umbauplanung des Badehäuschens. Sie wühlte in drei alten Kisten nach ebenso alten Plänen des Hauses und dem Park. Sie hatte allerdings nicht viel Hoffnung, etwas zu finden, als Arlette, mit einer angeekelten Miene auf einen Turm von drei muffig riechenden Kartonschachteln zeigte. Sie hatte diese in irgendeinem kleinen Raum im Estrich bei der letzten Renovation gefunden. Die Aufschriften versprachen viel und machten Elenor Hoffnung. *Baupläne* stand da in grossen schwarzen Buchstaben. Nachdem Elenor vorsichtig den Deckel der ersten Schachtel angehoben hatte, wurde ihre Zuversicht nach einem guten Fund auch schon jäh zerstört. Die Schachtel war zwar randvoll mit Papieren, die sie mit spitzen Fingern vorsichtig heraushob. Die Seiten aber waren einmal Feuchtigkeit ausgesetzt gewesen und dadurch zu einem kompakten Block verbacken. Sie versuchte noch, einzelne Blätter aus dem Klumpen herauszuschälen, aber es war nichts mehr zu machen. Die Masse zerfiel in ihren Händen. Alles, was auf diesen Dokumenten einmal verzeichnet gewesen war, war nur noch ein unleserliches Geschmiere. Die Unterlagen waren nicht mehr zu gebrauchen. Die Inhalte der beiden anderen Schachteln sahen nicht besser aus.

Dann eben auf die harte Tour. Elenor musste entweder die nötigen Zeichnungen selbst anfertigen oder Hilfe holen. Sie entschied sich für Letzteres und telefonierte ein bisschen herum, bis sie drei Architekten zusammen hatte, die einen Termin mit ihr vereinbarten, um sich das Ganze einmal anzusehen.

Als alles erledigt war, griff Elenor in die Küchenschublade mit den Schlüsseln. In einer kleinen Metallschatulle bewahrte Quentin alle im und ums Haus aufgefundenen Schlüssel auf. Die kleine Box war randvoll mit Schlüsseln aus Messing und Eisen, goldene, silberne, metallene, winzig kleine und klobig grosse, alte und neue. Ihr Bruder hatte zugegeben, dass er von den meisten keine Ahnung hatte, zu welchen Schlössern sie passten. Er und Arlette getrauten sich nicht, sie wegzuwerfen, denn man wusste nie, wann man vor verschlossenen Räumen oder Truhen stand.

Elenor aber hatte nur eines im Sinn, sie wollte in den Tunnel. Schon seit Tagen nagten in ihr Bedenken, ob der Tod des Gärtners wirklich ein Unfall gewesen war. Nicht dass sie die Fachkenntnisse und die Untersuchungsberichte der Polizei anzweifelte, aber, ach, sie konnte es auch nicht erklären warum, aber sie musste einfach noch einmal da hinunter steigen.

In der Hoffnung, dass sich ein Reserveschlüssel für das Schloss der äusseren Kellertür in der Schublade befand, kramte sie darin herum und nahm die erfolgversprechendsten Exemplare gleich mit. Dieses Mal zog sie Gummistiefel an, damit sie nicht barfuss hinunter gehen musste.

Sie brauchte eine Weile, bis sie alle mitgebrachten Schlüssel durchprobiert hatte, aber zu ihrer Freude passte der zweitletzte perfekt in das vorgesehene Schloss. Als sie ihn umdrehte, sprang die Kellertür mit einem leisen Klicken auf. Elenor sah auf den ersten Blick, dass das Regal nicht wie bei ihrem letzten Besuch vor der Bogentür stand.

Auch die schwere Tür zum Tunnel stand offen. Das Dunkel des Gewölbes dahinter gähnte Elenor wie ein gieriger Schlund entgegen. Auf eine unangenehme Weise meinte sie hier unten nicht alleine zu sein. Sie war hin und her gerissen. Auf der einen Seite wollte sie wieder gehen, wieder hinaus in die warme Sonne laufen, auf der anderen Seite wollte sie unbedingt herausfinden, was hier unten wirklich geschehen war. Quentin und Arlette waren bei der Arbeit, die konnten nicht hier sein. War Egger etwa vor ihr unbemerkt hereingeschlichen?

Die Lichter im Tunnel waren aus und es war kein Laut zu hören. Sie tastete nach dem Lichtschalter. Die Glühbirnen leuchteten auf und strahlten hell von der Decke herab. Zu ihrem Erstaunen war im Gewölbe viel Wasser nachgeströmt, viel mehr als sie erwartet hatte, obwohl die Polizei alles herausgepumpt hatte. Die im Licht glänzende Wasseroberfläche war spiegelglatt.

Einen Augenblick zögerte sie noch, dann ging sie langsam die wenigen Stufen hinunter und stand mit den Stiefeln im Wasser, das ihr fast bis unter das Schaftende reichte. Die Taschenlampe liess sie an. Sicher ist sicher. Hier unten könnte ein Stromausfall fatal enden.

Sie fröstelte. Es war hier deutlich kühler als draussen und ein leichter Luftzug streifte ihr leicht über den Rücken. Sie horchte. Nichts bewegte sich. Schritt für Schritt näherte sie sich langsam der Stelle, an der sie den toten Gärtner gefunden hatte. Ja, sie war sich sicher, hier war es gewesen. Elenor schaute sich um. Nichts erinnerte an das Drama, das sich hier abgespielt hatte und ein plötzlicher Anflug von Traurigkeit überkam sie. Was für ein schlimmer Ort zu sterben. Sie spürte mit Verwunderung, wie sich ihre Augen mit Tränen füllten. Sie versuchte zu schlucken, was ein seltsames Geräusch in der Speiseröhre zur Folge hatte, das hier unten ungewöhnlich laut klang.

Elenor tastete sich weiter. Der Tunnel war länger als sie erwartet hatte. Beim letzten Mal war sie ja nicht wirklich weit gekommen. Sie hatte den Eindruck, immer am gleichen Ort zu treten und nicht vorwärts zu kommen, als eine solide Wand vor ihr aufragte.

Also gut, der Tunnel führte nicht, wie sie insgeheim erhofft hatte, zum Badehaus oder in ein anderes Gebäude. Er hatte ein totes Ende. Mit Hilfe der Taschenlampe leuchtete sie die Wand Backstein für Backstein ab. Sie befingerte sogar jede einzelne feuchte Stelle. Hier war nichts. Keine weitere verborgene Tür, keine geheimer Schliessmechanismus, einfach nichts.

Na gut. Sie hatte genug gesehen und drehte sich um, um sich auf den Rückweg zu machen, als sie im Augenwinkel einen kaum sichtbaren, hellen Strich an der Seitenwand schimmern sah. Zuerst glaubte sie an einen Irrtum, denn sie hatte angenommen, dass die Wand solide war, doch als Elenor näher heran ging, entpuppte sich dieser Strich als ein Spalt. Es war kaum zu glauben. Auch hier unten war eine verborgene Tür und sie hatte sie nur gesehen, weil er sich einen Millimeter breit geöffnet hatte.

Elenor musste zugeben, dieses Haus war eine Schatzkammer an Geheimnissen und Verstecken, die vor ihr verborgen geblieben waren, obwohl sie hier aufgewachsen war. Die Tür war so gut getarnt, dass sie, wenn sie geschlossen war, wahrscheinlich von niemandem gesehen werden konnte, ausser man wusste, dass sie existierte und wo man danach suchen musste. Genau wie die Tapetentür im Badehaus. Wie sonst war es möglich, dass die Polizei sie übersehen hatte? Besorgt dachte Elenor eine Sekunde daran, dass sie keiner Menschenseele von ihrem Ausflug hierher erzählt hatte. Niemand wusste, dass sie im Tunnel war. Doch sie schob alle Bedenken beiseite, denn der Anziehungskraft des hellen Spaltes konnte sie sich einfach nicht entziehen. Das Licht zog sie an wie eine Strassenlaterne die Motte.

Vorsichtig, um ja keine Geräusche zu verursachen, versuchte Elenor, durch den dünnen Spalt zu spähen. Der war allerdings so schmal, dass sie die Nase an die feuchte Wand drücken musste, um wenigstens mit dem einen Auge etwas zu sehen. Zu ihrem Leidwesen sah sie nicht wirklich viel. Das Licht auf der anderen Seite war so hell, dass es sie blendete. Sie strengte ihre restlichen Sinne an und konnte ein leises Murmeln hören. Stimmen, menschliche Stimmen, nah, sehr nah.

Reflexartig trat sie einen Schritt zurück. Ihre Ahnung hatte sie nicht getäuscht. Hier unten war also doch jemand. Elenor presste ein Ohr an den Spalt, um besser hören zu können. Es waren zwei Stimmen, eine tiefe und eine etwas höhere. Ein Mann und eine Frau. Das war es aber auch schon. Es war unmöglich, die Stimmen Personen zuzuordnen, die Elenor kannte. Was sie allerdings mit Bestimmtheit sagen konnte war, dass die beiden Leute hinter der Tür heftig miteinander stritten. Obwohl sie sich anstrengte, um etwas von dem Gesagten zu verstehen, konnte sie sich aus den Worten zuerst keinen Reim machen. Zu sehen war immer noch niemand. Elenor versuchte sich ein wenig bequemer hinzustellen, als völlig unerwartet das Gespräch lauter wurde. Die Sprechenden mussten näher an Elenor getreten sein. Sie hielt den Atem an und blieb stocksteif stehen.

«… was machen wir jetzt? Wir können hier nicht bleiben, sonst fliegen wir auf. Wir hatten unfassbares Glück, dass uns die Polizei nicht gefunden hat.»

Jemand schritt auf und ab.

«Spinnst du? Auf keinen Fall gehen wir von hier weg. Wenn sie uns bis jetzt nicht entdeckt haben, dann sind wir nirgendwo so sicher wie hier.»

Die andere Stimme wieder: «Aber sie ahnt etwas. Sie hat uns im Park gesehen.»

«Ach was, sie ist völlig ahnungslos.»

Elenor hörte ein gemeines Lachen.

«Ich glaube, du verkennst die Gefahr, in der wir stecken. Jeden Augenblick könnten sie uns entdecken. Ich könnte mir in den Hintern beissen vor Wut. Das hier war das perfekte Versteck, bis Schepper anfing herumzuschnüffeln. Kein Mensch hat uns hier unten vermutet. Warum musstest du auch vergessen, das verdammte Regal zurückzuziehen?»

«Ja, ja, es ist wieder alles meine Schuld. Ich gebe es ja zu und ich kann mich nur zum tausendsten Mal dafür entschuldigen. Schepper ist nicht mehr, den haben wir für immer vom Hals. Aber kaum war der weg, fing diese neugierige Kuh an, ihre snobistische Nase überall hineinzustecken. Wie ich sie kenne, wird sie die Sache nicht ruhen lassen, bis sie alles herausgefunden hat.»

«Hm ja, ist ein bisschen blöd gelaufen.»

«Ein bisschen blöd gelaufen? Du hast wohl allen Realitätssinn verloren. Hast du dich etwa in sie verliebt?»

«Nein, wie kommst du denn darauf?»

«Ich hoffe es für dich und für mich. Das macht alles nur noch komplizierter. Was tun wir als nächstes?»

«Wir? Du sprichst immer von *wir*. Aber nur du hast ein Problem. Ich habe mit dieser Sache nichts zu tun.»

Schritte kamen näher und entfernten sich wieder.

«Das würde dir so passen!» Wieder das fiese Lachen in der höheren Tonlage. «Tu nicht so naiv. Du weisst schon seit Wochen davon und steckst mit mir bis zum Hals in dieser Sache drin. Dir war das Geld doch auch immer sehr angenehm, das du bekommen hast. Denkst du etwa im Ernst, dass die Polizei glaubt, du hättest nichts damit zu tun?»

«Es ist aber auch ein verdammtes Pech, dass sie gerade jetzt hier aufgetaucht ist. Ein paar Monate später und die Sache wäre unter Dach und Fach gewesen.»

Elenor strengte sich noch mehr an, um dem Gespräch besser folgen zu können. Sprachen die etwa von ihr? War sie diese snobistische Kuh? Sie bekam kaum noch Luft vor Anspannung. Wer zum Teufel war das da drin? Und was hatten die am Laufen?

«Du solltest etwas dagegen unternehmen.»

«Ich? Das meinst du doch nicht ernst, oder? Wie stellst du dir den weiteren Ablauf der Dinge denn vor? Soll ich einfach zu ihr hin gehen und sie abmurksen?»

«Das ist ein sehr sympathischer Gedanke.»

Elenor wurde schlecht.

«Tu einfach bald etwas, sonst ist alles zu spät.»

Sie konnte plötzlich nichts mehr hören. Es blieb still auf der anderen Seite der Tür. Wo waren die hingegangen? Hatten die sie etwa entdeckt? In Elenors Gehirn überschlugen sich die Gedanken. Der erste Impuls war, dass sie da hineinstürmen und die Personen zur Rede stellen wollte. Im letzten Augenblick besann sie sich. Sie war in den Ferien und hatte keine Waffe dabei. Elenor sah sich um. Sie musste hier raus und zwar schnell. Am liebsten wäre sie aus dem Tunnel gerannt, doch das war gerade das, dass sie nicht tun konnte. Die hektischen Bewegungen hätten Wellen geworfen, die geplätschert hätten und das hätten die da drin bestimmt gehört. Das Risiko wollte Elenor auf keinen Fall eingehen. Wenn die sie hier erwischten, konnte wer weiss was passieren. Ja, sie glaubte fest daran, dass die Leute hinter der Wand sie – wie hatten sie es ausgedrückt? – abmurksen würden.

Es war unglaublich kräftezehrend, in Zeitlupe aus dem Gewölbe zu waten. Als sie endlich wieder draussen war, rettete sich Elenor ins Haus und schloss die Tür hinter sich ab. An die kalte Wand gelehnt, liess sie sich langsam zu Boden sinken. Ihre Anspannung war mittlerweile so gross geworden, dass sie nicht wusste, was sie als nächstes tun sollte. Elenor brauchte ein paar Minuten, um sich zu sammeln. Natürlich musste sie die Polizei anrufen. Sie griff nach dem Telefon, das auf der altmodischen Kommode neben der Tür lag und rief Quentins Handy an. Philipp nahm ab. Das hatte gerade noch gefehlt.

«Wieso nimmst du einen Anruf für Quentin entgegen?»

«Wer ist denn da? Bist du es, Leni?»

«Wo ist Quentin?»

«Freut mich auch, von dir zu hören. Er ist nicht da. Er musste zu einem externen Meeting und hat mich gebeten, seine Anrufe auf mein Telefon umzuleiten zu dürfen.»

«Wann kommt er wieder?»

Elenor hörte förmlich, wie sich Philipps Gedanken am anderen Ende der Leitung überschlugen.

«Was ist den los? Du klingst so angespannt. Ist etwas passiert?» Seine Besorgnis klang echt. «Wo bist du? Zu Hause? Ich bin gleich da. Rühr dich nicht vom Fleck.»

«Auf keinen Fall», rief Elenor, aber sie hörte nur noch das monotone Tuten des Besetztzeichens.

Elenor erschrak nicht, als die hörte, wie die Türklinke nicht lange danach nach unten gedrückt wurde. Sie hatte das Auto auf dem Kiesweg fahren gehört. Erst als die Türglocke schrillte, stand sie auf und öffnete.

«Elenor, was ist passiert?» Philipp schaute sie mit gerunzelter Stirn an.

Elenor wurde von der Person, die hinter Philipp die Treppe heraufkam, abgelenkt. Benedikt Egger kam ihr mit vom Wind zerzausten Haaren entgegen.

«Hast du den da etwa mitgebracht?», flüsterte sie Philipp erbost zu.

«Nein, warum sollte ich? Ich weiss nicht, woher der gekommen ist. Was machte der überhaupt hier? Wohnt der hier etwa?»

Elenor überhörte die Fragen Philipps geflissentlich.

«Hallo, Herr Egger. Haben Sie wieder einen Spaziergang gemacht?» Elenor versuchte krampfhaft freundlich zu ihm zu sein. Insgeheim war sie irgendwie froh, dass noch jemand ausser Philipp bei ihr war und sie wollte nicht allzu grob und unhöflich sein. Unten im Keller vermutete sie immer noch die unheimlichen unbekannten Personen. Sie lud die Herren in die Küche ein und braute Kaffee.

Keiner war in Plauderlaune und die Unterhaltung kam nicht über Belanglosigkeiten hinaus. Wieso sollte sie auch. Elenor hatte überhaupt nicht die Absicht, den beiden etwas von ihrer Entdeckung aus dem Bauch dieses Hauses zu erzählen. Das ging die zwei überhaupt nichts an. Sie wünschte sich sehnlichst Quentin oder Arlette, am besten beide, herbei.

Stur wie Philipp nun mal war, startete er den einen oder anderen Versuch eine Erklärung für Elenors angespannten Zustand aus ihr herauszubekommen, immer mit einem schiefen Blick zu Egger hin. Aber sie liess sich nicht beirren.

Je mehr Zeit verstrich, umso kribbeliger wurde Elenor. Philipp und Egger blieben wie Kletten an ihren Stühlen kleben und hatten nicht die Absicht, bald zu verschwinden. Elenor wünschte sich, dass sie herausgefunden hätte, wer die zwei Personen im Tunnel gewesen waren. Gleichzeitig jagte ihr dieser Gedanke eine Heidenangst ein. Ihre weiteren Versuche, Quentin telefonisch zu erreichen, blieben erfolglos.

Elenor mochte nicht mehr länger in diesem Haus sein. Sie musste unbedingt mit jemandem sprechen, dem sie vertraute, bevor sie die Polizei anrief und alle aufscheuchte. Sie kam aber nicht dazu. Die Türglocke schrillte zum zweiten Mal an diesem Tag.

«Kann ich Ihnen helfen?» Elenor kannte den Mann nicht, der eine schwarze Mappe unter dem Arm geklemmt hielt.

«Guten Tag, ich bin Adrian Furscher, der Architekt. Wir hatten telefoniert.»

Elenor hatte ganz vergessen, dass sie für diesen Nachmittag zwei Herren zur Begutachtung des Badehauses eingeladen hatte.

«Natürlich, ich komme sofort.»

Sie liess den Mann draussen stehen und ging zurück in die Küche.

«Ich habe einen Termin. Bitte entschuldigt mich, ich werde den Architekten in den Park begleiten.»

Elenor sah, wie Philipp seine Lippen mürrisch verzog und er mit den Fingern sein rotes, langes Haar durchkämmte. Bis vorhin war es ihr gar nicht aufgefallen, aber irgendwie sah er heute nicht so gepflegt aus wie sonst. Ihm hing das Haar strähnig in die Augen und er war nicht rasiert.

«Ich dachte, wir hätten abgemacht, gemeinsam einen Plan für das Badehaus zu machen.»

«Es war mein und Quentins Wunsch, mich mit Architekten zu treffen. Zudem ist noch überhaupt nichts entschieden.»

Elenor liess ihn und Egger in der Küche sitzen und ging nach oben, um sich eine Jacke zu holen. Philipp folgte ihr ungebeten in die Halle hinaus.

«Leni, warte kurz.» Er hielt sie am Ärmel zurück.

«Was willst du, Philipp?»

«Was ist los mit dir? Du bist in letzter Zeit so bissig und kurz angebunden. Hat das etwas mit mir zu tun?»

Bissig? Kurz angebunden? Du meine Güte, dachte Elenor, wie empfindlich er war. «Nein. Mir geht nur einiges durch den Kopf. Der Umzug, Schepper und jetzt der Umbau.» Elenor versuchte ein Lächeln. «Ich habe jetzt leider keine Zeit, das zu diskutieren. Der Architekt wartet draussen auf mich.»

Sie liess ihn stehen und ging vor die Tür. Zu ihrer Überraschung stand Arlette beim Architekten und plauderte mit ihm. Sie nickte Elenor nur kurz zu, dann verabschiedete sie sich. Elenor ging mit Furscher in den Park.

Die Tür zu den Kellerräumen war geschlossen, als sie daran vorüber gingen. Elenor war froh, dass ein Mann an ihrer Seite war. Ihr war nicht wohl bei dem Gedanken, dass sie noch vor ein paar wenigen Stunden zwei ihr unbekannte Personen im Tunnel gehört hatte. Diese konnten immer noch hier irgendwo im Keller oder sonst wo auf dem Gelände sein. Eilig ging sie Adrian Furscher voraus zum Badehaus.

Furscher und der andere herbestellte Architekt sahen sich in dem heruntergekommenen Gebäude um, vermaßen, notierten und kratzten sich am Kinn oder am Kopf. Keiner sprach die Ereignisse mit Schepper an, obwohl Elenor sah, dass ihnen die Fragen unter den Nägeln brannten. Diese unangenehme Geschichte hatte sich wie eine Feuersbrunst verbreitet. Elenor wusste nicht, ob es aus Respekt ihr gegenüber war oder aus Angst, in Fettnäpfchen zu treten. Sie war jedenfalls froh, dass sie keine Antworten geben musste.

Als Elenor den zweiten Architekten verabschiedet hatte, waren weder Egger noch Philipp in der Küche anzutreffen. Arlette stand am Herd und kochte das Abendessen. Sie war in Plauderlaune.

«Es hat sich vieles geändert, seit Benedikt zurück ist. Er ist zwar wieder da, aber nur physisch. Meist hockt er in seinem Büro in der Galerie herum oder geht stundenlang spazieren. Ich muss weiterhin alles alleine erledigen. Bernadette ist auch selten da. Wobei ich froh darüber bin, wenn ich ehrlich bin. Denn wenn sie auch noch da ist, streiten sich die zwei nur.» Arlette seufzte herzerweichend.

«Ich dachte, die beiden sind ein Herz und eine Seele. Was ist denn der Anlass für die Meinungsverschiedenheiten?» Elenor langweilte Arlettes Geplapper, aber sie wollte sie nicht kränken. Also machte sie Konversation. Egger und seine Schwester waren beide kalte Fische. Die Vorstellung, dass sie sich stritten, amüsierte Elenor.

«Puh, keine Ahnung. Ich glaube es dreht sich jedes Mal um die farbigen Objekte. Du weisst, diejenigen, die du bei der Vernissage gesehen hast.»

Genau, die Vernissage, die für Elenor nicht lange gedauert hatte, mit den Objekten, die zwar schön waren, aber nach Bernadette Eggers Meinung für sie unerschwinglich.

Arlette schwatzte munter weiter, doch Elenors Gedanken waren schon abgeschweift, als sie zu ihren Füssen ein leises Miauen hörte. Kater verlangte nach seinem Abendessen.

37

Elenors Telefon klingelte noch vor dem Frühstück. «Ich muss für ein paar Tage weg. Kümmert ihr euch um Kater?»

«Wohin gehst du denn?», fragte Quentin. Er, Arlette und Egger schauten sie fragend an.

«Ich muss noch ein paar Dinge in Bern erledigen. Der Vermieter hat einen Nachmieter gefunden und ich muss die Wohnung räumen.»

«Ja klar, machen wir. Wann kommst du wieder?» Quentin faltete die Zeitung ungelesen wieder zusammen.

«Ich weiss nicht genau. In ein, zwei Tagen. Es wird nicht allzu lange dauern.»

«Na gut. Viel Erfolg.»

Als Elenor ein paar Sachen zusammenpackte, sah sie sich im Zimmer um. Es kam ihr vor, als wohnte sie schon monatelang hier in diesem Raum. Dabei war sie erst vor ein paar Wochen unangemeldet vor dem Haus aufgetaucht. Sie hatte damals gehofft, dass sie einen Job finden und ihr Leben wieder in geregelte Bahnen zu lenken vermochte. Im Moment sah es nicht so aus, als würde das in nächster Zeit passieren. Nicht dass es ihr langweilig geworden wäre. Beileibe nicht. Durch die sich überstürzenden Ereignisse wurde der Knäuel, der ihr Leben geworden war, nur noch fester zusammen geschnürt statt gelöst. Doch es war ihr unmöglich geworden, beide Leben, das in Bern und hier in der Villa, gleichzeitig zu leben. Dann war noch die Sache mit Jonas. Allein der Gedanke an ihren Ex-Freund machte Elenor wütend. Aber es blieb ihr nichts anderes übrig. Sie musste nochmals zurück. Auch hatte sie es Henriette versprochen. Die Tage, in denen ihre Nachbarin den Pflanzen Wasser geben musste, waren endgültig vorbei.

Auf der Fahrt nach Bern achtete sie peinlich genau auf die vorgegebenen Tempolimiten. Nicht, weil sie befürchtete, einen Strafzettel zu kassieren, sie wollte die Zeit so lange ausdehnen wie nur möglich. Es half ein wenig, doch schlussendlich stand Elenor trotzdem vor ihrer Wohnungstür. Nachdem sie den Koffer im Wohnzimmer deponiert hatte, klingelte sie an Henriettes Tür. Ihre Nachbarin sah besser aus als bei Elenors letztem Besuch im Krankenhaus. Freudestrahlend umarmten sie sich und Henriette bat Elenor hinein. Bald sassen sie an einem hübsch gedeckten Tisch und tranken Kaffee aus zierlichen, geblümten Keramiktassen und assen ein Stück der selbst gebackenen Bündner Nusstorte. Es war Elenors Lieblingskuchen. Henriette hatte wohl einen sechsten Sinn. Woher sollte sie sonst wissen, dass sie kommen würde.

Froh darüber, Elenor wieder zu sehen, plapperte Henriette ohne Punkt und Komma über die Ereignisse in ihrem Leben, allem voran über ihren Aufenthalt im Spital, wen sie da kennengelernt und von wem sie alles Besuch bekommen hatte. Es waren unglaublich viele Leute gewesen. Erst nach einer geraumen Weile schien sie zu bemerken, dass Elenor lustlos am Kuchenstück herumstocherte.

«Erzähl mal du, Elenor. Ich plappere und plappere, dabei hast du sicher auch viel erlebt.» Sie sah Elenor aus ihren gütigen und verständigen Augen an.

Elenor erzählte alles. Fast alles. Wie sie sich in Philipp verliebt hatte, dann auf den Arm genommen fühlte, ja jetzt sogar Angst vor ihm hatte. Vom seltsamen Geschwisterpaar Egger, vom toten Jakob Schepper, dem Gärtner. Als sie fertig war, fühlte Elenor sich wunderbar erleichtert.

Lange blieb es still, dann fragte Henriette sanft nach den positiven Seiten ihres Aufenthaltes dort in der Villa am See. Denn Vorteile müsste es doch geben, meinte sie, sonst wäre Elenor sicher nicht dageblieben, sondern nach Bern zurückgekehrt.

Elenor war über die Frage verblüfft und musste einen Moment über diese Worte nachdenken. Ja sicher, da war Quentin und die erneuerte Freundschaft mit Emma. Arlette war auch ganz nett und nicht zu vergessen die Umbaupläne für das Badehaus waren spannend und herausfordernd.

Henriette nickte verständnisvoll und tätschelte Elenors Arm. Dann gestand sie, dass sie seit ihrer Wegfahrt Angst vor der Entscheidung Elenors hatte, für immer von Bern wegzuziehen. Wehmütig sah Henriette Elenor dabei an. Ihre Nachbarin vermisste sie jetzt schon ungemein und natürlich auch Kater. Es sei seit ihrem Weggang ruhig geworden hier im Haus.

Dieses Geständnis rührte Elenor sehr. Ihr lag auch viel an der Freundschaft mit der älteren Frau. Vor der Abschiedsumarmung rang Henriette von Elenor das Versprechen ab, sie, sobald das Badehaus renoviert war, einzuladen. Dieses Versprechen gab Elenor ihr sehr gerne.

Wieder in der eigenen Wohnung, rief Elenor Jonas an. Er meldete sich nach dem zweiten Klingelton.

«Na, wieder zurück?» Er war noch nie ein Mann vieler Worte gewesen.

«Wir müssen uns treffen. Morgen Mittag hier in der Wohnung. Nimm Kartons mit, damit du deinen Kram gleich mitnehmen kannst.»

«Warum?»

«Ich ziehe hier aus. Wenn du die Wohnung nicht selbst übernehmen willst, zieht ein anderer ein. Die Wohnung muss also leer werden.»

Dann hängte Elenor auf. Wer keine Begrüssung übrig hat, der wurde auch nicht verabschiedet.

Ohne Kater war es einsam, wieder im alten Bett zu liegen. Draussen rauschten statt vieler Bäume die Autos unten auf der nahen Strasse vorbei. Elenor war zu unruhig, um zu schlafen, also stand sie wieder auf und fing an zu packen. Was Platz hatte, nahm sie morgen im Auto zurück, um das andere konnte sich eine Umzugsfirma kümmern. Im Keller der Villa hatte es noch genügend Platz für die Sachen, die sie nicht dringend benötigte. Später kamen sie mit ins umgebaute Badehaus.

Als es draussen dämmerte, kochte sie sich Kaffee, den sie im Küchenschrank gefunden hatte. Milch war aus, die hatte Henriette entsorgt. Elenors Blick glitt über die vielen Schachteln, die sich in einer Ecke stapelten. Auf dem Küchentisch hatte sie Jonas Sachen aufgehäuft. Viel war es nicht. Einige Kleidungsstücke, ein paar Bücher, Musik-CDs, an der Wand lehnte ein Bild. Das war alles, was von ihrer Beziehung übrig geblieben war. Krimskrams. Alte Pullover, die Bücher hatten Eselsohren. Jonas benutzte nie Lesezeichen, er knickte lieber die Seite um, auf der er gerade las. Auch hatte er die Unart, Textpassagen, die für ihn eine Bedeutung hatten, mit gelben Marker anzustreichen. Purer Vandalismus in Elenors Augen. Die so verunstalteten Bücher waren für sie unlesbar geworden. Die Markierungen und umgeknickten Seiten lenkten sie beim Lesen ab, was sie nervte und ihr den Spass nahm. Als sie ihn gebeten hatte, das doch zu unterlassen, hatte er nur über ihre penible Art gelacht.

Elenor war schon beinahe fertig mit Sortieren und Einpacken, als es an der Tür klingelte. Es war mittlerweile Mittag geworden. Durch den Spion sah sie Jonas in verkleinerter Form im Flur stehen. Drei tiefe Atemzüge später drehte sie den Schlüssel um und öffnete die Tür.

«Hallo. Komm rein.»

Jonas stiess die Tür ganz auf und ging an ihr vorbei in die Wohnung. Seine Anwesenheit füllte den ganzen Raum aus. War es ein Fehler gewesen, ihn herein gelassen zu haben? Jetzt war es zu spät, um darüber nachzudenken.

«Ist das alles?» Er zeigte auf den Küchentisch.

Als Elenor nickte, zog er einen zusammengeknüllten Plastiksack aus seiner Jeanstasche und faltete ihn zur vollen Grösse auf. Entnervend lange betrachtete er seine durcheinander liegenden Habseligkeiten, bis er sie mit einer abwertenden Geste einzeln in den Sack warf.

Wieder klingelte es an der Haustür. Elenor wollte sie gerade öffnen, als er sie anherrschte. «Du machst jetzt nicht auf!»

Sie erschrak. Wie aggressiv er wieder war. Doch sie liess sich von ihm nicht mehr ängstigen. Elenor griff nach der Klinke.

Blitzschnell hatte er sich zwischen sie und den Eingang gestellt. «Ich sagte, mach nicht auf.» Seine Stimme war gefährlich leise.

Hinter ihm sah Elenor zu ihrer Überraschung, wie sich die Tür leise öffnete. Sie hatte nicht abgeschlossen. Henriette stand im Türrahmen.

«Komme ich etwa ungelegen?» Sie schaute Elenor, nicht Jonas, fragend an.

Jonas hatte sich nicht umgedreht, sondern starrte weiterhin Elenor boshaft an. «Ja, das tun Sie», zischte er.

Elenor sah, dass Henriette etwas in den Händen hielt. «Nein, natürlich nicht, komm herein, Henriette.»

Henriette quetschte sich an Jonas vorbei und stellte den Kuchen auf den nun freien Küchentisch.

«Ich dachte, ich bringe dir ein Stück deines Lieblingskuchens vorbei. Den habe ich frisch gebacken.»

Es war ein Stück desselben Kuchens, von dem Elenor gestern gegessen hatte. Da wusste sie, dass Henriette Jonas Kommen beobachtet hatte.

«Vielen lieben Dank. Hm, sieht lecker aus.»

«Och, wenn ich gewusst hätte, dass ihr zu zweit seid, dann hätte ich noch ein Stück mehr gebracht.» Sie würdigte Jonas keines Blickes.

«Das ist nicht schlimm. Jonas wollte sowieso gerade gehen.» Elenor blickte ihm in die Augen. «Stimmt doch, oder nicht, Jonas?»

Diese Worte gingen wie ein elektrischer Schlag durch seinen Körper. Jonas Wangen verfärbten sich dunkelrot. Seine Stimme klang gepresst, als er sprach.

«Doch, doch, ich bin hier fertig und habe noch andere Dinge zu erledigen.»

Er hob seine Plastiktasche auf und stürmte zur Tür hinaus.

Elenor atmete erleichtert aus, als sie unten die Haustür zuschlagen hörte. Sie schlang die Arme um Henriettes Hals.

«Du hast mir das Leben gerettet, das werde ich dir nie vergessen.»

«Ich kam wohl gerade zur rechten Zeit, oder?»

Elenor nickte. «Woher hast du gewusst, dass er kommt? Hast du ihn etwa beobachtet?»

«Nicht mit Absicht.» Henriette lächelte breit. «Ich habe gerade die Blumen auf meinen Fensterbänken gegossen, als ich ihn auf das Haus zukommen gesehen und eins und eins zusammen gezählt habe.» Sie glucste vergnügt. «Ich habe an der Tür gelauscht.»

«Du Schlimme, du.» Elenor drohte ihr spielerisch mit dem Zeigefinger.

Bald darauf hatte Elenor die Rollläden an den Fenstern geschlossen und den Kühlschrank ausgesteckt. Befreit von einer grossen Last, schloss sie hinter sich die Wohnungstür zum letzten Mal ab.

Es war aber noch nicht alles geregelt und erledigt. Eines war noch zu tun. Elenor parkte das vollgepackte Auto bei ihrem Arbeitgeber unter dem Schild *Besucher*. Lange blieb sie sitzen und starrte durch die Windschutzscheibe auf das hellgraue Gebäude. Dann rief sie ihren Chef an.

Kurze Zeit später sass sie ihm in seinem Büro gegenüber. Zwischen ihnen stand ein riesiger Holztisch, von dem sie wusste, dass sein Vorgänger und dessen Vorgänger auch schon daran gesessen und gearbeitet hatten. Auf seiner Seite des Tisches natürlich.

«Sie sind extra aus Ihren Ferien hergekommen, um zu kündigen?»

Er sah Elenor über den Rand seiner Lesebrille, die er auf seiner Nasenspitze balancierte, an.

«Ja, ich habe es mir reiflich überlegt. Es ist Zeit weiterzuziehen.» Das hatte sie eigentlich bereits getan.

«Schade. Ich lasse Sie nur ungern gehen. Aber Reisende soll man nicht aufhalten.»

Wieder dieser Blick, aber jetzt bildete Elenor sich ein, dass ein ehrliches Bedauern darin zu sehen war.

Sie einigten sich darauf, dass Elenor ihre restlichen Ferientage opferte, damit ein Schlussstrich gezogen werden konnte. Sie wollte frei sein und ihr Chef brauchte einen neuen Mitarbeitenden. Zum Abschied drückten sie sich lange die Hand. Sie hatte gerne hier gearbeitet, aber bereute den jetzt getanen Schritt keineswegs.

Ein paar Strassen weiter, an einer stark befahrenen Kreuzung, stand die Ampel auf Rot. Elenor schaute aus dem Fenster und beobachtete gelangweilt den Verkehr, als sie ihn auf der anderen Strassenseite auf dem Trottoir stehen sah. Konzentriert schaute er sich die Auslagen eines Schaufensters an. Sie sah ihn nur von der Seite, aber es bestand kein Zweifel. Solche Haare, eine solche Nase, hatte nur Benedikt Egger. Sie hoffte im Stillen, dass er sie nicht gespiegelt im Fenster sah. Was tat denn der hier in Bern? War er ihr etwa gefolgt? Er wusste, dass sie hierher kam, um die Wohnung zu räumen.

Sie beobachtete, wie Egger nach einem kurzen Drehen seines Kopfes nach links und rechts, wie um sich zu versichern, dass er nicht verfolgt wurde, im Geschäft vor ihm verschwand.

Hinter Elenor hupte es ungeduldig. Sie hatte das Umschalten der Ampel auf grün verpasst. Langsam fuhr sie an, den Laden im Rückspiegel liess sie nicht aus den Augen. Bis jetzt war Egger nicht wieder aus dem Laden herauskommen.

Gerade als sie das Interesse an ihm verloren hatte, sah sie, wie ihm eine blonde Frau ins Geschäft folgte.

Elenor durchfuhr es heiss, als sie die Augen wieder auf den Strassenverkehr richtete. Die Autokolonne vor ihr stand still. Die Bremsen ihres Autos quietschten ohrenbetäubend, als sie mit aller Kraft auf die Pedalen trat. Wie durch ein Wunder geschah nichts Schlimmes, als sie nur Zentimeter vor der Stossstange des Vordermannes zum Stillstand kam. Schnell sah sie sich nach dem Geschäft um und hoffte inständig, dass Egger kein neugieriger Gaffer war, wie diejenigen, die sich bereits um ihr Auto herum versammelt hatten und missbilligend die Köpfe schüttelten. Er war nirgends zu sehen. Glück gehabt. Mit rotem Kopf, aber mit einem Lächeln auf den Lippen, winkte Elenor freundlich den Fussgängern und vorbeifahrenden Autolenkern zu. Mochten die doch denken, was sie wollten. Sie war jedenfalls froh darüber, dass nichts passiert war.

Sie gab Gas und fuhr zügig weiter. In Gedanken sah sie immer noch Egger, wie er ein bisschen gehetzt wirkend im Laden verschwunden war. Wollte er etwas verheimlichen? Das liess ihr keine Ruhe. Kurzerhand wendete sie bei der nächsten Gelegenheit und fand kurz darauf eine Parklücke in der Nähe des besagten Geschäfts.

Hastig ging sie die paar Schritte zum Laden. Hier musste es sein. Elenor las erstaunt die Anschrift an der Fassade des Gebäudes. Ludwig Schuss – Waffenhändler. Wenn das nicht ein Beispiel für *Nomen est Omen* war, dann wusste sie auch nicht. Neugierig sah sie auf die ausgelegte Ware. Alte Karabiner, antike Messer, sogar ein Morgenstern waren dabei. War Egger vielleicht ein Sammler alter Waffen?

Sie versuchte in den Laden hineinzuspähen, konnte aber nichts erkennen. Drinnen war es ziemlich düster. Was tat sie hier eigentlich? Sie stand vor einem Schaufenster eines Waffengeschäfts und blinzelte wie ein Depp hinein. Wenn Egger Lust hatte, eine Waffe zu kaufen, so soll er das doch tun.

Plötzlich wurde Elenor bewusst, dass sie hier auf dem Gehsteig wie auf dem Präsentierteller stand. Wenn Egger wirklich in diesem Laden war, dann konnte er sie hier draussen stehen sehen. Wenn dem so war, dann konnte sie auch gleich hinein gehen. Elenor kam der Verdacht, dass man immun gegen Peinlichkeiten aller Art wurde, wenn man einmal eine Leiche gefunden hatte.

Sie öffnete die Ladentür. Die Räumlichkeiten waren wider Erwarten menschenleer. Kein Egger, keine Blondine, nicht einmal ein Verkäufer war zu sehen.

Elenor war nicht das erste Mal in einem Waffengeschäft, gleichwohl war es interessant, was es alles so an Ausstellungstücken gab. Der Inhaber hatte eine ansehnliche Vielfalt an Schuss-, Stich- und Hiebwaffen ausgestellt.

Unbehelligt schaute sie sich das eine oder andere Objekt genauer an. Beim Eingang waren die älteren Stücke ausgestellt, weiter hinten die moderneren Waffen. An den Wänden hingen Gewehre, Armbrüste und Bogen. Elenor zog ihre Kreise zwischen den Gestellen und Regalen und nahm den Mann vor dem geschlossenen Vorhang hinter dem Tresen erst wahr, als sie sich über die Glasvitrinen bei der Kasse beugte. Unbeweglich stand er da, seine muskulösen und tätowierten Arme vor der Brust verschränkt und beobachtete sie unverhohlen. Seine Kleidung hatte die gleiche Farbe wie der hinter ihm hängende khakifarbene Stoffstreifen. Die perfekte Tarnung.

«Kann ich Ihnen helfen? Suchen Sie etwas Bestimmtes?»

«Nein danke. Ich bin nur neugierig, was Sie alles anbieten.»

«Alles, was Sie haben wollen. Was wir nicht dahaben, kann ich Ihnen besorgen.»

«Aha, äh, vielen Dank.»

Er liess seine Brustmuskeln unter dem ärmellosen T-Shirt spielen. Die schulterlangen, strähnigen, schwarzen Haare passten irgendwie zu seinem Aussehen. Er kam Elenor nicht feindselig vor, nur etwas grobschlächtig und ungepflegt.

«Wer interessiert sich denn für solche Sachen?»

«Sind Sie von der Polizei?» Er kniff die Augen zusammen.

«Nein, nur neugierig. 'tschuldigung.»

Was hatte sie sich nur dabei gedacht? Was hatte sie erhofft zu erfahren? Dass Egger irgendwo auf der Welt ein Attentat plante? Er war nicht mal hier. Auch die Blondine nicht, die hinter ihm in den Laden gestöckelt war.

Wieder im Auto stellte Elenor das Radio an und war froh über die fröhliche Musik, die über den Äther geschickt wurde, bei der sie sorglos mitträllern und die Gedanken auf erfreulichere Dinge lenken konnte. Sie freute sich auf Quentin, Emma und Kater.

38

Er freute sich auf seine erneute Reise nach Afrika. Es war ihm ein Anliegen, dass er alle seine Lieferanten persönlich kannte, dafür waren ihm auch die anstrengendste Reise und die kuriosesten Leute nicht zu viel. Menschen wollten gelobt oder getadelt werden und genau das tat er auf seinen Besuchen. Er wollte Respekt zeigen für die Arbeit, die sie leisteten oder dort Korrekturen vornehmen, wo es nötig war.

Zu dieser Zeit war es Winter auf dem schwarzen Kontinent. Das war nicht von allgemeiner Wichtigkeit, aber sein Körper plagte ihn wieder. Die Behandlung war nicht wirklich nötig, im Sommer war es schlimmer als im Winter, aber ihm würde wohler in seiner Haut sein, wenn er es machen liess. Die Prozedur war jedes Mal sehr schmerzhaft und es graute ihm davor. Die Behandlung liess er immer beim gleichen Anbieter durchführen. Man kannte sich schon seit Jahren und dieses Vertrauensverhältnis war immens wichtig für ihn. Das Pech war nur, dass dieser so weit weg war.

Er war ein treuer Kunde. Er wusste, alle Mitarbeiter waren verschwiegen und niemand kannte ihn dort oder interessierte sich für das, was er tat. Ein Vorteil, der nicht zu unterschätzen war.

39

Es war schon spät nachts, als Elenor die Auffahrt zur Villa hochfuhr. Das warme Licht, das durch die hohen Fenster flutete, wärmte ihr Herz.

Quentin war noch wach und hatte es sich mit einer Zeitung und einem Glas Whiskey im Salon bequem gemacht. Ihre Laune trübte sich, als die den roten Schopf Philipps neben dem schwarzen Bob Arlettes sah.

«Was gibt's Neues in der Hauptstadt?» Quentin sah Elenor über die Zeitung hinweg an.

«Ich konnte alles erledigen. Die Wohnung ist geräumt und ich bin nun ein freier Mensch.»

«Das ist gut.» Ihr Bruder war aufgestanden und bot ihr ein Glas Hochprozentigen an, was sie dankend annahm.

«Ist Egger ausgezogen?» Elenor nippte am Whiskey, der ihr heiss die Kehle hinunter rann.

«Nein, wieso?», fragte Arlette.

Schade, dachte Elenor. «Möchte er nicht am Umtrunk teilnehmen?»

Sie allein wusste, warum er nicht hier im Salon sass. Er war sicher noch in Bern oder auf dem Weg hierher.

«Ich habe keine Ahnung, wo er sich wieder rumtreibt. Bernadette ist auch verschwunden. Ich hasse es, wenn die beiden das tun. Ohne ein Wort zu verschwinden, meine ich. Das scheint in den Genen dieser Familie zu liegen.» Arlette seufzte resigniert.

Elenor liess die Bombe platzen. «Ich weiss, wo er ist. Ich habe ihn heute in Bern gesehen.»

«Was?!», riefen Arlette und Philipp wie aus einem Munde.

«Er ging gerade in ein Waffengeschäft, als ich vorbeifuhr. Jemand ist ihm hineingefolgt, eine blonde Frau.»

Die Frau erwähnte Elenor nur als zusätzliche Information, wahrscheinlich hatte das Eine mit dem Anderen nichts zu tun. Die Wirkung dieser Neuigkeit überraschte sie aber dann doch.

«Das kann nicht sein. Ich habe ihn heute Nachmittag doch noch in der Galerie gesehen.» Arlette runzelte die Stirn und schüttelte ungläubig den Kopf.

Philipp schaute Elenor an, als hätte sie gesagt, dass der Whiskey vergiftet sei. «Bist du sicher, dass er es gewesen ist?»

«Ja, ziemlich.» Elenor war durch die unerwartet heftige Reaktion der beiden völlig perplex. Sie kam sich wie eine Lügnerin vor.

«Vielleicht hast du nur jemanden gesehen, der wie Benedikt aussah.» Quentin machte ein ebenso erstauntes Gesicht.

Elenor wusste nicht, war es, weil sie einer möglichen Verwechslung aufgesessen war oder weil Arlette und Philipp sich seltsam benahmen, aber langsam kamen Elenor Zweifel, ob die Person, die sie in Bern gesehen hatte, wirklich Egger gewesen war.

«Was hast du genau gesehen? Erzähl mal.»

Elenor merkte, dass ihr Bruder ihr mit dieser Aufforderung helfen wollte. Sie erzählte von dem Beinahe-Auffahrunfall, von Egger und der Frau, die ihm in den Laden gefolgt war. Die Erwähnung des Waffengeschäft von Herrn Schuss mit den tätowierten Armen löste allgemeines Kopfschütteln aus.

«Es war niemand sonst im Laden?», fragte Quentin.

«Nein, das war es ja, nur ich und dieser Kerl.»

«War er denn der Besitzer?», fragte Arlette.

«Woher soll ich das denn wissen? Wir haben uns einander nicht vorgestellt. Aber ich nehme es an.»

«Wo waren denn Egger und die Unbekannte abgeblieben?»
Elenor hatte keine Antworten.

«Schwesterherz, ich glaube, du hast dich geirrt. Ich bin sicher, es war jemand gewesen, der ihm ähnlich sah. Deine blühende Fantasie spielt dir einen Streich.»

«Schon möglich», lenkte Elenor ein. Sie spürte Philipps dunkle Augen auf sich ruhen.

«War Jonas auch da?»
Elenor wusste, dass Quentin nur aus Höflichkeit fragte.

Bei Jonas Namen kniff Philipp die Augen zusammen.

«Er kam kurz vorbei und holte seine Sachen ab. Das war es auch schon.»

«Gut.» Quentin nickte ihr zu.

«Dann bleibst du also hier? Das freut mich.» Arlette lächelte, aber ihre Augen lächelten nicht mit.

«Herzlich willkommen zurück, für immer.» Quentin sprach den Trinkspruch mit feierlicher Stimme aus und auch Arlette und Philipp hoben ihre Gläser.

«Erwarte jetzt aber nicht, dass ich nochmals eine Party für dich schmeisse.»

Elenor schüttelte lachend den Kopf. Die Anspannung der letzten zwei Tage fiel von ihr ab. Jetzt nur nicht losheulen.

«Für immer ist schon sehr lange. Aber für die nächste Zeit werde ich wohl hier wohnen und wenn das Badehaus fertig umgebaut ist, wird dort mein Domizil sein.»

Elenor sah die Bewegung zuerst nur aus den Augenwinkeln und drehte besorgt den Kopf. Überrascht sah sie, wie Philipp in sich zusammen fiel. «Philipp, ist dir nicht gut?»

«Was ist los, Kumpel?» Quentin bemerkte nun auch, dass es seinem Freund nicht gut ging.

Doch Philipp fasste sich erstaunlich schnell wieder und winkte abwehrend mit der Hand. «Es ist nichts. Ich hatte heute wahrscheinlich zu wenig getrunken und jetzt der Alkohol.» Er grinste verkrampft das Glas in seiner Hand an.

Quentin zog die Augenbrauen hoch, liess es aber dabei bleiben.

Arlette war der kleine Schwächeanfall Philipps wohl egal. Sie verzog keine Miene, sondern schaute ihn nur mit einem schiefen Grinsen an. Elenor erschrak ob ihres abschätzenden kalten Blicks.

«Bleib doch über Nacht hier. Ich sehe es gar nicht gerne, wenn du in dem Zustand mit dem Auto nach Hause fährst.» Quentin war ganz der Gastgeber und Freund.

Philipp nahm zu Elenors Missfallen das Angebot an. Auch das noch. Das hiess für sie wieder die Zimmertür abschliessen zu müssen.

Abrupt stand Philipp auf, wünschte kurz angebunden allen eine gute Nacht und ging nach oben in eines der freien Gästezimmer. Nachdem der gesellige Abend so jäh endete, wünschte auch Elenor allen eine gesegnete Nachtruhe und zog sich zurück.

Wenige Zeit später, Elenor lag im Bett und blätterte durch ein Hochglanzmagazin, hörte sie draussen auf dem Flur Schritte. Nicht laut, aber so, dass man es deutlich als Schritte wahrnehmen konnte. Kater konnte es nicht sein, denn Katzen stampfen nicht. Die Schritte näherten sich und stoppten direkt vor ihrer Tür, gerade so, als horche jemand. Sie starrte angespannt zur Tür und wartete auf ein Klopfen, das nicht kam. Sie spürte, wie ihr Herz bis zum Hals schlug. Wer war da draussen auf dem Flur? Quentin, Arlette oder etwa wieder Philipp? Oder noch schlimmer – Egger?

Auf einmal war Elenor sich nicht mehr sicher, ob sie die Tür auch wirklich verriegelt hatte. Sie wollte aufstehen und nachsehen, doch weder die Arme noch die Beine gehorchten ihr. Bleischwer sank sie in die Kissen zurück und versuchte möglichst flach zu atmen. Nichts sollte darauf hinweisen, dass sie hier wehrlos im Bett lag. Ihr war schon bewusst, dass das totaler Blödsinn war, wo sonst sollte sie denn zu dieser Zeit sein? Als sie nach einer gefühlten Ewigkeit hörte, wie sich die Schritte wieder entfernten, war sie erleichtert. Die normale Atmung setzte wieder ein und die Glieder konnte sie auch wieder bewegen. Nur langsam baute sich das Adrenalin ab, das immer noch durch ihre Blutbahnen floss. Sie war sich sicher, dass die Person auf dem Flur nur Philipp gewesen sein konnte. Seine Anwesenheit im Haus musste ein Ende haben. Sie wollte nicht mehr, dass er hier übernachtete. Sie würde sich gleich morgen früh um das Problem kümmern.

Gerade wollte sie die Nachttischlampe ausknipsen, als sie eine Bewegung an der Tür bemerkte. Mit Entsetzen sah sie, dass sich die Türklinke lautlos auf und absenkte. Das konnte nicht sein. Sie hatte keine Schritte mehr gehört.

Kaum gedacht, schwang die Tür auch schon wie in Zeitlupe auf. Elenor erkannte deutlich drei Gestalten, die sich auf der Schwelle aneinander drängten. Philipp, Benedikt und Bernadette Egger blickten gleichermassen vorwurfsvoll und auch ein wenig verärgert zu ihr herüber.

Was zum Teufel sollte das? Elenor lief es kalt den Rücken hinunter. Sie wollte schreien, nach Quentin, nach Arlette, nach Hilfe, brachte aber keinen Ton heraus. Sie wollte aufstehen, ins Badezimmer flüchten und sich dort einschliessen, war aber wie gelähmt. Es war eine gespenstische Szene. Dann, plötzlich, fegte aus dem Nichts ein Luftzug durchs Zimmer und schlug die Tür zu.

Der laute Knall hallte noch nach, als Elenor wieder klar denken konnte. Mit zitternden Knien und klopfendem Herzen stand sie auf und tastete sich zur Tür. Sie war verschlossen, der Schlüssel steckte auf ihrer Seite im Schloss. Sie kapierte nicht. Was war hier los? Wie konnte das sein? Bange legte sie ein Ohr an das kühle Holz des Türblattes und lauschte. Gedämpft hörte sie auf der anderen Seite jemanden weinen. Es klang ganz zart und hell und leise, wie das Weinen eines Kindes. Sie nahm allen Mut zusammen und ganz langsam und möglichst geräuschlos drehte sie den Schlüssel im Schloss und öffnete die Tür vorsichtig nur einen klitzekleinen Spalt breit.

Es war dunkel, kein Licht brannte im Flur. Sie konnte niemanden entdecken. Philipp und die Eggers waren nicht mehr da. Sie öffnete die Tür etwas weiter. Da stand ein Mann unerwartet vor ihr, als sei er aus dem Nichts gekommen. Sein schütteres Haar war ganz nass und hing ihm wie schlapper

Schnittlauch tief über die Augen. Unter den dicken Gläsern und dem altmodischen Brillengestell rannen Tränen in dünnen Rinnsalen seine blassen, eingefallenen Wangen hinab. Die Kleider hingen wie feuchte Lumpen an seinem massigen Körper. Er sah mitleiderregend aus. Schepper, der Gärtner stand heulend vor Elenor. Sie schlug die Tür zu.

Wie von weiter Ferne hörte Elenor sich selbst schreien und setzte sich verwirrt auf. Ihr Pyjama war schweissgetränkt und ihr Herz schlug so schnell, als wollte es weg, weg aus diesem Körper, weg aus diesem Zimmer. Sie starrte wie betäubt in die Dunkelheit hinein, die ab und zu von einem zuckenden Licht erhellt wurde. Ein Gewitter war aufgezogen und demonstrierte seine Gewalt. Starker Wind rüttelte draussen an den schweren Ästen der Bäume, die sich knarrend in den Böen bogen. Der Vorhang blähte sich wie ein Schleier in den Raum hinein. Noch völlig ausser Atem stand Elenor auf und schloss das Fenster. Was für ein schrecklicher Albtraum. Für sie würde es in Zukunft keinen Whiskey mehr vor dem Zubettgehen geben.

40

Herr Schmitt hatte sich nicht verändert. Sein Gesicht war immer noch ohne Behaarung, aber an diesem sonnigen Tag trug er eine dunkle Sonnenbrille, die es unmöglich machte, seine Augen zu sehen. Sie sassen auf der Terrasse des nobelsten Hotels in der Stadt und genossen die Aussicht über die Häuser und das nahe Meer. Weit unter ihnen hörte er den Verkehr der Millionenstadt dröhnen, eine Kakophonie von schepperndem Blech, quietschenden Gummi und lärmenden Motoren.

Die Sitzung war vorüber und zur Zufriedenheit aller verlaufen. Er hatte Herrn Schmitt als seinen exklusiven Lieferanten der Materialien gewinnen können, die er für seine Objekte brauchte. Sie prosteten sich zu. Beide freuten sie sich auf eine fruchtbare Geschäftspartnerschaft und gewinnbringende Zukunft.

41

Völlig gerädert wachte Elenor am nächsten Morgen auf. Als erstes vergewisserte sie sich, dass die Zimmertür noch immer verschlossen war. Alles gut, es war wirklich nur ein Traum gewesen.

An diesem Morgen war sie zu müde, um sich anzuziehen, also beschloss sie, im Morgenmantel den ersten Kaffee zu trinken. Wenn dann der Blutdruck die normale Betriebshöhe erreicht hatte, konnte man weitersehen.

Schon als Elenor die Treppe nach unten ging, hörte sie Stimmen aus der Küche dringen. Irgendetwas wurde lauthals debattiert. Sie überlegte kurz, ob sie nicht umkehren sollte. Heute Morgen hatte sie überhaupt keine Lust und Energie, in etwas hineinzugeraten, das eventuell zu ihrem Nachteil war. Der verführerische Kaffeegeruch, der Elenor in die Nase strömte, liess sie jedoch alle Vorsicht vergessen. Erst als sie auf der Schwelle zur Küche stand, konnte sie die Worte klar und deutlich hören.

«Du bist in einer halben Stunde hier ausgezogen. Ich möchte dich heute auch nicht im Geschäft sehen.»

Quentins Stimme war hart und kalt. Schnell trat Elenor einen Schritt zurück in den Flur und lauschte.

«Es tut mir leid, aber du verstehst das falsch.» Philipp klang eindringlich.

«Was bitte kann ich daran falsch verstehen, wenn ich dich mitten in der Nacht herumschleichen sehe. Du weisst, dass Elenor nicht will, dass du hier bist. Langsam verstehe ich auch, warum.»

«Das hat überhaupt nichts mit Elenor zu tun.»

«Warum erwische ich dich dann, wie du vor ihrer Zimmertür wie ein liebeskranker Trottel stehst? Du hast in diesem Teil des Hauses überhaupt nichts zu suchen.»

«Aber lass mich doch erst erklären …»

«Ich will nichts mehr hören. Hol deine Sachen und verschwinde von hier.»

Nichts rührte sich in der Küche.

«Ich warte!» Ungeduldig schlug Quentin mit der Hand auf den Holztisch.

Elenor konnte gerade noch einen Schritt zurückweichen, als Philipp auch schon an ihr vorbeistürmte. Nur kurz streifte sein Blick ihren. Sein Gesicht war fast so flammend rot wie sein wirres, vom Kopf abstehendes Haar. Dann war er schon mit seinen langen Beinen die Treppe hinaufgerannt.

Elenor betrat die Küche mit einem mulmigen Gefühl. Quentin schaute überrascht auf.

«Hast du etwa gelauscht?»

Sie hatte ihren Bruder schon lange nicht mehr so wütend gesehen.

«Man konnte euch nicht überhören.»

Quentin fuhr sich mit beiden Händen durchs Haar. Er wirkte müde und unglücklich. «Ich habe ihn erwischt, wie er vor deinem Schlafzimmer herumgelungert ist.»

Elenor dachte an den Traum. War es doch mehr Realität gewesen, als ihr lieb war, oder hatte ihr Unterbewusstsein Tatsachen mit nächtlichem Synapsensalat vermischt?

«Sei nicht so streng mit ihm.»

«Das sagst gerade du, wo du ihn doch nicht im Haus haben willst.» Quentin schüttelte den Kopf.

«Das will ich auch nicht. Aber du musst noch mit ihm zusammen arbeiten.»

Er nickte. «Ich weiss, das Ganze hier belastet unsere Freundschaft sehr. Ich werde mir Mühe geben, ihm nicht gleich den Kopf abzureissen.»

Er nahm seine Unterlagen vom Tisch und verabschiedete sich mit einem Kuss auf Elenors Stirn.

«Frau Epp, das müssen Sie sich ansehen.» Herr Furscher, der Architekt, stand aufgeregt vor Elenor.

Sie griff sich das Badetuch und bedeckte sich.

«Was, wo denn?» Sie wusste gar nicht, worum es ging.

Es war ein wunderschön sonniger Montag und sie genoss die Wärme mit einem Buch auf dem Steg am See.

«Wir haben etwas im Badehaus gefunden.»

Oh, nein, nicht schon wieder! Schnell schlüpfte sie in ihre Kleider.

Mit schnellen Schritten stapfte er voraus, Elenor hatte Mühe, ihm zu folgen. Bis jetzt hatte sie es vermieden, dauernd im Badehaus herumzulungern. Neugierig auf die Fortschritte war sie schon, aber die Räume waren zu eng, als dass sich neben den Handwerkern gleichzeitig noch andere Personen darin aufhalten konnten. Ungern, aber notwendigerweise hatte sie sich daraufhin beschränkt, jeweils abends, wenn alle Schreiner, Maler, Maurer, Spengler und Elektriker gegangen waren, noch mit dem Architekten die Fortschritte zu besprechen und die Arbeiten zu kontrollieren.

«Wir haben eine Tür entdeckt.» Er war vor Aufregung über die Entdeckung ganz hektisch.

«Eine Tür? Eine Tür wohin?» Ach, was war sie doch für eine Heuchlerin! Es konnte nur die Tür hinter der Tapete sein.

«Schauen Sie selbst.» Er drückte ihr eine Taschenlampe in die Hand und schubste sie leicht voran.

Die anwesenden Baustellenmitarbeitenden hatten ihre Arbeit niedergelegt und sich vor dem Häuschen versammelt, um ihnen mehr Platz zu schaffen. Alle waren ebenso neugierig wie Elenor und warteten erwartungsvoll auf ihre nächsten Schritte.

Nach dem Erlebnis im Tunnel und der Beule am Kopf war Elenor aber nicht so mir nichts, dir nichts bereit, sich auf unbekanntes Terrain und erneut in einen dunklen Raum zu begeben. Die Taschenlampe in ihrer Hand beruhigte sie auch nicht sonderlich.

Sie schaute den Architekten an, der ihr wohlwollend zunickte. Warum sollte gerade sie, die Leichen in Räumen entdeckte, zuerst da hineingehen?

Als sie es nicht mehr länger hinauszögern konnte, ohne dass es peinlich wurde, gab sie sich einen Ruck, bückte sich und spähte hinein. Der Raum hinter der Tür war dunkel und es gab keine Lichtschalter. Sie knipste die Taschenlampe an und leuchtete hinein. Eine hölzerne Leiter führte direkt zu ihren Füssen hinab in eine Art Bunker.

Hinter ihr hörte sie die Stimme des Architekten.

«Das ist eine gute und solide Arbeit. Es dringt keine Feuchtigkeit in den Raum, obwohl er so nahe am Wasser gebaut wurde.»

Das klang beruhigend. Elenor stieg die wenigen Sprossen hinunter. Der Raum war nicht gross, vielleicht fünf auf fünf Meter, und liess es zu, dass sie aufrecht stehen konnte. Die Wände waren aus Beton, also sicher jünger als das restliche Badehaus. An den Wänden standen, vom Boden bis zur Decke reichend, Metallregale. Auf einem der Tablare lag eine Kartonschachtel.

«Was ist da drin?» Elenors Stimme klang hohl und ohne Echo.

«Keine Ahnung. Wir haben noch nicht reingeschaut. Da Ihnen das Badehaus gehört, dachten wir, dass es Ihnen zusteht, die Kiste als Erste zu öffnen.»

Der Architekt war ihr hinunter gefolgt und stand in dem engen Raum nun dicht hinter ihr. Elenor sah an seinem Gesichtsausdruck, dass er ebenso gespannt auf den Inhalt war wie sie. Vorsichtig hob sie die Box aus dem Regal und legte sie auf den Boden. Die Schachtel war ziemlich schwer, der Klappdeckel mit einem breiten Klebeband zugeklebt. Der Architekt zückte sein Schweizer Armeemesser und schnitt den Klebestreifen kurzerhand mit einer Handbewegung auf.

Was zum Vorschein kam, übertraf Elenors kühnsten Erwartungen. Die Schachtel war vollgestopft mit Kerzenständern, Besteck, Platztellern und Figuren.

«Was ist denn das?», entfuhr es Elenor. Sie war ratlos.

«Es sieht aus wie Geschirr und Besteck aus echtem Silber.» Der Architekt hob einen Kerzenständer mit einer Halterung für fünf Kerzen heraus.

«Das sind bestimmt Gegenstände, die man hier verstaut hatte, damit sie keinen Schaden nehmen.» Elenor glaubte selbst nicht an das, was sie soeben sagte. Schaden von was? Warum hatte man diese Sachen nicht in der Villa gelagert, wo sie sicher besser aufgehoben waren als hier im baufälligen Badehaus? Hatte man die wertvollen Gegenstände etwa gestohlen und hier versteckt, um sie zu einem geeigneten Zeitpunkt zu verscherbeln? Wer hatte sie hier eingelagert?

Die Stimme des Architekten riss Elenor aus ihren Gedanken.

«Was machen wir mit den Sachen?» Seine Frage war nur zu berechtigt.

«Hier lassen können wir sie nicht. Ich nehme sie mit ins Haus. Vielleicht wissen mein Bruder oder Frau Schebert, wem diese Dinge gehören. Können Sie mir helfen die Schachtel hinaus zu tragen?»

«Klar, kein Problem.»

Oben klopften sie sich den Staub von den Kleidern. «Haben Sie eine Ahnung, wer diesen Raum gebaut hat und wofür er gebraucht wurde?»

«Nein, tut mir leid. So etwas habe ich noch nicht in Zusammenhang mit Badehäusern gesehen.» Furscher kratzte sich geräuschvoll das stoppelige Kinn. «Es könnte tatsächlich ein kleiner Bunker sein. Dagegen würde allerdings sprechen, dass er keine offensichtliche Belüftung hat. Vielleicht ist es einfach das, was es scheint – ein kleiner Keller. Ich werde diesen Raum gleich vermessen lassen und auch in die Pläne eintragen.» Und zu seinen Leuten: «Es gibt keinen Schatz zu bergen. Tut mir leid, Männer. Geht wieder an eure Arbeit.»

Der Architekt griff nach seinem Telefon und ging nach draussen, um weitere Anordnungen zu erteilen. Mit leisem Murren gingen alle wieder ihren Aufgaben nach.

Elenor trug die schwere Last zum Steg zurück und setzte sie ab. Sie liess die Beine in das kühle Wasser des Sees baumeln. Ihr Buch lag immer noch aufgeschlagen dort, wo sie es hatte liegen lassen, aber sie hatte keine Musse mehr zu lesen.

Viele Fragen wirbelten durch ihren Kopf. Konnte es sein, dass der Gärtner das Silber da unten versteckt hatte? War er derjenige gewesen, der in dem Augenblick aus dem Keller kam, als sie vor der verborgenen Tür gestanden hatte? Möglich wäre es, aber sicher konnte sie sich nicht sein. Oder war es doch Egger, der die Sachen dort deponiert hatte? Und wem gehörte das Silber überhaupt? Sie wusste nicht mehr, was sie denken sollte.

Erst als Elenor die Haustür aufschloss, bemerkte sie, dass sie nicht verschlossen war, sondern eine Spaltbreite offen stand. Sie stiess sie leicht mit dem Fuss ganz auf.

«Hallo?» Ihr Krächzen kam in einem jämmerlichen Echo zu ihr zurück. «Ist jemand zu Hause? Herr Egger, sind Sie da?» Und nach einigem Zögern: «Philipp?» Man wusste ja nie.

Sie erschrak, als sie etwas Pelziges an ihren Beinen vorbei streichen spürte. Kater ging lautlos an ihr vorbei weiter in den Garten. Nach dem ersten Schrecken rief sie nochmals lauter. Es kam keine Antwort. Jedenfalls nicht aus dem Haus.

«Sie haben mich gerufen?»

Entgeistert drehte sich Elenor wie eine Spindel um und sah Benedikt Egger, wie er mit eiligen Schritten neugierig auf sie zu kam und seine Sonnenbrille lässig auf die Stirn schob.

«Mein Gott, haben Sie mich erschreckt.» Wie es aussah, war Egger auch wieder von Bern zurückgekehrt.

«Tut mir leid. Ich wollte Sie nicht erschrecken. Ich bin gerade von einem Spaziergang zurück.» Er zeigte auf die Gegend hinter der Mauer bei der Auffahrt. Dann auf die Kiste in Elenors Armen. «Kann ich Ihnen helfen?»

Elenor hoffte, dass sie es nicht bereuen würde und befand, dass er konnte.

Er liess es sich nicht nehmen und trug die Schachtel bis vor ihre Zimmertür hinauf. Sie bat ihn hinein.

Egger sah sich neugierig um. «Sie haben ein schönes Zimmer. Wie ich sehe, haben Sie meine Bilder aufgehängt.»

Er wirkte zufrieden. Für Elenor wurde es etwas eng im Raum. Aber zum Glück verabschiedete er sich schnell wieder.

Weder Quentin noch Arlette konnten sich einen Reim darauf machen, wem die Silbersachen gehörten, noch wie sie ins Badehaus gekommen waren. Keiner konnte sich an einen Kellerraum unter dem Badehaus erinnern. Alles war sehr nebulös. Gemeinsam wurde entschieden, dass die Sachen erst einmal in die Dachkammer gebracht wurden. Dort waren sie am besten aufgehoben.

In dieser Nacht schlief Elenor wieder unruhig, was sich mittlerweile als ihre beste Schlafqualität in diesem Haus entpuppte. Dieses Mal schlichen vermummte Gestalten kreuz und quer durch den Park und ihre Träume. Die Unbekannten brachen die Wände und Böden des Badehauses auf und suchten nach der Beute, die sie dort vor langer Zeit versteckt hatten, aber nicht mehr finden konnten. Elenor wollte den Eindringlingen zurufen, dass sie keinesfalls herausfänden, wo die Kostbarkeiten jetzt lagerten, aber das Boot, in dem sie verborgen lag, schwankte zu stark auf dem aufgewühlten See, als dass sie hätte aufstehen können. So blieben ihre Rufe am Ufer ungehört. Sie erwachte von ihren eigenen wilden Armbewegungen, als sie versuchte, sich den Dieben zu erkennen zu geben. Wie blöde muss man selbst in einem Traum sein, um nicht zu merken, dass man das nicht tun sollte.

Elenor war erleichtert, als sie realisierte, dass sie wieder einmal schlecht geträumt hatte. Sie stand auf, um am offenen Fenster etwas kühle Luft zu schnappen.

Draussen dämmerte es schon und die ersten Amseln pfiffen ihre melodiösen Gesänge. Sie fasste einen Entschluss. So konnte es nicht weiter gehen. Wenn sie hier blieb, würde sie noch elend an chronischem Schlafmangel eingehen. Sie packte das Nötigste zusammen und ging nach unten.

Was sie nicht erwartet hatte, war, dass Egger schon zu dieser frühen Stunde am Küchentisch sass und ausgiebig frühstückte.

«Sie sind aber schon früh auf.»

Elenor beneidete seinen gesunden Appetit, sagte aber nichts.

Er musterte sie mit seinen hellen Augen. «Sie sehen nicht gut aus. Sie sollten wieder ins Bett gehen und sich ausschlafen.»

Bildete Elenor es sich nur ein, oder sah sie in diesem Moment neben seiner Verwunderung, dass sie hier in aller Herrgottsfrühe vor ihm stand, auch ehrliche Sorge um ihr Wohlergehen?

«Das ist nett von Ihnen, dass Sie sich sorgen. Es ist alles in Ordnung. Ich bin nur etwas übermüdet.»

Sein Blick glitt zur Tasche mit ihren Habseligkeiten. «Wollen Sie verreisen?»

Elenor nickte. «Ich muss für ein paar Tage weg. Können Sie das meinem Bruder bitte ausrichten? Das wäre ungemein nett von Ihnen.»

«Sicher, kein Problem. Wo soll es denn hingehen?»

Elenor war sich sicher, dass es nur seine Höflichkeit war zu fragen, aber genau das hatte sie nicht im Sinn ihm mitzuteilen. «Weiss ich noch nicht, mal sehen.» Sie blieb vage.

«Ist wirklich alles in Ordnung?»

«Ja, danke.» Sie versuchte ein einigermassen dankbares Lächeln mit den Lippen zu formen.

Er brummelte etwas Unverständliches und ass weiter.

Elenor war unendlich müde. Es war nicht nur die letzte Nacht, sondern all die vergangenen turbulenten Tage und die durchwachten Nächte, die langsam aber sicher ihren Tribut forderten. Die herumschleichenden Personen im Park, Schepper, Philipp, Egger und seine Schwester, die Albträume. Sie rief Emma an.

«Ich brauche ein paar Tage Auszeit.»

«Wie bitte? Die hast du doch gerade.»

«Ich brauche ein paar Nächte ungestörten Schlafs. Den kriege ich hier nicht mit Egger, Philipp und dem Umbau. Ich ziehe in ein Hotel. Kennst du eines?»

«Bleib doch bei mir für die paar Tage. Das wird sicher lustig. Du kannst das Sofa haben.»

Ob das eine gute Idee war, bezweifelte Elenor. Mit Emma würde es sicher nicht ruhig werden. Sie setzte sich eine Frist. Wenn sie nicht binnen drei Tagen munterer wurde, dann konnte sie immer noch in ein Hotel ziehen. Oder auf den Mond.

Die Woche bei Emma war toll und trotz allem Trubel genau das, was Elenor gebraucht hatte. Auf dem Sofa, das zuerst unbequem ausgesehen hatte, schlief sie wie ein Baby. Sie und Emma standen jeden Tag zeitig auf und fuhren zusammen in Emmas Kaffee. Elenor mochte nicht den ganzen Tag nur herumhocken und fand es spannend, aber auch anstrengend, den ganzen Tag im Kaffee mitzuarbeiten. Nach anfänglichen Schwierigkeiten hatte Elenor den Dreh raus und es klappte ganz gut mit dem Bewirten der Gäste.

Nach einer Woche war es dann aber auch genug. Elenor zog wieder in Quentins Haus und in ihr Zimmer ein. An diesem Abend kochte sie. Quentin kam später als sonst nach Hause.

«Wo ist Arlette? Kommt sie auch zum Abendessen?» Elenor hatte wieder einmal für eine Armee gekocht und der Reis war bereit zum Essen.

Quentin zuckte unbekümmert die Schultern. «Sie muss noch etwas vorbereiten und bleibt deshalb länger in der Galerie.»

42

Das Flugzeug aus Afrika war erst vor wenigen Stunden gelandet. Er war noch gerädert von der langen Reise, doch seine ersten Schritte hatten ihn nicht nach Hause, sondern automatisch zum Café geführt. Er stand wieder an seinem gewohnten Platz unter den Kastanienbäumen, seinem Beobachtungsposten. Hier konnte er unauffällig stehen bleiben und den Landsgemeineplatz überblicken, ohne dass es auffiel.

Ihr Anblick zauberte ein Lächeln auf sein Gesicht und seine Müdigkeit verschwand aus seinen Gliedern. Zuerst hatte er gedacht, sie hätte eine neue Angestellte im Café. Erst Minuten später erkannte er die Epp. Was machte die denn da?

Seit die hier aufgetaucht war, verbrachte sein Engel die ganze Zeit mit ihr. Es sah leider auch so aus, als hätten die zwei Spass zusammen. Das missfiel ihm. Er wollte seine Angebetete nur für sich haben. Alleine.

Er war sich bewusst, dass das unfair war und die Motive egoistisch. Doch seine Gefühle für sie konnte er nicht ändern, sie hatte ihn völlig in ihren Bann geschlagen. Er spürte auch jetzt den Zauber, der seine Haut prickeln liess, wenn er sie ansah.

Er mochte heute nicht in ihr Café gehen. Nicht, wenn die Epp da war.

43

Der Kaffeegeruch, der Elenors Nase kitzelte, war zu köstlich, als dass sie noch länger hätte schlafen können. Als sie in Pantoffeln in die Küche schlurfte, hantierte Emma mit dem Geschirr herum.

«Ah, guten Morgen, hast du gut geschlafen?» Emma füllte heissen Kaffee in eine Tasse und reichte sie ihr hin.

Elenor war verwirrt. «Wieso bist du hier?» Sie schaute auf die Küchenuhr an der Wand. Fünf Uhr. «Ems, es ist noch mitten in der Nacht. Was machst du hier? Ist etwas passiert?» Elenor setzte sich sicherheitshalber.

Doch Emma grinste nur. «Ich wollte mit dir ein wenig Sightseeing machen.»

Elenor war erleichtert. «Woran hast du denn gedacht?»

«Den Tunnel ansehen.»

«Wie bitte?» Elenor glaubte sich verhört zu haben.

«Na, den Tunnel. Du weisst schon. Da, wo du Schepper gefunden hast.»

Elenor konnte nicht fassen was Emma da sagte. Hatte sie wirklich *Tunnel* gesagt?

«Auf keinen Fall. Bist du noch bei Trost? Das ist doch keine Sehenswürdigkeit, kein Verlies, das man einfach so besuchen kann, wenn man Lust danach hat. Möchtest du noch

Flugblätter drucken lassen und Eintritt von Touristen verlangen?»

Emmas Gesicht wurde wieder ernst. «Leni, ich muss den Tunnel sehen. Es ist wirklich wichtig.»

Die Alarmglocken in Elenors Kopf schrillten. «Warum, um Himmels Willen?»

Emma druckste herum. «Das möchte ich nicht sagen, bevor ich ihn gesehen habe.»

«Weisst du etwas Wichtiges, das mit dem Tod Scheppers zu tun hat?»

«Nein, nicht direkt, glaube ich.» Emma sah dabei auf den Tisch und spielte mit Brotkrümeln, die verstreut herumlagen.

«Emma, wenn du etwas weisst, dann musst du das der Polizei sagen.»

«Ich sage es doch jetzt dir. Du bist doch Polizistin.»

«Ich habe bei der Polizei gearbeitet, ja, jetzt nicht mehr.»

«Du könntest aber als Detektivin arbeiten, oder? Dann kannst du auch Ermittlungen durchführen.»

«Welche Ermittlungen? Für wen? Für dich?» Elenor wurde das Gespräch langsam unangenehm.

«Vielleicht?»

«Emma, was ist los? Du bist so komisch.»

«Komm, begleite mich und ich erkläre dir alles.»

Elenor war genervt. «Wenn du mir jetzt nicht sofort sagst, was los ist und was da unten im Tunnel sein soll, dann gehe ich wieder ins Bett.»

Emma schüttelte stumm den Kopf.

«Ich gehe jetzt nach oben und mache mich frisch. Wenn ich wieder da bin, sprechen wir nochmal darüber.» Damit liess Elenor Emma in der Küche stehen.

Während Elenor duschte, erinnerte sie sich wieder an das Gespräch, das sie im Tunnel mitgehört hatte. Sie hatte diesen Vorfall verdrängt. War Emma deshalb so erpicht darauf, da hinunter zu gehen, weil sie von dem Gespräch wusste? Woher, wenn sie nicht selbst dabei gewesen war? Elenor wurde es trotz des kühlen Duschwassers heiss. War Emma etwa eine der Personen gewesen, die Elenor belauscht hatte? Sie beeilte sich und zog sich an.

Emma sass immer noch am gleichen Fleck. Sie nagte an der Unterlippe, was sie immer tat, wenn sie sehr angespannt war.

«Können wir nun in den Tunnel gehen?»

«Nein, auf keinen Fall.»

Emma sah Elenor auffordernd an. «Hat dich dein Mumm verlassen?»

«Emma, ich habe mir da unten, als ich Schepper fand, fast in die Hose gemacht.»

«Bist du denn gar nicht neugierig? Ich könnte doch etwas wissen, das auch dich angeht.»

«So, was denn?»

«Pff», sagte Emma nur.

«Natürlich bin ich neugierig. Aber nicht um jeden Preis. Wenn du etwas zu sagen hast, dann sag es bitte jetzt.»

«Na gut.» Emma gab klein bei. «Stell dir vor, ich weiss von einer Person, die da unten etwas Illegales macht. Unter eurem Haus, vor euren Augen und ihr wisst nicht einmal davon.»

Elenor hörte ihr Blut in den Ohren rauschen. «Um Himmels Willen, Ems, wenn du etwas weisst, bitte geh damit zur Polizei. Wenn du willst, komme ich mit.»

«Die Polizei wird mir niemals glauben. Ich habe überhaupt keine Beweise dafür. Ich weiss nicht einmal, ob ich mir das alles nur einbilde. Darum möchte ich, dass du mit mir in den Tunnel kommst. Ich möchte sehen, ob das, was ich glaube zu wissen, auch wirklich wahr ist.»

«Das ist erst recht ein Grund, nicht nochmal hinunter zu gehen.»

«Stell dir einmal vor, Elenor, wir gehen jetzt zur Polizei und ich erzähle ihnen alles, was ich weiss. Denkst du, dass sie euch glauben, dass keiner von euch, du, Quentin, Arlette, eine Ahnung hattet, was da vor euren Augen vor sich ging? Unter eurem Haus? In eurem Keller?»

Elenor erkannte ihre Freundin nicht wieder. Emmas Worte klangen gehässig.

«Emma, was willst du damit sagen? Etwa, dass einer von uns etwas mit Jakob Scheppers Tod zu tun hatte?» Elenor konnte nicht fassen was sie da hörte.

Emma zuckte nur mit den Schultern. «Ach, sei doch nicht so ein Hasenfuss. Wir gehen jetzt da rein und schauen ganz vorsichtig nach. Dann können uns immer noch überlegen, ob wir die Polizei anrufen oder nicht.»

«Ich wiederhole mich nur ungern, Emma, aber ich geh da nicht wieder hin.»

Keine zehn Pferde brachten sie wieder dazu, noch einmal durch das dunkle Wasser zu waten. Zwei Mal hatte sie es bereits getan, ein drittes Mal würde es nicht geben.

Emma bekam einen roten Kopf. «Dann geh ich eben alleine.» Sie stand entschlossen auf.

Elenor hielt ihre Freundin am Arm zurück. «Du gehst da nicht alleine hinunter.» Sie hoffte, dass das energisch genug klang, um Emma von ihrem Vorhaben abzubringen. «Warum hast du dich so darin verbissen? Ich erkenne dich nicht wieder. Du bist doch sonst so besonnen.»

«Du kannst mir glauben, ich habe meine Gründe. Ich weiss mehr, als du ahnst.» Emma blickte Elenor aufmüpfig an.

Elenor gab auf. «Weisst du was? Du kannst mich mal. Erstick doch daran.» Ihre Wangen brannten heiss. «Ich verbiete dir dorthin zu gehen. Basta und Punkt.»

«Hör mal, Leni …»

«Ich denke, du solltest jetzt gehen.»

Elenor stand auf, ging zur Haustür und öffnete sie. Emma schaute sie entgeistert an. Aber es war Elenor mittlerweile egal, was ihre Freundin von ihr dachte. Es war genug. Elenor sah zu, wie Emma wutentbrannt aus dem Haus stapfte. Kaum war sie draussen, ging Elenor in die Küche, in den Salon, ins Foyer, wieder in die Küche und fing die Runde wieder von vorne an. Sie konnte sich nur schwer beruhigen. In ihr bebte alles vor Wut. Wie konnte Emma es wagen. Ihre beste Freundin! Sie hatte überhaupt nichts ernst genommen. Nicht einmal den Tod des Gärtners. Was für Elenor ein Albtraum gewesen war, war wohl für Emma nur ein grosser Spass. Elenor hatte das unangenehme Gefühl, verraten worden zu sein. Müde geworden, setzte sie sich an den Küchentisch.

Elenor wusste nicht, wie lange sie schon auf dem Stuhl in der Küche gesessen hatte, als sie jemanden hüsteln hörte. Erschrocken fuhr sie auf. Sie hatte geglaubt, alleine im Haus zu sein. Benedikt Egger stand etwas verlegen in der Tür.

«Geht es Ihnen nicht gut?»

Elenor griff nach einem Küchenpapier und schnäuzte sich kräftig. Sie hatte gar nicht gemerkt, dass sie weinte.

«Doch, doch, es ist alles in Ordnung. Wie lange stehen Sie schon da?»

«Eine ganze Weile, muss ich gestehen.» Er lächelte zaghaft.

«Ich dachte, Sie sind schon bei der Arbeit.»

«Normalerweise schon. Ich habe mich erkältet und entschlossen zu Hause, äh, in meinem Zimmer zu bleiben. Jetzt wollte ich mir einen Tee machen.»

Erst jetzt bemerkte Elenor seine näselnde Art zu sprechen und seine rote Nase.

«Das tut mir leid. Ist es schlimm?»

«Och, ich glaube nicht. Bis jetzt habe ich jedenfalls noch kein Fieber. Dieser Zustand ist nur etwas unangenehm.» Er kam zögernd herein. «Im Übrigen habe ich eine gute Nachricht für Sie. Ich werde heute noch ausziehen. Sie und Ihre Familie haben dann das Haus wieder für sich alleine.»

«Hat sich Ihre Situation wieder geklärt?» Elenor wusste nicht, was sie sonst hätte sagen sollen. Sie wusste nicht einmal genau, warum er hier wohnte.

«Ja, danke, es hat sich alles aufgeklärt. Zu meiner Überraschung sogar zum Guten.»

Er hatte sich unterdessen zu Elenor an den Tisch gesetzt.

«Das freut mich.» Elenor meinte es ehrlich. Nicht nur, weil sie froh war, dass er wieder ging. «Ich bin unhöflich, tut mir leid. Möchten Sie etwas essen? Haben Sie schon gefrühstückt?»

Er schüttelte den Kopf. «Ich konnte bis jetzt vor Übelkeit nichts runterbringen. Aber irgendwie knurrt mir der Magen.»

Elenor wollte gerade aufstehen, als er sie sanft zurückhielt.

«Bleiben Sie sitzen. Ich schlage selbst ein paar Eier auf. Sie sehen so unglücklich aus, Sie verderben noch jede Mahlzeit mit Ihren Tränen.»

Als sie etwas erwidern wollte, sah sie, dass er es nicht ernst gemeint hatte. Der Kerl konnte sogar amüsant sein.

«Möchten Sie mitessen?»

«Vielen Dank. Rührei wäre etwas Feines.» Vielleicht half es auch gegen das Unglücklichsein.

Die Eierspeise war köstlich. Egger hatte sich sogar die Mühe gemacht, in den kleinen Garten vor dem Küchenfenster zu gehen, ein paar Kräuter zu schneiden und diese unter die Eier zu mischen. Beide assen, jeder in seine Gedanken vertieft. Er wusch und trocknete danach sogar das Geschirr alleine ab.

«Wollen Sie mit mir in die Galerie mitkommen? Ich könnte Ihnen ein paar neu eingetroffene Exponate zeigen.»

«Das ist sehr nett von Ihnen Herr Egger, aber nein danke. Im Moment ist mir so gar nicht nach Kunst zumute. Meine Laune verlangt nicht nach farbenfrohen Bildern. Jetzt gerade ist mir Düsternis lieber. Zudem sollten Sie Ihre Erkältung auskurieren.»

«Ja, stimmt, aber für Sie würde ich das tun. Sie wären perfekt bei mir aufgehoben. Bei der nächsten Ausstellung dreht sich alles um schwarzweisse Bilder. Sehr düster, sehr geheimnisvoll.» Er zog seine hellen Augenbrauen verheissungsvoll unter seinen lockigen Pony.

Elenor lachte. «Trotzdem nicht. Wenn ich so darüber nachdenke, ist Schwarzweiss auch nicht das Passende.»

«Sie machen es schwierig für mich, aber so sei es.» Egger war nicht beleidigt. «Wenn ich sonst nichts für Sie tun kann, dann gehe ich meinen Koffer packen.»

Elenor hörte ihn die Treppe hinaufgehen. In der Küche wurde es ihr langsam zu unbequem. Sie verzog sich in den Salon. Niemand hatte heute ein Feuer angemacht. Warum auch, es war warm draussen und während des Tages war üblicherweise niemand zu Hause, der es hätte geniessen können. Sie griff nach einem Hochglanzmagazin auf einem der kleinen Beistelltische und amüsierte sich prächtig über die Sorgen und

Nöte der Reichen dieser Welt. Ach, könnte sie doch diese mit ihnen teilen.

Dann erinnerte Elenor sich an die unerledigte Korrespondenz der letzten Tage. Das schlechte Gewissen liess ihr keine Ruhe mehr. Auch der Umbau musste bezahlt und die Fragen des Architekten beantwortet werden. Sie sandte ein geistiges Dankeschön an den Erfinder des Internets und erledigte alles elektronisch.

Unterdessen war es Mittag geworden. Wo war Egger abgeblieben? Elenor hatte gedacht, dass er seine sieben Sachen packte. Irgendwie erwartete sie schon, dass er sich von ihr verabschiedete. Hatte sie ihn etwa verpasst?

Sie ging den Flur entlang und klopfte an die Tür des Gästezimmers. Es blieb ruhig auf der anderen Seite. Sie klopfte etwas forscher und horchte an der Tür. Ein seltsames, sägendes Geräusch drang aus dem Raum. Vorsichtig und möglichst leise öffnete sie die Tür. Egger lag ausgestreckt auf dem Rücken in den Kissen und schnarchte, was das Zeug hielt. Ein Koffer lag halb gepackt auf dem Boden, ringsherum lagen noch einige Kleidungsstücke achtlos darum herum verstreut. Elenor hielt sich die Hand vor den Mund, um nicht lauthals loszulachen und schloss die Tür wieder. Der arme Kerl war wohl sehr erschöpft und wahrscheinlich kränker als er zugegeben hatte.

Egger musste sie gehört haben, denn aus dem Zimmer drang ein schwacher Ruf. Sie klopfte ein drittes Mal.

«Herein», krächzte er heiser.

«Ich dachte, Sie wollten abreisen?»

«Das hatte ich auch vor, aber mir wurde plötzlich schwindlig und ich musste mich hinlegen.»

Elenor trat näher an sein Bett heran. Er sah erhitzt aus. «Sie sehen aus, als hätten Sie Fieber.»

«So fühlt es sich auch an. Mir ist, als explodiere gleich mein Kopf.»

Er tat Elenor ein bisschen leid, bis sie sich an den Vorfall in der Galerie mit ihm und Emma erinnerte. Das Mitleid verflog augenblicklich.

«Kommen Sie doch herein und setzen Sie sich.» Egger zeigte auf den Stuhl am Fussende des Bettes.

Elenor schob die darauf liegenden Kleider mit spitzen Fingern weg. Kaum sass sie, da wusste sie, dass sie etwas Unpassendes sagen würde. Den Mund halten wollte und konnte sie nicht. Zudem lag er matt und wehrlos in seinem Bett, also die richtige Gelegenheit.

«Sagen Sie, was haben Sie sich dabei gedacht, als Sie Emma damals belästigt haben?»

Egger schaute Elenor aus fiebrigen Augen erschrocken an. «Oh, du meine Güte, Sie wissen davon?»

Elenor nickte.

«Sie wissen es bestimmt von Frau Kym.» Er lachte heiser. «Ich habe es bis jetzt noch niemandem erzählt. Wem auch? Man hätte mich wahrscheinlich sofort eingesperrt.» Er schaute an die Decke und schwieg einem Moment. «Das ist ein dunkles Kapitel in meinem Leben», schnarrte er weiter. «Ich bereue zutiefst, was ich ihr damals angetan habe. Ich weiss auch nicht, was in mich gefahren war. Ich war wie von Sinnen. Ja, so könnte man es nennen. Ich war verrückt, verrückt nach Frau Kym.»

Elenor fand, es klang seltsam, wenn er Emma *Frau Kym* nannte.

Aus feuchten Augen betrachtete er sie taxierend.

Mit Entsetzen sah Elenor, dass ihm Tränen über die Wangen rannen. Sie wusste nicht, ob es Tränen der Reue oder vom Fieber waren.

Dann, aus heiterem Himmel, fing er an zu kichern. «Elenor. Ich darf Sie doch Elenor nennen? Es ist so ein schöner Name.» Er kicherte wieder. «Witzig ist, dass mein Bruder sie jetzt anbetet.»

Hat er Bruder gesagt? «Sie haben noch einen Bruder?»

Seine hellen Augen blickten starr geradeaus. «Habe ich Bruder gesagt? Ich meine natürlich meine Schwester.»

«Ihre Schwester betet mich an?» Elenor war verwirrt. War Bernadette Egger etwa lesbisch?

«Nein, nicht Sie. Emma.»

Egger begann zu husten. Es klang, als würge ihn jemand zu Tode.

Elenor wartete geduldig, aber es dauerte lange, bis er sich wieder etwas beruhigt hatte und wieder sprechen konnte. Unterdessen dachte sie nach. Also, zuerst himmelt Benedikt Egger Emma unpassend intensiv an. Dann verliebt sich Bernadette Egger in Emma. Also war seine Schwester doch lesbisch.

«Tut mir leid, ich muss Sie bitten zu gehen. Ich bin so müde, ich muss etwas schlafen.»

Na gut. So unmenschlich konnte Elenor nun doch nicht sein. Aber sie würde ihm das ganz sicher nicht durchgehen lassen. Egger schuldete ihr noch ein paar Antworten.

«Nur noch eine Frage, Herr Egger. Das waren nicht Sie in Bern, oder?»

«In Bern? Schöne Stadt. Unter den Lauben war ich schon lange nicht mehr.»

Er schloss die Augen und Elenor ging aus dem Zimmer. Als sie in den Flur trat, hörte sie unten jemanden ihren Namen rufen. Quentin war heimgekommen. Sie lehnte sich über die Brüstung und schaute hinunter.

«Hallo Elenor. Ich habe etwas Leckeres mitgebracht.» Er balancierte Pizzaschachteln in der Hand.

«Nachher gerne. Am besten kommst du aber zuerst herauf. Ein Patient wartet auf dich.»

Quentin machte ein alarmiertes Gesicht. «Wer? Was ist passiert?»

«Nichts Schlimmes, keine Angst. Egger scheint eine Erkältung eingefangen zu haben und liegt schlapp im Bett. Ich glaube, er hat hohes Fieber.»

«Wie kommst du darauf? Hast du es gemessen?»

«Nein, aber er spricht wirres Zeug. Ist bestimmt das Delirium.»

Schon stand er mit dem Arztkoffer neben ihr. «Na, dann wollen wir mal sehen, wie es ihm geht.»

Quentin brauchte nicht lange, um Egger zu untersuchen. Als er wieder aus dem Zimmer kam, nickte er.

«Es ist wahrscheinlich eine Grippe. Ich habe ihm ein paar

Medikamente dagelassen. Er ist sicher bald wieder auf dem Damm.»

«Er wollte heute nach Hause gehen. Das fällt dann wohl ins Wasser.» Elenor zog eine Grimasse.

«Leni, er sollte wirklich noch ein paar Tage hierbleiben, mindestens so lange, bis das Fieber gesunken ist.» Er tätschelte ihr aufmunternd den Rücken. «Kannst du dich ein bisschen um ihn kümmern, jetzt, da Arlette nicht da ist?»

Eigentlich hatte Elenor so gar keine Lust dazu. Sie war doch nicht Eggers Privatkrankenschwester. «Ist Arlette länger weg? Wo ist sie denn hin?»

«Sie ist auf Eggers Anweisung für ein paar Tage nach Lausanne und Genf gereist. Sie beide hoffen, dass sie dort bei Vernissagen den einen oder anderen Künstler für die Galerie gewinnen kann.»

«Na gut. Ich kann ab und zu nach ihm sehen.»

«Sehr gut. Hast du jetzt Lust auf die Pizza?»

Sie tranken einen Rotwein aus Sizilien dazu.

«Wusstest du, dass Egger einen Bruder hat? Er hat zwar wirr geredet und behauptet, dass er sich versprochen hatte und eigentlich seine Schwester meinte, als er sagte, sein Bruder himmle Emma an. Aber irgendwie nehme ich ihm das nicht ab.»

Quentin verschluckte sich, fing an zu husten und bekam einen knallroten Kopf. Das Pfeifen zwischen den Luftzügen klang so schrecklich, als wolle er gleich hier und jetzt sein Leben aushauchen. Schnell klopfte Elenor ihm auf den Rücken, was das Husten kurzfristig verschlimmerte, aber schlussendlich half. Auch seine knallige Gesichtsfarbe verblasste wieder zu einer natürlichen Nuance.

«Ja, das habe ich gewusst.» Quentin stand auf und goss sich ein Glas Wasser ein.

Elenor fiel fast vom Stuhl. «Du weisst das?»

«Ich habe versprechen müssen, nichts zu sagen, als er mir das Geheimnis anvertraute.»

«Wieso sollte das ein Geheimnis sein? Ist etwas mit seinem Bruder? Hast du ihn kennengelernt?»

«Vor ein paar Wochen habe ich ihn getroffen.» Quentin schaute aus dem Küchenfenster, als stünde Eggers Bruder da draussen. «Er ist aber sehr selten da. Warum?»

«Mich wundert es nur, das ist alles. Weder Arlette noch Emma haben von ihm gesprochen.»

«Ich glaube auch nicht, dass die beiden von Eggers Bruder wissen.»

Später ging Elenor mit einem Teller Suppe nach oben. Egger war sehr dankbar, dass sie ihm etwas zu essen brachte und löffelte selig die heisse Brühe in sich hinein. Trotz ihrer Neugierde und den vielen Fragen, die sie an ihn hatte, hielt sie sich zurück.

44

Bei seinem kurzen morgendlichen Spaziergang durch die schon quirlige Stadt, sah er mit Erstaunen, dass das Café noch geschlossen war. Das war darum ungewöhnlich, weil normalerweise um diese Uhrzeit alle Tische schon mit Gästen voll besetzt waren. Vor allem, da der Tag mildes Sommerwetter versprach und die Leute den ersten Kaffee des Morgens gerne unter freiem Himmel tranken, während sie das bunte Treiben auf dem Platz beobachteten oder die Zeitung lasen.

Er konnte nicht sagen, warum, aber die dunklen Scheiben des Cafés und diese verlassen wirkenden Tische und Stühle stimmten ihn traurig. Am schmerzlichsten für ihn war, dass er seine Hoffnung auf einen Blick auf seine Liebste begraben musste. Dabei hatte er diesen Tag als seinen besonderen Tag ausgewählt, an dem er wieder einen Besuch bei ihr machen und einen Kaffee trinken wollte. Das hatte er sich schon eine zu lange Zeit untersagt. Erst war da der Zwischenfall mit dem missglückten Mittagessen, dann war die Epp im Café. Jetzt wurde er dieser Möglichkeit beraubt, seinen Engel aus unmittelbarer Nähe zu sehen.

Vielleicht öffnete sie ihr Geschäft heute aus irgendeinem Grund etwas später. Er würde ihr die Zeit geben und wollte später nochmals vorbeisehen. Dieser Gedanke besänftigte ihn ein wenig. Ja, genau. Er würde später nochmals wiederkommen. Vielleicht war ihm das Glück dann hold. Langsam umrundete er die Voliere, ging an den Pedalos und dem Regierungsgebäude vorbei in Richtung Hafen davon. Ausnahmsweise wollte er sich im Hafenrestaurant einen Kaffee gönnen.

45

Ein neuer Tag, eine neue Chance. Elenor hatte genug über das gestrige Gespräch gebrütet und geschmollt und rief Emmas Handy an. Ihre Freundin nahm den Anruf nicht entgegen. Auf den Anrufbeantworter mochte sie nicht sprechen, das war ihr einfach zu unpersönlich und zu wichtig, als dass sie ihre Stimme einer Maschine anvertrauen wollte. Gegen Mittag war Elenor es leid, keine Antwort bekommen zu haben und fuhr nach Zug zum Café. Als sie vor dem Gebäude stand, traute sie ihren Augen nicht. Obwohl es schon so spät war, war das Café immer noch geschlossen. Ein paar Passanten gingen daran vorbei und schüttelten ihre Köpfe, als sie sahen, dass die Stühle und Tische nicht wie sonst arrangiert draussen auf dem Vorplatz für die Gäste bereit standen. Es hing kein Zettel an der Tür, der den Grund für die heutige Nichtöffnung erklärte.

Elenor erinnerte sich an Emmas Äusserung, dass sie das Café ganz selten geschlossen hielt. Wenn sie in die Ferien fuhr oder sonst eine Verpflichtung hatte, dann rief sie jeweils Fiona an, die für sie dann die Stellung hielt. Was mochte der Grund dafür sein, dass keiner von beiden da war?

Leider kannte Elenor die Telefonnummer oder die Anschrift dieser Fiona nicht, sonst hätte sie sie selbst angerufen. Was, wenn Emma zu Hause etwas zugestossen und es für sie unmöglich war, jemanden um Hilfe zu rufen? Zur Sicherheit wählte Elenor Emmas Festnetzanschluss. Auch nichts. Langsam machte sie sich wirklich Sorgen. Kurz entschlossen fuhr sie zu Emmas Wohnung. Doch alles Klingeln und Klopfen war vergebens. Ihre Freundin machte nicht auf.

Elenor rief Quentin an. Aber auch er wusste nichts von Emmas Plänen. Dann eben noch Philipp. Auch er antwortete nicht auf Elenors Anruf und so sprach sie auf seine Mailbox in der Hoffnung, dass er sie so schnell wie möglich zurückrufen möge.

Ungeduldig sass Elenor im Treppenhaus des dreistöckigen Hauses, in dem Emmas Parterrewohnung lag und wartete auf einen Rückruf Emmas, auf einen Rückruf Philipps, auf einen Einfall. Eine halbe Stunde verging, ohne dass das Telefon klingelte. Währenddessen kam eine Nachbarin Emmas nach Hause. Diese stutzte, als sie Elenor vor der Wohnungstür auf der Treppe sitzen sah. Elenor konnte ihre Überraschung und den leichten Anflug von Misstrauen fast körperlich spüren. Um nicht weiter wie eine Komplizin von Einbrechern zu wirken, stand sie auf.

«Entschuldigen Sie. Ich suche Emma Kym. Haben Sie vielleicht eine Ahnung, wo sie sein könnte? Sie hat ihr Café heute nicht geöffnet und ich mache mir grosse Sorgen.»

Die ältere Dame äusserte ihr Bedauern, dass sie nicht helfen könne und stieg geschäftig einen Stock höher, um in der eigenen Wohnung zu verschwinden.

Elenors Sorge um die Freundin wuchs nun von Minute zu Minute. Sie hatte keine Ahnung, ob Emma hilflos hinter der Tür lag, vor der sie selbst tatenlos sass, oder ob sie verreist war oder einfach keine Lust hatte, jemanden zu sehen.

Nach einer weiteren halben Stunde fasste Elenor den Entschluss, die Polizei anzurufen und Emma als vermisst zu melden. Der Beamte war sehr verständnisvoll, sagte aber, dass bei Erwachsenen in der Regel erst nach 24 Stunden eine Suche gestartet würde. Ja, das wusste sie selbst, dass man so den Vermissten die Gelegenheit geben wollte, selbst wieder zurück zu kommen. Der nette Beamte nahm die wichtigsten Angaben über Emma trotzdem entgegen, damit man schneller reagieren konnte, falls Emma wider Erwarten doch nicht wieder auftauchte. Elenor war hin und her gerissen zwischen der Angst, dass ihrer Freundin etwas zugestossen war und der Enttäuschung, dass sie nichts davon gesagt hatte, dass sie verreist war. Hatte Elenor ihre Freundin gestern so verärgert, dass es dieses Verhalten rechtfertigte?

Elenor machte sich grosse Vorwürfe. Im Nachhinein kam ihr der Streit kindisch vor. Sie entschloss sich, heute noch abzuwarten und wenn sie bis morgen nichts von Emma gehört hatte, würde sie wieder bei der Polizei vorsprechen. Sie war es leid, auf der ungemütlichen Treppe zu sitzen, sie konnte genauso gut zu Hause auf ein Lebenszeichen Emmas warten.

Egger ging es mittlerweile etwas besser. Elenor schaute nach ihm, als sie nach Hause kam. Er lag immer noch kraftlos im Bett, war aber doch fit genug, um fernzusehen. Sie bereitete ihm ein paar Rühreier zu und toastete ein paar Scheiben Brot, die sie mit Butter bestrich. Als sie ihm das Tablett über die Beine legte, entschuldigte sie sich, dass sie ihm nicht die gleichen köstlichen Eier braten konnte wie er ihr.

Egger lächelte verständig.

Elenor setzte sich wieder auf den gleichen Stuhl am Bettende.

«Erzählen Sie mir, Elenor, was bedrückt Sie so? Sie haben Sorgenfalten auf der Stirn, was sich für einen so jungen Menschen nicht geziemt. Sehen Sie mich an, ich bin an dieses Bett gefesselt und bekomme nichts von dem mit, was um mich herum geschieht. Machen Sie doch diesen langen Tag für mich mit Neuigkeiten erträglicher und kürzer.»

Elenor schaute ihn lange nachdenklich an, bevor sie ihm erzählte, dass Emma heute das Café nicht geöffnet hatte und sie auch nicht zu Hause zu finden war.

«Ich glaube, sie ist mir immer noch böse, dass ich sie gestern aus dem Haus geworfen habe. Ich wollte mich bei ihr für mein Verhalten entschuldigen, aber ich weiss beim besten Willen nicht, wo sie ist.»

«Oh», sagte Egger nur und knabberte an einem Toast. «Haben Sie schon die Polizei angerufen?»

«Ja, habe ich, aber die meinen, ich solle noch abwarten. Was meinen Sie?»

«Vielleicht sollten Sie wirklich noch bis morgen warten. Wenn Sie bis dahin nichts gehört haben, dann melden Sie sie als offiziell als vermisst.»

«Herr Egger ...»

«Sagen Sie Benedikt zu mir.»

«Ähm, Benedikt, ich weiss, es geht mich nichts an, aber ich habe Sie am Mittwoch vor einer Woche in Bern in ein Waffengeschäft gehen sehen. Ich fuhr zufällig daran vorbei und war ganz überrascht, Sie dort zu sehen.»

Er dachte einen Moment lang nach, wobei er an Elenor vorbei an die Wand starrte.

«Ich? Nein, ich war schon lange nicht mehr in Bern und noch nie in meinem Leben in einem Waffengeschäft. Sie müssen sich irren und mich mit jemandem verwechseln.»

Er sah aus, als sei er ehrlich entrüstet über ihre Äusserung.

Elenor lenkte schnell ein. «Das ist mir jetzt ein wenig peinlich und es tut mir leid. Ich möchte Ihnen keinesfalls etwas unterstellen.»

Elenor machte sich eine geistige Notiz, dass sie vielleicht bald einmal einen Termin beim Augenarzt vereinbaren sollte. Schon zum zweiten Mal hatte sie ihn verdächtigt, etwas getan zu haben, was sich als nicht haltbar herausstellte. Was war nur mit ihr los?

Egger sah ihr wohl ihr schlechtes Gewissen an. «Ach, nehmen Sie sich das nicht so zu Herzen. Sie sind Polizistin und da ist man halt von Berufes wegen misstrauisch und auch neugierig.»

Das war lieb von ihm zu sagen. «Erlauben Sie mir noch eine Frage?»

Egger machte eine aufmunternde Handbewegung, während er geräuschvoll die Rühreier ass.

«Sie haben gestern von einem Bruder gesprochen, haben sich dann aber wieder korrigiert. Quentin hat mir gestern bestätigt, dass Sie einen Bruder haben. Ist dieser Bruder wirklich in Emma verliebt? Weiss sie es?»

Elenor wurde es schon etwas mulmig zumute, wie er sie so unverblümt missbilligend anstarrte. Das war wohl ein Fettnapf mit den Dimensionen einer Badewanne, in den sie hinein getreten war.

«Elenor. Ich werde Ihnen jetzt etwas erzählen, dass ich bis jetzt nur einem Menschen, Ihrem Bruder, erzählt habe. Sie müssen mir hoch und heilig versprechen, dass Sie das auf keinen Fall irgendjemandem weitererzählen werden.» Seine hellen Augen hielten ihre fest.

«Ich verspreche es.» Dazu machte Elenor irgend so ein fuchtelndes Zeichen mit den Fingern in Richtung Herzgegend. Das hatte sie bei Pfadfindern gesehen. Oder war es bei Winnetou und Old Shatterhand?

«Habe ich ihn auch schon getroffen?»

«Ja, haben Sie. Bei der Vernissage in meiner Galerie.»

«Warum haben Sie uns einander nicht vorgestellt?»

«Bitte lassen Sie mich weiter erzählen und unterbrechen Sie mich nicht dauernd.»

Elenor war ein bisschen gekränkt wegen seiner Schroffheit, aber sie liess ihm seinen Willen.

«Vor einiger Zeit klingelte es an der Tür der Galerie und eine Frau kam herein. Ich war überrascht und ergriffen, als ich Bernadette das erste Mal sah. Sie kam mir auf Anhieb vertraut vor. Ihr Aussehen, ihre Bewegungen, alles an ihr erinnerten mich an jemanden. Mir wurde das erst viel später bewusst, denn ich wusste bis zu diesem Tag nicht, dass ich eine Schwester hatte. Sie müssen wissen, Elenor, ich wurde als Säugling adoptiert. Meine Eltern hatten mir nie davon erzählt, dass ich Geschwister habe. Vielleicht wussten sie es aber auch nicht.»

Er fuhr fahrig mit der Gabel auf dem Teller herum, der immer noch vor ihm auf dem Tablett lag.

«Hier also stand meine Schwester leibhaftig vor mir. Wir sassen damals die ganze Nacht zusammen, während sie mir ihre Lebensgeschichte erzählte.»

Egger räusperte sich, schnäuzte sich laut in ein Taschentuch und trank einen Schluck Tee.

«Es waren sehr bewegende Momente, als sie mir beschrieb, wie sie von einem anderen Elternpaar adoptiert worden war und wie sie nur per Zufall herausgefunden hatte, dass sie einen Bruder hatte. Ich glaubte ihr auf Anhieb alles. Warum sollte ich auch nicht? Sie sah aus wie ich, sprach wie ich und bewegte sich wie ich. Erst lange nach diesem Gespräch fand ich heraus, dass sie nicht meine Schwester, sondern mein Bruder war. Um genauer zu sein, mein Zwillingsbruder.»

Elenor hörte sich selbst in der auf diese Worte folgenden Stille nach Luft schnappen. Diese Geschichte wurde immer fantastischer. Eine Schwester, die zum Bruder wurde. Das hätte sie sich in ihren kühnsten Fantasien nicht ausmalen können.

Egger nickte. «Mir erging es ähnlich wie Ihnen jetzt. Diese Tatsache hatte mich total aus der Bahn geworfen.»

«Wie haben Sie denn herausgefunden, dass Ihre Schwester eigentlich Ihr Bruder ist?» Elenor hing förmlich an Eggers Lippen.

«Das geschah erst vor kurzem. Meine Schwester hatte, wie ich jetzt, eine schwere Grippe eingefangen. Sie war so krank, dass sie kaum mehr alleine aus dem Bett kam. Ich habe mich natürlich um sie gekümmert, so wie Sie es jetzt für mich tun.»

Er lächelte Elenor dankbar an.

«Ich habe sie gepflegt, ihr Suppe gekocht, ihr Medikamente eingeflösst. Sie war eigentlich sogar zu schwach, um alleine auf die Toilette zu gehen, aber sie wollte partout nicht, dass ich ihr dabei half. Zuerst dachte ich, sie schäme sich und wollte deswegen keine Hilfe annehmen, aber wie ich herausfand, hatte ihr Verhalten einen ganz anderen Grund. An einem Abend sollte ich ihr auf Anraten des Arztes fiebersenkende Tabletten geben. Als ich in ihr Zimmer trat, schlief sie so tief und fest, dass ich ihr die Medikamente auf den Nachttisch legte. Ich hatte nicht im Sinn sie zu wecken. Sie brauchte alle Ruhe, die sie kriegen konnte. Ihr Glas und der Wasserkrug auf dem Nachttisch waren leer, also ging ich in ihr Badezimmer, um diese aufzufüllen. Dabei schaute ich mich etwas um. Im Badezimmer konnte ich nichts entdecken, was mich auf irgendeine Weise schockiert hätte. Doch ihre hartnäckigen Bemühungen, mich von ihrer Toilette fernzuhalten, machten mich neugierig. Ich hoffte, etwas zu finden, dass ihr Verhalten erklärte.»

Egger stellte das Tablett umständlich neben sich aufs Bett.

Aus Angst, er werfe alles auf den Boden, stellte es Elenor ungeduldig auf den Flur hinaus.

Egger fuhr fort, als sie sich wieder gesetzt hatte.

«Wie Sie sich jetzt vielleicht denken können, war da tatsächlich etwas. Sogar einiges. Ihre Schränke waren voll mit Theaterschminke. In einer Schachtel fand ich Perücken, Korsetts, künstliche Brüste und was weiss ich noch alles.»

Er rieb sich mit den Handflächen über die Augen. «Ich will mich hier nicht mehr an alle Details erinnern. Jedenfalls war das der Tag, an dem ich herausfand, dass mit meiner Schwester etwas nicht stimmte.»

«Und dann?» Elenor hielt es fast nicht mehr aus.

«Ich war unglaublich enttäuscht und überrascht zugleich, dass ich mich am liebsten auf sie gestürzt und ihr das Nachthemd vom Körper gerissen hätte, nur um nachzusehen, was sich wirklich für ein Körper darunter verbarg. Der Verdacht, dass sie wahrscheinlich keine Frau war, drängte sich mir da schon auf. Doch die Frage, wer meine Schwester wirklich war, hätte dieser Überfall auch nicht beantworten können. Also klaute ich ihre Zahnbürste, aus der Bürste klaubte ich ein paar Haare, von denen ich annahm, dass es ihre echten waren, und schickte sie zu einem Labor zur einem DNS-Abgleich. Zwei Wochen später hatte ich die Gewissheit. Ich hatte einen eineiigen Zwillingsbruder. Zuerst war ich wie gelähmt. Ich wusste einfach nicht, was ich tun sollte. Sollte ich sie – ihn – mit der Wahrheit konfrontieren? Wenn ja, wann war der richtige Zeitpunkt dafür? Was mich aber am meisten irritierte war nicht der Umstand, dass er plötzlich bei mir aufgetaucht war, sondern seine Unverfrorenheit, sich als meine Schwester auszugeben. Was war der Grund dafür? Welche Probleme hatte dieser Mensch? Warum musste er mich so schamlos anlügen?»

Egger sah Elenor an, als habe er die Frage an sie gestellt. Doch sie wusste keine Antwort und zuckte schweigsam mit den Schultern.

«Ich spielte das Theater wochenlang mit, bis ich es nicht mehr aushielt. Ich musste Genaueres wissen und erhoffte mir eine Antwort von den Adoptionsbehörden zu bekommen. Das war vor ein paar Wochen, als ich einige Tage verschwand. Niemand durfte wissen, was ich vorhatte. Nur Quentin hatte ich in meine Pläne eingeweiht, damit mich jemand kontaktieren konnte, falls irgendetwas mit der Galerie nicht in Ordnung war.»

«Warum haben Sie nicht Arlette eingeweiht? Sie ist immerhin Ihre Angestellte und kümmert sich auch sonst um Ihre Geschäfte.»

«Ich kann es Ihnen nicht erklären warum ich Frau Schebert nichts anvertraut habe, aber ich misstraue ihr schon seit längerer Zeit.»

«Warum?» Elenor war fassungslos. Wusste Arlette davon? Und Quentin?

«Irgendetwas ist mit ihr los und das schon seit geraumer Zeit. Sie hat sich verändert. Zum Negativen. Ich habe Sie schon des Öfteren ertappt, wie sie seltsame Telefonate geführt und sich zu Unzeiten, ohne mich davon zu unterrichten, aus der Galerie entfernt hatte und erst Stunden später wieder aufgetaucht war.»

«Was für komische Telefonate denn?» Elenor konnte sich keinen Reim auf das machen, was Egger da erzählte. Ihr war Arlette immer gleich fröhlich und offen vorgekommen.

«Ach, ich weiss auch nicht. Aber sie legte plötzlich gegenüber mir und den Kunden eine grobe Sprache an den Tag, war misslaunig und gereizt. Ich habe sie schon des Öfteren nach einem Grund für ihr verändertes Verhalten gefragt, sie konnte mich aber nie mit ihren Argumenten überzeugen. Aber um Arlette Schebert geht es jetzt nicht.»

Egger schloss die Augen. Elenor hatte schon die Befürchtung, dass er einfach mitten in der Geschichte eingeschlafen war. Zu ihrer Erleichterung öffnete er sie wieder.

«Als ich von dem Behördengang zurück war, wusste ich mehr über das, was vor vielen Jahren mit uns Kindern geschehen war und dass mein Bruder Bernhard heisst.»

Egger seufzte herzergreifend, bevor er weiterfuhr. «Es waren aufwühlende Geschichten, die ich zu hören bekam. Mein Bruder hatte es mit seinen Adoptiveltern nicht so gut getroffen wie ich. Eigentlich war er ein armer Tropf. Schon früh hatte er gemerkt, gewusst, dass er im falschen Körper gefangen war. Er fühlte sich als Mädchen und versuchte sein Anderssein auszuleben, so gut er eben konnte. Sein Adoptivvater allerdings hatte absolut kein Einfühlungsvermögen für diese vertrackte Situation. Er zeigte kein Verständnis für die seiner Meinung nach verdrehten Neigungen seines Sohnes und verbot ihm, sich als Mädchen auszugeben und Mädchenkleider zu tragen, oder Gott behüte, sich wie eines zu benehmen.»

«Haben Sie Ihre Schwester, äh, Ihren Bruder schlussendlich mit der Wahrheit konfrontiert?»

«Ja, als ich zurückgekommen bin.»

«Um Himmels Willen, Benedikt, machen Sie es doch nicht so spannend! Wie hat er darauf reagiert?» Elenor war langsam genervt von den Ausschweifungen des Mannes, der vor ihr im Bett lag.

«Er wurde ungemein böse. Er konnte es nicht fassen, dass ich nun alles wusste und ich glaube, er hatte sich bis tief in seine Seele hinein geschämt. Er hat getobt und mich angeschrien. Ich habe versucht, ihm klar zu machen, dass sein Geheimnis bei mir sicher war und er sich weiterhin als Bernadette ausgeben könne, wenn das sein Wunsch war. Aber er wollte nichts hören. Er beschimpfte mich aufs Übelste, bis es mir zu viel wurde. Dann bin ich, ohne ein weiteres Wort zu sagen, gegangen. Weil ich nicht wusste, an wen ich mich wenden oder wohin ich gehen sollte, sprach ich mich bei Ihrem Bruder aus. Wissen Sie, Elenor, Ihre Eltern hatten zu meinen besten Freunden gehört und ich hoffte auch einen Freund in Quentin zu finden. Also bin ich hier gelandet.»

«Das erklärt allerdings so einiges.» Alle Einzelteile fielen für Elenor auf ihren logischen Platz. «Denken Sie nicht, dass sich Ihr Bruder wieder einkriegt?»

«Das hat er bereits. Er hat mich gestern angerufen und sich entschuldigt. Darum hatte ich vor auszuziehen. Aber leider musste ich Sie in diesem Punkt enttäuschen.»

«Ach was, das ist nicht so schlimm. Die Hauptsache ist, dass Sie und Ihr Bruder sich wieder gefunden haben.»

Egger nickte. «Das ist lieb von Ihnen zu sagen. Wissen Sie, das Versteckspiel all die Jahre war für ihn sehr belastend gewesen. Jeden Tag musste mein Bruder damit rechnen, dass irgendjemand sein Geheimnis entdecken, dass ihm ein Fehler unterlaufen könnte. Wir haben lange miteinander geredet. Wir haben sozusagen unsere Leben besprochen. Er hat mir erzählt, dass er erst, als seine Adoptiveltern verstorben waren, Bernhard ablegen und Bernadette sein konnte. Bei der Wohnungsauflösung seiner Eltern fand er dann die Unterlagen über seine Adoption. Er machte sich auf die Suche und fand mich. Ganz seinem Naturell entsprechend ist er als Bernadette, als meine Schwester, bei mir aufgetaucht.»

Darauf war es lange still im Zimmer. Elenor dachte an Emma.

«Wenn Ihr Bruder doch lieber eine Frau sein will, warum hat er sich dann in Emma verliebt?» Irgendwie war Elenor das nicht ganz logisch.

«Das habe ich ihn auch gefragt, als er mir seine Liebe zu Emma gestand. Er sagte, es sei Liebe auf den ersten Blick gewesen. Es geschah abstruser Weise gerade in dem Augenblick, als er Frau Kym und mich in dieser unleidlichen Situation von damals ertappt hatte.»

Elenor war baff. «Seine Liebe zu Emma währt schon so lange?»

«Genau, aber er hat Frau Kym immer im gebührenden Abstand angehimmelt. Er hat sich ihr bis jetzt nie genähert oder ihr seine Gefühle offenbart. Wie konnte er auch. Er will ja eine Frau sein, hat aber die Empfindungen eines Mannes. Jedenfalls in Herzensangelegenheiten, wie es scheint. Das verwirrt ihn selbst am meisten.» Er schüttelte den Kopf, so als könne er es selbst immer noch nicht fassen.

«Was machen wir jetzt?» Elenor war ratlos.

«Sie machen gar nichts. Schon vergessen? Sie haben es versprochen.»

«Ja, doch.»

«Ich übrigens auch nicht. Das ist etwas zwischen Emma Kym und Bernhard.»

Bernhard, nicht Bernadette. So wie sich Elenor kannte, musste sie sich beim nächsten Treffen zusammenreissen, sonst rutschte ihr noch etwas Unbedachtes heraus. Nicht auszudenken, was dann geschehen würde.

«Vielen Dank für Ihr Vertrauen, Herr Egger. Dieses Geheimnis ist bei mir sicher. Ach übrigens, haben Sie etwas von Arlette gehört? Quentin hat mir erzählt, dass sie in der Westschweiz ist. Sozusagen auf Talentsuche.»

«Ja, ja, ist sie. Aber ich konnte sie bis jetzt nicht erreichen. Vielleicht hat Ihr Bruder Nachrichten von ihr erhalten.»

«Ich frage mal nach. Quentin ist bestimmt schon heimgekommen.»

Schon oben auf der Treppe sah Elenor, dass Licht im Salon brannte. Quentin sass auf dem Diwan und las die Zeitung.

«Du bist ja noch wach.» Er sah von seiner Lektüre auf. «Hast du etwas von Emma gehört?»

«Nein, leider nicht. Hast du Nachricht von Arlette bekommen?»

«Nein, auch nicht. Aber solche Treffen mit Künstlern können lange dauern, ich mache mir keine Sorgen.»

«Philipp hat mich auch nicht zurück gerufen. War er heute bei dir im Büro?»

«Er hat mich gestern Abend angerufen. Er wollte die ganze Woche frei nehmen.»

Quentin sah müde aus und Elenor sah, dass ihm Philipps Entscheidung ganz und gar nicht passte.

«Es sieht so aus, als wären wir alleine hier. Ausser Egger natürlich.»

«Dem wird es auch bald wieder gut gehen. Dann bist du ihn los. Wie geht es eigentlich mit dem Umbau des Badehauses voran?»

«Sehr gut. Alles läuft nach Plan. Quentin, ich sage dir, das wird grossartig werden.»

«Das freut mich. Wann kannst du umziehen? Ich frage das nicht, weil ich dich loswerden will, das weiss du, oder?»

Sie grinste ihren Bruder an. «Sehr bald. Gute Nacht. Schlaf gut.»

«Du auch Leni. Bis morgen.»

46

Der nächste Tag fing so ruhig an und endete so katastrophal. Aber das wusste Elenor noch nicht, als sie von der schrillenden Türglocke aus dem Bett geschellt wurde. Es war noch früh, die Vögel hatten ihre Morgenlieder noch nicht beendet.

Noch etwas wackelig vom schnellen Aufstehen wankte Elenor nach unten. Bernadette Egger stand vor der Tür. Ihr Haar, von dem Elenor nun wusste, dass es eine Perücke war, stand ihr unordentlich vom Kopf ab. Ihr sonst gepflegtes Äusseres hatte heute gelitten. Frau Egger grüsste kurz angebunden und starrte an Elenor vorbei ins Haus.

«Guten Morgen, Frau Egger», Elenor musste sich auf die Zunge beissen, damit sie sich nicht verplapperte, «was machen Sie denn schon so früh hier draussen? Wollen Sie zu Ihrem Bruder?»

«Eigentlich wollte ich zu Ihnen.»

Warum war Elenor nie aufgefallen, dass Bernadette Egger eine so tiefe Stimme besass?

«Was kann ich für Sie tun?» Elenor zog den Morgenmantel fester um sich. «Wollen Sie hereinkommen?»

Elenor führte Frau Egger in die Küche und füllte die Kaffeemaschine mit frischen Bohnen und Wasser. Sie setzte sich mit zwei Tassen heissen Getränks an den Tisch, an dem Bernadette Egger schon Platz genommen hatte. Diese zupfte gedankenverloren an den künstlichen Haaren herum.

«Was ist denn los?» Das plötzliche Auftauchen Bernadette Eggers machte Elenor kribbelig.

«Wissen Sie, wo Frau Kym ist?»

«Warum wollen Sie das wissen?», fragte Elenor überrascht und kam sich scheinheilig vor. Sie wusste ja, warum.

«Ich mache mir Sorgen. Sie hält ihr Café heute schon den zweiten Tag geschlossen. Das ist sehr unüblich für sie. Das Café ist sonst sechs Tage die Woche geöffnet, auch wenn sie krank ist oder verreist.»

Das stimmte allerdings. «Nein, tut mir leid, ich habe keine Ahnung. Ich versuche sie schon selbst seit gestern zu erreichen. Allerdings habe ich mein Telefon heute noch nicht kontrolliert, vielleicht ist eine Nachricht von ihr eingegangen.»

Elenor ging nach oben. Nichts. Kein Anruf, keine SMS, keine E-Mail. Philipp hatte sich auch nicht gemeldet. Sie zog sich an und ging mit der Hiobsbotschaft wieder zu Frau Egger in die Küche.

«Ich muss Ihnen etwas gestehen.» Bernadette Egger sah Elenor schuldbewusst an. «Ich beobachte Frau Kym schon seit längerer Zeit heimlich.» Als sie Elenors entsetzten Blick sah, ergänzte sie schnell. «Ich beobachte sie nur, nicht dass Sie etwas anderes denken.»

Elenor glaubte nicht richtig gehört zu haben. «Was machen Sie?»

Anhimmeln ja, aber das war Stalking. Warum sagte die Egger das ausgerechnet jetzt? Und warum ihr?

«Ich erkläre Ihnen das später. Es ist wichtig, dass Sie mir jetzt zuhören.» Auf Frau Eggers Wangen erschienen hektisch rote Flecken.

Elenor sass ganz still. Bernadette Egger erzählte, wie sie Emma das letzte Mal vor zwei Tagen hier vor dem Haus gesehen hatte und wie sie beobachtete, dass diese in ihr Auto gestiegen und davongefahren war. Seitdem war Emma unauffindbar. Sie hatte sogar fast vor Emmas Wohnung biwakiert, aber keine Anzeichen ihrer Anwesenheit dort gefunden. Deshalb hatte sie sich entschlossen, wieder hierher zurückzukommen. Wenn jemand wusste, wo Emma war, dann war das Frau Epp. So dachte sie jedenfalls.

«Sie sagen, dass Sie Emma davonfahren gesehen haben. Ihr Auto steht nicht draussen, wie kommen Sie also darauf, dass sie hierher zurückgekommen ist?» Elenor konnte Frau Eggers Gedanken nicht folgen.

«Ja, ich weiss, das klingt seltsam. Es ist nur ein Gefühl, aber ich bin mir sicher, dass ihr etwas zugestossen ist und dass sie noch hier irgendwo sein muss.»

«Finden Sie das nicht ein wenig an den Haaren herbei gezogen?»

«Das mag in Ihren Augen so sein, aber, ach ich kann es nicht erklären.»

Bernadette Egger schlug die Hände vor die Augen und fing an zu weinen. Elenor war wie vom Blitz getroffen. Sie wusste nicht, was sie tun sollte.

«Ich finde, Sie sollten die Polizei anrufen und ihr Ihre Beobachtungen schildern.»

«Sie sind doch die Polizei. Unternehmen Sie doch etwas.»

Natürlich. Wie konnte Elenor das nur vergessen. Dann erinnerte sie sich an das letzte Gespräch mit Emma. Konnte es etwa sein? Konnte Emma ihre Drohung wirklich wahr gemacht haben und ist alleine in den Tunnel gestiegen? In Panik riss Elenor die Schublade auf, in der der Schlüssel zum Keller lag. Er war nicht an seinem Platz. Elenor wühlte zwischen den Utensilien, die sich noch darin befanden, doch der Schlüssel war nicht aufzufinden. Ihr wurde heiss, aber sie konnte es nicht glauben, dass Emma ohne ihre Zustimmung gegangen war. Für den Verlust des Schlüssels gab es sicher eine plausible Erklärung.

Frau Egger bemerkte, dass etwas nicht stimmte und runzelte die Stirn. «Stimmt etwas nicht?»

Elenor konnte sie nicht anschauen. Sie griff nach dem Telefon und rief die Polizei an. Etwas, das sie schon längst hätte tun sollen. Der gleiche Beamte, der schon ihren gestrigen Anruf entgegen genommen hatte, war am Apparat. Elenor war froh, dass sie nicht die ganze Geschichte noch einmal von vorne erzählen musste. Er versprach, eine erste Fahndung rauszugeben und bat Elenor, ein aktuelles Foto von Emma vorbeizubringen und noch ein paar Fragen zu beantworten.

Schnell ging Elenor in ihr Zimmer um zu suchen, doch ein aktuelles Foto konnte sie nicht finden. Unverrichteter Dinge kehrte sie zu Frau Egger in die Küche zurück.

Währenddessen waren Benedikt Egger und Quentin nach unten gekommen. Frau Egger beichtete auch ihnen, wie sie Emma gefolgt war und erzählte von ihrem Verdacht, dass Frau Kym etwas zugestossen sei.

«Ich habe kein neueres Bild von Emma. Vielleicht hat sie einige von sich in ihrer Wohnung, aber leider habe ich keinen Schlüssel dazu.»

Zur grossen Überraschung aller schob Bernadette Egger ein Foto über den Tisch.

Elenor sah, dass das Bild wahrscheinlich ohne Wissen Emmas gemacht wurde, denn sie stand mit jemandem plaudernd vor ihrem Café, das Gesicht war dem Beobachter zugewandt. Ja, das war Emma, wie sie Elenor kannte, ein Lächeln auf den Lippen und die goldenen langen Haare leicht in einer Brise wehend. Taktvoll stellte keiner die Frage, woher Bernadette Egger das Foto hatte.

«Will mich jemand auf den Polizeiposten begleiten?» Elenor hoffte, dass sie nicht alleine gehen musste. Sie sah an Bernadette Eggers Miene, dass diese sie gerne begleitet hätte, aber dann schüttelte sie unmerklich den Kopf.

Quentin bemerkte, es sei besser, wenn jemand im Haus blieb, bis sie wieder zurückkam. Am besten sei das Frau Egger.

Benedikt Egger war der einzige, der Anstalten machte mit Elenor mitzugehen. «Ich werde Sie begleiten.»

Dieses Mal war es an Elenor den Kopf zu schütteln. «Auf keinen Fall. Sie sind noch nicht gesund.»

Etwas enttäuscht und mit dem Gefühl alleine gelassen worden zu sein, machte Elenor sich auf den Weg. Man erwartete sie bereits.

47

Er ahnte, dass etwas ganz und gar nicht stimmte. Dass sein Engel sich hier irgendwo in der Villa aufhielt, spürte er ganz deutlich. Er war sich bombensicher, dass es so war, er konnte aber nicht erklären, warum.

Das letzte Mal, dass er seine Angebetete gesehen hatte, war vorgestern gewesen. Er hatte beobachtet, wie sie mit einer grimmigen Miene aus dem Haus gestürmt und dann im Auto davon gebraust war. Dann hatte er sie aus den Augen verloren. Wegen eines idiotischen Anrufs, der ihn genau zu dem Zeitpunkt erreichte, als er ihr gefolgt war. Es war irgendeine Lappalie gewesen, um die er sich hatte kümmern müssen, er konnte sich nicht einmal mehr daran erinnern, worum es sich dabei gehandelt hatte. Als er aufgelegt hatte und wieder aufsah, war sie verschwunden. Das verfluchte Telefon hatte dann erneut geklingelt. Dieses Mal war ein Kunde am Apparat gewesen, der sich Bilder in der Galerie hatte anschauen wollen. Da sein Bruder krank war und Frau Schebert in der Romandie herumreiste, musste er gezwungenermassen seinen Beobachtungsposten aufgeben und selbst nach Zug in die Galerie fahren, um den Kunden einzulassen.

Er war für einige Zeit abgelenkt gewesen und hatte sich keine Gedanken mehr über seinen Engel gemacht. Er hatte auch keinen Anlass dazu gehabt. Am Abend hatte er sich dann seinen Objekten gewidmet und sie eine Weile vergessen.

Erst gestern war er stutzig geworden, als er gesehen hatte, dass das Café den ganzen Tag geschlossen geblieben war. Am Nachmittag war er besorgt zu ihrer Wohnung gefahren und hatte auf Zeichen gewartet, die ihm bestätigt hätten, dass sie Zuhause und wohlauf war.

Er harrte lange aus, aber sein Warten wurde nicht belohnt. Er konnte in ihren Räumen keine Bewegungen ausmachen. Es blieb auch bei Anbruch der Dämmerung dunkel in den Zimmern.

Einer inneren Eingebung folgend, war er zur Villa zurück gefahren, um zu sehen ob sie vielleicht wieder zur ihrer Freundin zurückgefahren war. Aber Emma Kyms Auto stand nicht in der Auffahrt.

Es war die erste Nacht seit langem, in der er sich nicht seiner Kunst widmen konnte. Zu aufgewühlt, um zu schlafen, ging er unruhig in der Wohnung auf und ab und zermarterte sich das Gehirn über ihren Aufenthaltsort. Er wollte es einfach nicht wahrhaben, dass sie verschwunden war, ohne dass er wusste, wohin.

Schon sehr früh ging er auf den Landsgemeineplatz und hatte vor zu bleiben, bis sie das Café öffnete. Es vergingen dreissig Minuten, eine Stunde, zwei, aber niemand schloss das Café auf. Jetzt bekam er es mit der Angst zu tun. Jetzt war er sich sicher, dass ihr etwas zugestossen war.

Wieder war er zu ihrer Wohnung gefahren, nur um festzustellen, dass alles noch genauso aussah wie gestern. Es blieb ihm nichts anderes übrig, als zur Villa hinauszufahren und Frau Epp mit seinen Vermutungen zu konfrontieren. Er hatte noch die leise Hoffnung, dass alles nur ein Missverständnis war, sein Engel wohlbehütet in der Villa schlief und nichts von seiner Aufregung und seinen Ängsten um sie wusste.

Jetzt sass er in der Küche der Villa Frau Epp gegenüber und musste feststellen, dass alle seine Ängste berechtigt gewesen waren. Sein Engel hatte es sich im Haus nicht häuslich eingerichtet, wie er es sich insgeheim erhofft hatte. Niemand wusste, wo sie war. Von Panik ergriffen, sah er seinen Zwillingsbruder Benedikt und Quentin, ein guter Freund und Vertrauter seines Bruders, und dessen Schwester an.

Noch schlimmer wurde es, als die Epp sagte, dass sein Engel vielleicht in den Tunnel unter dem Haus gestiegen war und ihr etwas zugestossen sein konnte. Dass im Tunnel ein verborgener Raum existierte. Den man nicht fand, wenn man nicht wusste, wo man suchen musste.

Er war froh, als Frau Epp sich aufmachte, um zur Polizei zu gehen. Er blieb mit seinem Bruder und Quentin Epp zurück. Die Anwesenheit der beiden beruhigte ihn ein wenig. Zusammen werden sie herausfinden, wo seine Angebetete war.

Doch als Benedikt und Quentin miteinander diskutierten, was als nächstes getan werden sollte, wuchs sein Unbehagen wieder.

Er selbst war dafür, dass man im Tunnel nachschauen ging. Warum sollte man noch länger warten. Wenn sie nicht dort war, dann musste man an anderen Orten nach ihr suchen. Unverständig hörte er die Worte *Tunnel* und *toter Gärtner*. Völlig im Dunkeln tappend, was das bedeutete, fragte er unschuldig nach dem Grund für die verängstigten Gesichter der beiden. Er hatte nichts mitbekommen von der Leiche im Keller in diesem Haus. Wochenlang hatte er sich in seine Arbeit vergraben, um an seiner Kunst zu arbeiten. Alles war an ihm vorbeigezogen. Er hatte keine Ahnung von den Tragödien, die sich um ihn herum abgespielt hatten.

Voller Angst griff er nach dem Arm seines Bruders und flehte ihn an, doch etwas zu unternehmen und nicht tatenlos dazusitzen. Er hielt es nicht mehr aus und beschwor auch Quentin, ihm zu zeigen, wo dieser Tunnel war. Er wollte selbst nachsehen. Für ihn gab es keinen Zweifel, dass seine Liebste da unten war und gerettet werden musste. Doch Benedikt hielt ihn zurück. Er und sein Freund Quentin wollten gehen, er müsse hier bleiben und warten, bis Frau Epp zurückkommen würde. Vielleicht klärte sich alles in Wohlgefallen auf und Emma Kym tauchte hier auf. Dann war es gut, wenn jemand hier wäre, um sie herein zu lassen. Er war nicht glücklich mit der Entscheidung, fügte sich aber den Wünschen.

48

Kaum war Elenor auf dem Polizeiposten angekommen, wurde sie von Kommissarin Zubler empfangen und gebeten, ihr in einen Raum zu folgen. An dem Gesichtsausdruck der Polizistin sah Elenor sofort, dass etwas Schlimmes geschehen war. Es war die Miene eines Menschen, der eine folgenschwere Nachricht überbringen musste.

«Frau Epp, wir müssen dieses Gespräch verschieben. Wir müssen zu Ihrem Haus zurückfahren. Würden Sie bitte mit uns kommen?»

«Warum? Was ist da? Ist Emma wieder aufgetaucht?»

«Ja, kann man so sagen.»

«Geht es ihr gut?»

Auf diese Frage bekam Elenor keine Antwort.

Als sie im Polizeiauto die Auffahrt zum Haus hinauf fuhren, sah Elenor schon von weitem die vielen Menschen, die sich vor der Treppe versammelt hatten. Wie schon einmal waren einzelne in weisse Ganzkörperanzüge gehüllt, andere trugen die Uniform der Kantonspolizei. Wie schon einmal trugen zwei Herren in dunklen Anzügen eine schwere, längliche Kiste zu einem länglichen dunkelgrauen Auto.

278

Erst nach und nach begriff Elenor was passiert war. Nachdem sie selbst nach Zug gefahren war, um Emmas Vermisstenanzeige zu aktivieren, waren Quentin und Benedikt Egger der schrecklichen Ahnung Bernadette Eggers gefolgt und in den Keller hinabgestiegen. Zuerst konnten sie nichts entdecken. Das Regal stand an seinem Platz und verdeckte den Eingang zum Gewölbe dahinter. Allerdings hatte Quentin gestutzt, weil sie alle Türen, sowohl zum Keller wie auch zum Tunnel, unverschlossen vorgefunden hatten. Er und Egger wateten daraufhin gemeinsam durch den unterirdischen Gang. Der verborgene Raum war für sie leicht zu finden gewesen. Er stand sperrangelweit offen.

Emma war dort in diesem Raum. Sie lag unbeweglich auf dem Boden. Quentin konnte ihr nicht mehr helfen. Sie war bereits tot.

Für Elenor waren die folgenden Stunden, als würde sie in einer Welt aus Watte leben. Alles war so seltsam gedämpft, die Stimmen der Menschen um sie herum, sogar das Licht der Sonne wirkte gedimmt. Lange sass sie mit Bernadette Egger in der Küche, während sie beide abwechslungsweise von Weinkrämpfen geschüttelt wurden und sie sich immer wieder schluchzend in den Armen lagen. Das Einzige, was Elenor empfinden konnte, waren Trauer und Wut. Trauer über den Verlust eines geliebten Menschen, Wut über ihre eigene Dummheit, Emma an dem Tag weggewiesen zu haben. Hätte sie das nicht getan, wäre Emma vielleicht nicht alleine in den Tunnel gegangen und wäre noch am Leben. Hätte – wäre.

Quentin gab Elenor ein starkes Schlafmittel. Dann war da nur noch das wohlige Vergessen. In dieser Nacht träumte Elenor nicht.

Die Tage, die folgten, waren für Elenor Tage voller Tränen. Sie weinte tagelang fast ununterbrochen. Sie hatte nicht gewusst, dass ein Mensch so viele Tränen haben konnte. Quentins Hilfe war von unschätzbarem Wert für sie. Er liess seine Schwester keine Sekunde aus den Augen. Jedes Mal, wenn sie die Augen öffnete, war er da. Er sorge für sie, machte ihr zu Essen. Wenn sie es zugelassen hätte, hätte er sie wahrscheinlich auch gebadet und eingekleidet.

Ein letztes Mal wollte sich Elenor von Emma verabschieden. Niemand sollte sie in die Abdankungshalle begleiten. Sie wollte alleine mit ihrer besten Freundin sein. Ein letztes Mal. Emma lag bleich und wächsern in einem Bett aus roten Rosen. Ihre Augen waren geschlossen, ihr kleiner Porzellanpuppenmund ganz leicht geöffnet, so als wollte sie ihre Lippen zu einem Lächeln verziehen. Die langen Haare reichten in seidigen Strähnen bis zur ihren Händen hinab, die übereinander gelegt auf ihrem Bauch ruhten. Sie sah aus wie ein Engel.

Die Beerdigung war schlimm. Die halbe Stadt Zug war zusammengekommen und die St. Michaelskirche war bis auf den letzten Platz besetzt. Emma Kym als Wirtin des Cafés am Landsgemeineplatz war bekannt und beliebt gewesen. Der Anblick von Franz und Trudi Kym, Emmas Eltern, wie sie mit schlohweissem Haar, sich aneinander klammernd, am Grab ihrer einzigen Tochter weinten, brannte sich in Elenors Herz ein.

Als alle gegangen waren, standen Elenor und Bernadette alias Bernhard Egger am offenen Grab Emmas und hielten sich an den Händen. Gemeinsam sahen sie auf den Sarg hinab. Bernhard sagte Adieu zu seiner Liebsten, Elenor zu ihrer besten Freundin.

Alle ihre Versuche, auch die der Polizei, Arlette oder Philipp zu erreichen blieben erfolglos. Beide blieben wie vom Erdboden verschluckt. Benedikt Egger rief seine Freunde in den Galerien in Lausanne und Genf an, aber alle versicherten ihm, dass niemand Arlette Schebert an den besagten Tagen der Ausstellungen gesehen hatte. Sie war dort nie aufgetaucht. Bald war auch klar, warum. Die Spuren, die die Polizei in dem kalten Raum unten im Tunnel sicherte, gehörten zu ihr und Philipp. Wie sich während der Ermittlungen herausstellte, war Arlette Schebert ein Mitglied einer Bande von Kunstdieben und Schmugglern, die schon seit Jahren in ganz Europa ihr Unwesen trieben, in Ausstellungen einbrachen und Kunstliebhaber bestahlen. Was Philipp mit ihr zu tun hatte, blieb im Dunkeln. War er ein Komplize Arlettes gewesen oder unbedarft in ihre Fänge geraten und zur Flucht mit ihr gezwungen worden? Es blieb alles mysteriös und es blieb ihnen allen nur, wild über seine Rolle und Verantwortung an Emmas Tod zu spekulieren.

Vieles, was über Arlette und Philipp gesagt wurde, konnte Elenor nicht recht glauben. Die Geschichten waren unfassbar und unglaublich, trotz allem, was passiert war. Arlette, die gleiche Arlette, mit der Quentin eine Liebesbeziehung hatte, mit der Elenor unter einem Dach gelebt hatte, soll eine Kunstdiebin und Schmugglerin sein? Und was war mit Philipp? Diese Gedanken waren schlichtweg absurd. Noch absurder war, dass einer der beiden oder beide zusammen jemanden umgebracht haben sollten. Dazu noch jemanden, den sie gut kannten. Philipp war doch ein Arzt und Tierarzt. Solche Menschen retten Leben!

Der Polizeibericht über Emmas Tod war das einzige Klare und Verständliche. Als man sie fand, waren ihre Kleider von oben bis unten klitschnass gewesen. Die Kratzer und Flecken an ihrem Körper zeugten von einem Kampf. Die Verletzungen waren nicht gravierend gewesen, daran war sie nicht zu Tode gekommen, sondern sie starb an einer Schussverletzung. Die Kugel hatte ihr Herz durchdrungen und zu ihrem sofortigen Tod geführt. Quentin bestätigte Elenor, dass sie auf keinen Fall gelitten hatte.

Was Elenor mehr aufwühlte, war, dass Emma in dem kalten und dunklen Raum im Tunnel einfach liegen gelassen worden war. Weder Arlette noch Philipp konnten wissen, dass Elenor Kenntnis von dem zusätzlichen Raum im Tunnel hatte, dem Raum, vor dem Elenor gestanden und dem Gespräch zwischen den zwei unbekannten Personen gelauscht hatte. Sie musste jetzt davon ausgehen, dass sie damals Philipp und Arlette belauscht hatte. Also gingen beide davon aus und nahmen es in Kauf, dass Emma nicht so schnell gefunden worden wäre.

Sicher nicht in den ihrer Flucht folgenden Tagen. Vielleicht sogar niemals. Dieser Gedanke war für Elenor fast nicht zu ertragen.

Was sich genau im Tunnel und dem Raum dahinter abgespielt hatte, konnte man nur ahnen. Es sah so aus, dass Emma ihr Auto ein Stück des Weges hinter einer Reihe dichten Gebüsches abgestellt hatte, zurück zur Villa gelaufen und alleine in den Tunnel gestiegen war. Dort musste sie dann Arlette und Philipp über den Weg gelaufen sein, als sie ihre Neugierde nach dem Streit mit Elenor nicht mehr zügeln konnte und selbst nachsehen wollte, was es da unten im Tunnel nun tatsächlich Spannendes zu entdecken gab. Emma war einfach zur falschen Zeit am falschen Ort gewesen. Wahrscheinlich wollte keiner der Diebe das Risiko auf sich nehmen, dass sie ausplauderte, was sie wusste und erschossen sie kaltblütig. Danach packten sie ihr Diebesgut zusammen und verschwanden aus dem bisher so sicheren Versteck.

Philipp Löhrer und Arlette Schebert blieben unauffindbar. Fahndungsbilder und Warnungen vor dem bewaffneten rothaarigen Mann und der Frau mit der dunklen Kurzhaarfrisur wurden im nationalen Fernsehen ausgestrahlt. Interpol wurde eingeschaltet.

49

Das Badehaus war mittlerweile fertig geworden. Elenor hatte ihre sieben Sachen gepackt und war umgezogen. Lange hatte sie darüber nachgedacht, ganz wegzuziehen, einfach weg von diesem unglückseligen Ort, an dem zwei Menschen sterben mussten. Es war nicht einfach, jeden Tag an dieser verhassten Kellertür vorbeizugehen, ohne dass die unerwünschten Gefühle von Entsetzen und Trauer wieder hochkamen.

Sie blieb wegen Quentin. Sie sah, wie er, ihr grosser starker Bruder, der sich rührend um sie gekümmert hatte, jetzt selbst Hilfe brauchte. Er tat Elenor unglaublich leid. Er war derjenige, der gleich von zwei Menschen betrogen worden war, die er geliebt und denen er vertraute hatte.

Elenor hatte ihn bis jetzt nicht zu fragen gewagt, ob er denn gar nichts Auffälliges an Arlettes oder Philipps Verhalten bemerkt hatte. Aber die Antwort kannte sie bereits. Auch sie war von den beiden getäuscht worden. Eines Tages würden sie sicher miteinander darüber sprechen können, aber noch war die Zeit nicht gekommen.

Damit über dieses Grauen langsam ein erträgliches Mass an Vergessen wachsen konnte, hatten Quentin und Elenor den

Entschluss gefasst, den Eingang zum Tunnel eigenhändig zuzumauern. Es war eine unglaubliche Plackerei gewesen die Ziegelsteine zuerst in den Keller zu tragen und dann aufeinander zu schichten und zu verputzen. Der Kraftaufwand hatte sich am Ende gelohnt. Von da an wurde es von Tag zu Tag ein winziges Stück leichter.

Der Einzug in das neue Zuhause wurde Elenor dadurch erleichtert, dass sie nicht alleine in die Räume zog. Kater und die dreifarbige Katze wurden ihre neuen Mitbewohner. Kater hatte sich mit Lotti, so hatte Elenor die Katze getauft, angefreundet. Sie liess ein Katzentürchen in die Haustür einbauen, damit sie frei und ungebunden waren und kommen und gehen konnten, wie es Katzen eben zu tun pflegten. Nie hatte sie herausfinden können, wem Lotti eigentlich gehörte. Jetzt war sie ein Teil ihrer kleinen Familie geworden.

Und es gab noch eine Änderung. Einen Monat nach Emmas Beerdigung übernahm Elenor das Café beim Landsgemeindeplatz. Sie liess es sich nicht nehmen und kümmerte sich selbst um die Geschäfte ihrer Freundin, wenn auch erst einmal vorübergehend. Sie musste sich zunächst klar werden, was sie mit dem eigenen Leben anfangen wollte. Jetzt zahlte sich die Woche aus, in der sie mit Emma zusammen gearbeitet hatte. Sie war sich sicher, Emma wäre damit einverstanden gewesen.

50

Vor ein paar Tagen waren Benedikt und Bernhard Egger bei Elenor im Café gewesen. Bernhard hatte vor, eine Abschiedsfeier bei ihr ausrichten zu lassen. Elenor war darüber erstaunt gewesen, denn das Café bot nicht viel Platz für grosse Feste.

«Wen willst du denn alles einladen?» Mittlerweile waren sie alle beim Du angekommen. Elenor schaute von einem Zwilling zum anderen. Auch jetzt noch war sie total verzaubert über das absolut gleiche Aussehen der beiden Brüder. Jede Einzelheit des einen sah man im Gesicht und in der Bewegung des anderen perfekt gespiegelt. Seit dem Tod Emmas hatte sie Bernhard alias Bernadette nicht mehr Frauenkleider tragen sehen.

«Nur die engsten Freunde, nicht viele», sagte Bernhard.

Als sie sich gesetzt hatten, sah Bernhard, dass Elenor die Halskette trug, die ihr Emma vor der Vernissage geschenkt hatte. Sie trug sie jetzt fast jeden Tag und wenn sie nicht so unbequem beim Schlafen gewesen wäre, hätte sie sie sogar während der Nacht anbehalten.

Bernhard streckte seine Hand danach aus und Elenor gab sie ihm. Er überreichte ihr im Gegenzug eine Halskette, die er sich aus dem Pullover-Ausschnitt zog. Sie war wunderschön und bestand aus zarten Weissgold-Gliedern, an deren Ende ein

Ring baumelte. Elenor sah sich den Schmuck genauer an. Das runde kleine Plättchen auf dem Ring war aus demselben Material wie ihre Halskette. Es war äusserst zart und schillerte in allen erdenklichen Farben. Eingefasst war es mit unzählig kleinen Brillanten.

«Du bist der Künstler dieser wunderschönen Schmuckstükke, nicht wahr?» Sie hatte das Bernhard noch nie gefragt.

Er nickte stolz.

«Jetzt, da ich es weiss, kannst du mir sicher sagen, welche Materialien du dazu verwendest. Die filigranen Plättchen, woraus bestehen sie?»

Benedikt, der neben seinem Bruder sass, schüttelte den Kopf. «Nicht mal ich weiss, woraus die sind.»

«Wenn ich es euch jetzt sage, dann muss ich euch leider umbringen.» Bernhards Witz hatte einen schalen Nachgeschmack, aber Elenor wusste ja, wie er es meinte.

«Du hast diesen Ring für jemanden bestimmten angefertigt, habe ich recht?»

Kaum hatte sie den Satz zu Ende gesprochen, da wusste Elenor, dass der Ring für Emma gewesen war.

Bernhard brach in Tränen aus. Auch Benedikt bekam feuchte Augen beim Anblick der Trauer seines Bruders.

«Es ist Emmas Verlobungsring.»

Elenor musste schwer schlucken, aber sie hatte keine Tränen mehr. Sie hatte sie alle bereits vergossen.

Bernhard hatte sich erst kurz vor Emmas Tod einen Ruck gegeben und vorgehabt, ihr endlich seine Liebe zu gestehen. Natürlich nicht als Bernadette, sondern als Bernhard. Wie es das Schicksal manchmal grausam mit einem will, hatte er zu lange gezögert. Er hatte den Mut einfach nicht finden und sie ansprechen können. Jetzt, nach dem Tod seiner Angebeteten, konnte er es nicht mehr ertragen, hier zu bleiben. Zu sehr belastete ihn der Anblick der Dinge, die ihn alle an sie erinnerten. Zu seinem Abschied wollte er mit seinen engsten Freunden und Vertrauten eine kleine unkomplizierte Feier durch Elenor ausrichten lassen, was sie natürlich gerne tat. Er wollte die Welt bereisen, sein Leben neu ordnen und irgendwo neu beginnen.

Nachdem sich Bernhard wieder gefasst hatte, sagte er etwas Erstaunliches in die Runde. «Die Plättchen, die ihr so bewundert, sind aus Knochen.»

Benedikt und Elenor blieben die Münder offen stehen.

«Knochen?» Elenor legte den Ring vorsichtig auf den Tisch, so als könne er sie beissen.

«Genauer gesagt, aus Knochen von Nilpferden.»

Bernhard sagte das so leichtfertig in einem Nebensatz, als wäre es die natürlichste Sache der Welt, dass man in ihren Breitengraden Nilpferde verarbeitete.

«Was hast du gesagt?» Elenor schaute Benedikt an, der seinen Bruder anstarrte. «Ich habe Nilpferd verstanden und du?»

«Nilpferd? Du bist wohl nicht ganz bei Trost. Das sind geschützte Tiere.» Benedikt wich alle Farbe aus dem Gesicht. «Worauf hast du dich da eingelassen? Waren in all den Paketen, die du bekommen hast, etwa Knochen drin?»

Die hellen Augen Bernhards schweiften zwischen Elenor und Benedikt hin und her, dann lachte er laut auf.

«Ihr zwei denkt also wirklich, ich wäre in illegale Machenschaften verstrickt und würde mir per Post Knochen von geschützten Tieren für meine knöchernen Preziosen nach Hause schicken lassen?»

Betreten zuckten Benedikt und Elenor die Schultern und nickten.

«Wundern würde mich nichts mehr», sagte Benedikt, «nach allem, was in den letzten Wochen und Monaten passiert ist. Es hat lange gedauert, aber die Polizei hat endlich eingesehen, dass ich unschuldig an den Machenschaften der Schebert bin und nichts damit zu tun habe.»

Bernhard lachte nicht mehr. «Ich kann euch wirklich versichern, dass alles mit rechten Dingen zu und her geht. Die Nilpferde waren schon tot, als man sich ihrer Knochen bemächtigte und ich habe die offiziellen Papiere der entsprechenden afrikanischen Regierungen, dass ich diese Knochen besitzen darf. Also macht euch meinetwegen keine Sorgen.»

«Verschwindest du deswegen des Öfteren? Bist du dann jeweils in Afrika?»

«Na klar, ich muss mich doch um die Lieferanten kümmern. Diese Dinge kann man nicht einfach online bestellen. Und wisst ihr das Beste? Sie nannten mich den Knochenmann.»

Das war wirklich komisch. Elenor konnte sich Bernhard nicht so recht im Busch vorstellen.

«Es war allerdings nicht alles so leicht wie es sich vielleicht anhört. Es hat mich Ausdauer und viel Schweiss gekostet da unten. Apropos Schweiss. Leni, ich muss dir etwas gestehen.»

Elenor lief es kalt den Rücken hinunter. Schon wieder ein Geständnis.

«Ich war es, den du in Bern gesehen hast. Ich war aber nicht im Waffengeschäft, sondern im Laden nebenan. Mir ist es peinlich zuzugeben, aber ich war da, um meine Brust und Rückenhaare zu entfernen. Ich kann dir nicht sagen, wie störend es in der Hitze in Afrika ist, so viel Haare zu haben.»

Elenor sah Bernhard an, als hätte er gesagt, er liebe Hula hoop-Ringe. Sie wusste nicht, ob sie über das Gesagte weinen oder lachen sollte. Sie entschied sich für das letztere. Ihr fiel ein Stein in der Dimension eines Mount Everests vom Herzen.

«Warum müssen es denn unbedingt Nilpferdknochen sein? Geht nicht auch was anderes?»

«Nein. Die Vorderbeinknochen dieser Tiere sind unheimlich stark und dick. Sie haben keine Hohlräume in der Mitte wie andere Knochen, sondern sind durchgehend homogen mit Knochenmaterial gefüllt. Das macht sie unglaublich schwer. Die Nilpferde vermindern so den Auftrieb im Wasser. Sonst würden sie wie fette Korken mit Glupschaugen, winzigen Ohren und einem riesigen Maul auf der Wasseroberfläche herum dümpeln. Durch das Gewicht der Knochen bleiben sie unten und können unter Wasser auf dem Grund gehen, so als wären sie an Land.»

«Aha, keine Hohlräume», sagte Elenor ein wenig irritiert, «darum sind die Plättchen so ebenmässig und sehen aus wie Perlmutt.»

«Genau, Leni, du hast es erfasst. Ich habe unglaublich lange nach dem richtigen Material gesucht, aber das ist das Beste, was ich finden konnte.»

«Wie bekommst du denn die vielen Farben in die Knochen?» Wenn sie schon mal am Fragen war, wollte sie auch gleich alles wissen.

«Das ist nun wirklich ein Geheimnis.» Bernhard grinste frech.

Dann eben nicht. Für Elenor war das nicht wirklich bedeutend.

«Aber bitte haltet Stillschweigen darüber, ich habe das im Vertrauen zu euch gesagt. Wenn es herauskommt, was ich zum Schmuckmachen benutze, kauft es wahrscheinlich niemand mehr.»

Verschwörerisch schüttelten sie sich die Hände. Niemand würde je ein Wort davon erfahren.

51

Die darauf folgenden Wochen und Monate vergingen ohne besondere Vorkommnisse. Bernhard war auf Reisen, Benedikt beschäftigte sich wieder mit seinen Kunstausstellungen. Quentin arbeitete weiter im Kantonsspital und baute seine Firma nun ohne Philipp weiter aus.

Nur einmal noch wurde die traurige Vergangenheit wieder ans Licht gezerrt. Eines Abends, nur wenige Wochen nach dem Verschwinden Arlettes und Philipps, hatte Quentin Elenor gebeten, bei ihm in der Villa vorbeizuschauen. Schon beim Betreten des Salons erkannte sie die Kartonschachtel auf dem Tisch. Der ernste Gesichtsausdruck ihres Bruders beunruhigte sie.

«Warum willst du mir die Silberwaren zeigen? Die kenne ich schon.»

«Bitte setze dich hier neben mich.»

Mit steifen Beinen ging sie zu ihm hinüber und setzte sich neben ihn aufs Sofa.

«Sie sieht zwar so aus wie die Schachtel mit den Silberwaren, aber sie ist es nicht. Schau, du wirst es nicht glauben!»

Quentin hob den Deckel und sie spähte neugierig hinein. Elenor war enttäuscht. Sie war voll Papier.

«Was soll daran so interessant sein?»

Er klaubte umständlich einen Stapel heraus und breitete ihn auf dem Tisch aus. «Es sind Baupläne vom Badehaus und vom Keller.»

Elenor konnte spüren, wie ihr der Kiefer aufklappte und ihren Bruder mit offenem Mund anstarrte.

«Die wurden doch zerstört. Arlette hatte mir die Überreste doch übergeben. Sie waren alle durch einen Wasserschaden vernichtet worden.»

«Eben nicht. Die hier sind alle tipptop in Ordnung.» Er tippte mit dem Finger auf einen vermassten Plan des Badehauses, dorthin, wo der Raum hinter der Tapete als kleines Viereck verzeichnet war.

«Wo hast du die Kiste gefunden?» Elenors Gedanken fingen an sich selbstständig zu machen.

«In der hintersten Ecke des Dachbodens, hinter Gerümpel verborgen. Ich habe sie gefunden, als ich da oben aufgeräumt habe, um Arlettes Plunder zu entsorgen.» Er seufzte. «Da hatte sich einiges angesammelt.»

Das konnte sich Elenor gut vorstellen. «Und der Tunnel?»

«Der ist hier drauf.» Quentin faltete ein anderes Bündel auf.

Eine Frage brannte Elenor noch auf der Zunge. «Haben Mama und Papa von den Räumen gewusst, von der Tapetentür und dem Tunnel?»

«Das weiss ich nicht. Ich kann mich nicht daran erinnern, dass ich den kleinen Keller im Badehaus je betreten hätte. Wenn sie nicht über diese Unterlagen verfügt haben, dann haben sie nicht gewusst, dass der da war. Vom Tunnel haben sie sicher gewusst, denn das Holzregal auf Schienen stand nicht immer da. Mir ist, als erinnerte ich mich an eine Holzwand, als wir da unten gespielt haben. Da war für uns also nie ein Torbogen zu sehen gewesen. Ich bin mir fast sicher, dass unsere Eltern diese Wand zu unserer Sicherheit angebracht hatten. Du kannst dir sicher vorstellen, dass das sonst kein Hindernis für uns gewesen wäre und wir den Tunnel mit Akribie untersucht hätten.» Er lächelte seine Schwester an. «Genutzt haben sie ihn wahrscheinlich nicht und mit der Zeit wurde er wohl vergessen.»

«Aber Arlette hatte von all dem gewusst.» Es war keine Frage, die Elenor stellte, sondern eine Feststellung.

Quentin nickte. «Sie hat den ganzen Umbau hier in der Villa in die Hand genommen. Dabei muss sie diese Unterlagen gefunden haben.»

«Und hat mir irgendwelches zerstörtes Papier als die echten Unterlagen vom Badehaus verkauft.»

Quentin sah seine Schwester nachdenklich an. «Was ich nicht weiss, ist, ob sie erst durch die Baupläne zu ihren Verbrechen verleitet wurde oder sie schon vorher diese Idee gehabt hatte, zu stehlen, zu betrügen und am Ende auch zu morden. Aber wir können davon ausgehen, dass sie die Silberwaren gestohlen und im Badehaus versteckt hatte. Sieh mal, hier diese Fotos habe ich auch gefunden. Sie lagen auch in der Schachtel, zusammen mit den Versicherungsunterlagen. Darauf sind alle Silberwaren abgebildet.»

«Quentin, ich verstehe das nicht. Warum das alles? Warum hatte sie es nötig, die Sachen zu stehlen? Ich meine nicht nur die Silbersachen, sondern auch die Kunstbilder?»

«Ich weiss es nicht. Geldgier vielleicht?» Er zuckte hilflos mit den Schultern.

«Auch Philipp? Ich dachte, der hätte genug Geld, um sich ein schönes Leben zu machen.»

«Das hat er auch. Das ist auch, was ich nicht verstehen kann. Arlette ist eine Sache, aber Philipp? Mein Freund und Geschäftspartner? Ich kann mir das nur damit erklären, dass er übergeschnappt sein muss. Ich gebe zu, Arlette ist eine sehr attraktive Frau und kann einen Mann schon um den Finger wickeln.» Ein trauriges Lächeln umspielte seine Lippen. «Aber er ist ein hochintelligenter Mann von über 30 Jahren und kein Teenager mehr.» Er rieb sich mit beiden Händen über das Gesicht. «Ach, Leni, ich weiss es einfach nicht.» Es klang verzweifelt.

«Und das reicht aus, um Menschen umzubringen? Emma und wahrscheinlich auch Schepper?»

Obwohl, die Polizei ging beim Tod des Gärtners von einem Unfall aus, rief Elenor sich ins Gedächtnis. Aber sie und

Quentin waren sich einig darüber, dass da mehr gewesen sein musste.

«Es sieht leider so aus. Wir werden das wohl nie herausfinden. Diejenigen, die mit Sicherheit wissen, was passiert ist, sind entweder tot oder sonst wo.»

Philipp und Arlette blieben verschwunden und konnten nicht gefasst werden. Die Polizei sagte, dass beide mit ziemlicher Sicherheit über die Grenze in eines der Nachbarländer geflüchtet waren.

Oft stand Elenor vor dem Café, liess den Blick über den Landsgemeindeplatz schweifen und beobachtete die Menschen, die ihren Geschäften nachgingen. Besonders intensiv spähte sie in die Schatten der Rosskastanien und sah sich jeden Volierenbesucher und Pedalomieter genau an.

Insbesondere an den Markttagen am Samstag, wenn Händler der Umgebung ihre Stände aufbauten und viele Besucher anlockten, liess sie auch die engen Gassen zwischen den alten Häusern nicht aus. Es gab Tage, an denen sie einen roten Schopf in der Menschenmenge aufleuchten sah. Jedes Mal griff sie dann unwillkürlich zum Telefon, das sie immer in ihrer Nähe bereithielt. Elenor wusste, sie brauchte Geduld. Aber sie wusste auch, dass sie Philipp eines Tages wiedersehen würde. Dann würden alle ihre Fragen nach dem Warum beantwortet werden. Sie hatte Geduld. Sie konnte warten.

Sie beugte sich über den Tisch, auf dem noch die Reste der letzten Gäste standen und räumte ihn ab. Zwischen einer gefalteten Serviette lag eine Karte in der Grösse eines Kartenspiels. Elenor lächelte. Das Abbild erinnerte sie an Kindertage und die Märchen, die ihr Vater ihr und Quentin manchmal vor dem Schlafengehen erzählt hatte. Sie sah sich suchend um, sie wollte die Karte dem Besitzer zurückgeben. Aber die Gäste waren schon gegangen. Elenor steckte die Karte in die Tasche ihrer Schürze. Vielleicht kamen sie ja zurück und fragten danach.

UND SO GEHT ES WEITER ...

Das Telefon klingelte. Eine unterdrückte Nummer erschien auf dem Display. Elenor zögerte, hob dann doch ab.

«Detektei Epp.»

«Frau Epp?» Eine leise Frauenstimme.

«Am Apparat.»

«Machen Sie auch Hausbesuche?»

«Wer ist denn da?»

«Entschuldigen Sie. Moleani. Mein Name ist Gianna Moleani.»

«Guten Tag, Frau Moleani. Kommt darauf an.»

«Auf was denn?»

«Frau Moleani, Sie müssen mir schon sagen, worum es geht, bevor ich mich dazu äussern kann.»

«Natürlich. Ich glaube, mein Mann betrügt mich.»

«Aha.» Elenor ahnte schon was nun kam.

«Observieren Sie auch? Männer, äh ich meine Menschen.»

«Die Observation ist eine meiner Spezialitäten, auch die von Männern.»

Elenor war wirklich gut darin. Bei der Berner Polizei war immer sie es gewesen, die für diese Aufgabe ausgewählt worden war. Irgendwie schaffte sie es perfekt, in der Menge unterzugehen und im Gelände unsichtbar zu sein. Ihre Tarnung war nie aufgeflogen.

«Es geht um meinen Mann, Alberto. Ich habe den Verdacht, dass er fremdgeht.»

«Leben Sie noch mit Ihrem Mann im selben Haushalt?»

«Ja, warum?»

«Dann wäre es besser, wenn Sie bei mir im Büro vorbeischauen würden.»

«Ich verstehe nicht ...»

«Wenn ich bei Ihnen zu Besuch komme, könnte es sein, dass ich Ihrem Mann begegne. Dann könnte meine Tarnung auffliegen, bevor ich überhaupt damit begonnen habe. Die Observation kann nur funktionieren, wenn Ihr Mann von mir nichts weiss.»

«Das leuchtet ein.»

Elenor hörte die Frau am anderen Ende denken. Dann nach einigen Sekunden Bedenkzeit gab Gianna Moleani sich einen Ruck.

«Wann wäre es Ihnen recht?»

«Ich habe den ganzen Vormittag Zeit. Kommen Sie, wann Sie möchten.»

Elenor hatte kaum den Hörer auf die Gabel gelegt, da klingelte es an der Tür. In ein graues Deuxpièces gekleidet, einen Sonnenhut mit breiter Krempe tief ins Gesicht gezogen, eine dunkle Sonnenbrille auf einer delikat kleinen Nase, stand eine Frau vor ihr.

«Frau Epp?» Die Stimme der Frau war nur ein Flüstern.

«Ja?», flüsterte Elenor unwillkürlich zurück.

«Wir haben telefoniert.» Die Frau sah sich verstohlen um. «Darf ich eintreten?»

Elenor konnte sich ein Grinsen kaum mehr verkneifen. «Frau Moleani?»

Die elegant gekleidete Dame nickte, drückte sich an Elenor vorbei und nahm auf dem Stuhl am Bürotisch platz. Sie rieb sich den Knöchel. «Verdammtes Kopfsteinpflaster.»

Elenors Mitleid dauerte nur die paar Millisekunden, bis sie sah, dass Frau Moleani auf zwölf Zentimeter hohen Absätzen durch die Altstadt gestöckelt war. Schönheit muss leiden. Sie sah sich die Frau genauer an. Das Kleid war edel und sass ihr wie auf den Körper geschneidert, was es wahrscheinlich auch war. Aus grossen Goldgliedern geschmiedet, lag ein Collier schwer auf ihrem Dekolleté. Passende Ohrringe baumelten an ihren Ohrläppchen und zogen diese mit ihrem Gewicht in die Länge. Frau Moleani war nicht mehr jung, das konnte Elenor an ihren Händen und am Hals sehen. Einiges über 50, schätzte sie. Die Sonnenbrille hatte sie immer noch auf. Am Rahmen glitzerten kleine Steine. Wahrscheinlich Brillanten.

«Frau Epp, es ist mir sehr unangenehm, mit dieser Angelegenheit zu Ihnen zu kommen.»

«Machen Sie sich keine Gedanken, Frau Moleani. Ich bin gut darin, mit solchen Problemen umzugehen. Sie können sich meiner Verschwiegenheit sicher sein. Ich werde diese Sache mit Bedacht angehen.»

«Hm, ja», sagte Frau Moleani gedehnt und nahm die Sonnenbrille ab.

Botox oder geliftet, oder beides, schoss es Elenor durch den Kopf. Kein Fältchen war zu sehen. Obwohl die Frau vor Geld buchstäblich stank, spürte Elenor die Unsicherheit, die von der apart gekleideten Dame ausging.

«Was ist es, was Sie verunsichert?»

«Darf ich offen mit Ihnen sprechen?»

Die perfekt geschminkten Lippen zitterten ein wenig.

«Ich bitte darum.» Obwohl Elenor es nicht wirklich wissen wollte. Es schien etwas Unangenehmes zu sein, das ihr Frau Moleani sagen wollte.

«Sie wurden mir empfohlen.»

Elenor freute das natürlich und nickte aufmunternd.

«Ich habe allerdings nicht gewusst, dass Sie so jung sind und ... na, ja, verstehen Sie mich nicht falsch, eine Frau.»

Ein wenig beleidigt war Elenor jetzt schon und auch verwirrt. «Sie dachten ich sei die Assistentin von Herrn Epp. Hat Ihnen die Person, die mich Ihnen empfohlen hat, nicht gesagt, wer ich bin und was ich mache?»

«Doch natürlich. Aber wissen Sie, ich – mein Mann ...»

«Es gibt keinen männlichen Detektiv Epp. Dieses Unternehmen gehört mir.»

Da brach Frau Moleani doch tatsächlich in Tränen aus. Peinlich berührt schob ihr Elenor eine Schachtel mit Papiertüchern hinüber. Nicht gerade ladylike blies sich diese die Nase und tupfte sich vorsichtig die Augenwinkel.

Elenor hatte mittlerweile einige Kringel mit dem Bleistift auf den Papierblock vor ihr gezeichnet. Nicht weil sie übertrieben taktvoll sein wollte, sondern um ihre Ungeduld zu zügeln. «Wenn ich etwas für Sie tun soll, dann müssen Sie mir schon vertrauen, Frau Moleani. Sonst wird das nichts mit uns beiden. Wer hat mich Ihnen denn empfohlen?»

«Benedikt Egger.» Gianna Moleani zeigte über ihre Schulter in Richtung der Galerie auf der anderen Seite der Gasse. «Der Galerist. Unser Hausgalerist.»

Was denn sonst. «Vertrauen Sie seiner Meinung?»

«Ja.»

«Was ist dann das Problem?»

Frau Moleani schluckte schwer. «Es war in allen Zeitungen.»

Elenor sagte nichts dazu. Sie kannte ihre eigene Vergangenheit nur allzu gut.

«Da Sie immer noch vor mir sitzen, gehe ich davon aus, dass Sie immer noch an meiner Arbeit interessiert sind. Was kann ich also für Sie tun, Frau Moleani?»

Diese kramte in ihrer teuren Ledertasche und schob Elenor ein Foto über den Bürotisch zu.

AUCH ERSCHIENEN

**„Wenn Schnecken schrecken
und andere kurzweilige Geschichten"**

Kurzgeschichten

Taschenbuch ISBN   9783842346604
E-Book   ISBN   224400070640

Löwen, Höhlen und ein Wunuk

Taschenbuch ISBN   9783033054400